Brigitte Werner

ICH, JONAS, GENANNT PILLE, UND DIE SACHE MIT DER LIEBE

Brigitte Werner, Jahrgang 1948, lebt und arbeitet im Ruhrgebiet und an der Schlei. Nach zehn Jahren Schuldienst ist sie umgestiegen in das Leben ohne festes Gehalt, ohne Chef und Vorschriften, aber mit einem Sack voller Lebensideen. Sie hat in ihrem Kindermitmachtheater gespielt, gewerkelt und alle Stücke geschrieben, hat gekellnert, Leute durch die Gegend gefahren, Geschichten gefunden und erfunden. Sie gibt jede Menge Literaturseminare und schreibt nun Bücher für Kinder und für Erwachsene. Sie hat ein paar Preise bekommen, und zwei ihrer Kinderbücher werden als Theaterstücke gespielt. Ihr bisher erfolgreichstes Buch ist *Kotzmotz der Zauberer*. 2013 erschien ihr Entwicklungsroman für junge Erwachsene *Crazy Dogs*. Sie liebt Bücher, Bücher, Bücher, Katzen, leckeres Essen und Shaun, das Schaf.

Brigitte Werner

ICH, JONAS, GENANNT PILLE, UND DIE SACHE MIT DER LIEBE

Verlag Freies Geistesleben

2013 wurde *Ich, Jonas, genannt Pille, und die Sache mit der Liebe* mit dem Prix Chronos ausgezeichnet.

Jubiläumsausgabe 2017
zum 70-jährigen Bestehen des
Verlags Freies Geistesleben

ⓔ auch als eBook erhältlich

Verlag Freies Geistesleben
Landhausstraße 82, 70190 Stuttgart
www.geistesleben.com

ISBN 978-3-7725-2835-4

© 2011/2017 Verlag Freies Geistesleben
& Urachhaus GmbH, Stuttgart
Umschlaggestaltung: Bianca Bonfert
Illustration: Ohmega1982/istockphoto
Druck: GGP Media GmbH, Pößneck
Printed in Germany

KAPITEL 1

«Der hat doch nicht alle Tassen im Schrank», sagt Tante Berta. Sie schiebt sich eine Kuchengabel mit Sahnetorte in den Mund, der wird ganz breit, dann rund und spitz und glänzt fettig. Tante Berta liebt Sahnetorte. Das sieht man.

Neben ihr sitzt Onkel Fredi. Der nickt. «Leo hat schon immer anders getickt», sagt er und pafft die Küche voll mit seiner Zigarre.

Die Zigarre stinkt, und mir wird fast übel.

Mama und ich sitzen den beiden gegenüber. Mama hat traurige Augen. Sie nickt auch und sagt leise: «Er ist halt so ein bisschen versponnen.»

«Ne!», sagt Tante Berta. «Ne, ne, der hat nicht alle Tassen im Schrank. Punkt!» Dabei sticht sie energisch mit der Gabel in die Kirsche oben auf der Sahne und *schlupp*, verschwindet die in ihrem Mund.

Ich möchte Tante Berta vors Knie treten, sodass die Kirsche wieder herausspringt. Mein Bein zuckt heftig, und bevor es tatsächlich so mit Schmackes loslegt, stehe ich schnell auf. Ich bin ganz heiß innendrin, und irgendetwas zerplatzt da gerade in meinem Hals. Und als ich den Mund aufmache, höre ich mich sagen: «*Ihr* seid doch alle total verrückt. Er hat *wohl* alle Tassen im Schrank, vielleicht noch ein paar mehr als ihr. Lasst Opa Leo in Ruhe!»

Und dann renne ich schnell raus und schmeiße die Tür zu, dass es nur so scheppert.

Jetzt werde ich ganz kalt innendrin und kriege eine Gänsehaut. Oder umgekehrt. Ich kriege eine Gänsehaut und werde ganz kalt. Ich habe noch nicht rausgefunden, was zuerst passiert. Oder ob es gleichzeitig ist. Aber eins weiß ich ziemlich genau:

Das gibt Ärger.
Das gibt Ärger!
Das gibt Ärger!

KAPITEL 2

In meinem Zimmer setze ich mich aufs Bett und warte. Ich habe die Tür abgeschlossen, obwohl Mama und ich ein Abkommen haben. Sich einschließen bedeutet nämlich: Lass mich in Ruhe! Es bedeutet sogar: Ich hab dich nicht mehr lieb. Und das ist eigentlich das Schlimmste für den draußen vor der Tür. Fast noch schlimmer als für den, der drinnen ist.

Als Mama das einmal gemacht hat und ich vor ihrer abgeschlossenen Tür stand, habe ich vor Angst geschrien. So lange, bis sie herauskam. Wir haben abgemacht, dass nur der allerhöchste Notfall das Abschließen erlaubt. Und wir haben beschlossen, nein, wir haben es beide gemerkt, dass man sich sehr böse sein kann und sich trotzdem noch lieb hat. Das ist eine dieser Sachen, die Opa Leo immer *die Wunderdinge* nennt. Aber das Abschließen kann auch bedeuten: Ich habe Angst vor dem, was draußen ist, und seinem Drumherum!

Im Moment bedeutet es bei mir das alles zusammen. Von jedem ein bisschen. Aber wie kann ich das erklären? Ich werde ganz still innendrin, und meine Wörter haben sich irgendwo versteckt. Wie diese Sandflöhe, die plötzlich weg sind, wenn man am Strand lang läuft, aber unterm Sand flitzen sie wie wild hin und her.

In der Küche nebenan jedoch toben die Wörter. Ich weiß, was die jetzt sagen.

Tante Berta: «Also wirklich, Hanna, du musst ihn einfach strenger erziehen!» Und dann: «Seufz!» Und: «Ach, du Arme, so ganz ohne Mann ...» Seufz, seufz, seufz!

Onkel Fredi (ich höre seinen Bass, eine richtige Bärenbrummstimme): «So ein bisschen hat er was von Leo, da kann man sagen, was man will ...»

Und Mama mit leiser Stimme: «Er ist halt noch ganz mitgenommen von den ganzen Geschehnissen. Ihr wisst doch, wie er an ihm hängt ...»

Laut, leise, Gebrumm, seufz, seufz, Stühle rücken, Türen schlagen. Stille.

Dann klopft Mama. Die Klinke geht runter. Mein Herz bummert wie ein Presslufthammer. Es wackelt richtig unter meinem Pullover.

«Pille?», fragt Mama.

Sie hat nicht Jonas gesagt, sondern Pille, das soll heißen, dass sie nicht so ganz böse ist, glaube ich. Ich sage keinen Mucks. Ich will sie nicht sehen. Aber ich möchte, dass sie mich tröstet. Ich will, dass Onkel Fredi und Tante Berta verschwinden. Für immer und weit weg.

Ich will zu Opa Leo. Sofort und auf der Stelle. Ich will, dass er seine langen Arme um mich legt. Und ich möchte seinen Bart spüren.

Ich will schlafen und aufwachen, und alles ist so, wie es mal war: mit Papa. Mit Oma Lucie und Opa Leo. Und mit Mama und mir.

Als alle weg sind, höre ich Mama aufräumen. Ich höre durch die Tür und durch den Flur, wie traurig sie ist. Da schließe ich schnell auf und renne zu ihr in die Küche. Aber mein

Herz ist ein grauer Betonklotz, und meine Füße kommen nur langsam voran unter diesem Gewicht. Als ich so angeschlurft komme, breitet Mama einfach ihre Arme aus. Sie hält mich fest. Und ich halte sie fest. Sie riecht ein bisschen nach Vanille und Rosen, so wie Mama eben riecht. Und sogar die Traurigkeit kann ich riechen.

«Pille», sagt sie leise. «Wir müssen reden. Aber später. Was hältst du von einer Runde um den Pudding?»

Das sagt Opa Leo immer, und das heißt, wir drehen ein paar Runden mit unseren Fahrrädern. Nach irgendwo, wo es uns gerade hinführt.

«Mama», sage ich. Und ich kriege kaum Luft und muss japsen. Das ist immer so in letzter Zeit, wenn sich etwas Schweres in mir rumdrückt. Das hab ich, seit Papa weg ist. Da geht auch manchmal die Luft weg. Und Luft, die einfach weggeht, nennt man Asthma, dann kann ich fast nicht sprechen. Und meine Wörter flitzen wie diese Sandflöhe irgendwo herum, nur so ein paar stecken ihre Köpfe aus dem Sand. Den Sand kann ich richtig im Hals spüren, der kratzt und reibt und scheuert.

«Mama», sage ich, «wir kriegen das schon wieder hin.»

Schließlich bin ich jetzt der Mann im Haus!

KAPITEL 3

Wir sind zum Stadtpark gefahren, dreimal um den Pudding. Und weil es Mai ist und schon warm, sitzen wir auf dem winzigen Stück Hof vor unserer Küche und machen eine Konferenz. Konferenz bedeutet: Etwas Wichtiges muss besprochen werden.

Etwas Wichtiges besprechen kann man am besten mit Vanilleeis und Oma Lucies eingemachten Pflaumen. Wir haben noch ein paar Gläser im Keller, obwohl Oma Lucie jetzt im Großmutterhimmel ist. Sagt Opa Leo. Und der muss es wissen. Weil er mit Oma Lucie immer noch redet. Und die hat es ihm gesagt.

Mama sagt nichts dazu. Ich glaube, sie kann sich nicht entscheiden. Ich meine, ob Opa Leo recht hat oder nicht. Seit Papa verschwunden ist, hat Mama Probleme mit dem Himmel. Sie sagt das zwar nicht, aber ich kann es spüren.

Ich glaube auch, dass Oma Lucie im Großmutterhimmel ist. Vielleicht hat sie sogar Flügel. Das müssten schon sehr mächtige Flügel sein, denn Oma Lucie war eine stattliche Frau. Früher habe ich nicht gewusst, was das heißt, dieses Wort: stattlich. Aber jetzt weiß ich es. Opa Leo sagt das immer so voller Stolz und Beeindrucktheit oder Beeindruckung oder wie man das nennt, wenn jemand ganz platt ist vor Bewunderung.

Da habe ich gemerkt, *stattlich* heißt: Oma Lucie ist die Größte. Sie ist die Beste. Sie ist die Schlauste. Sie ist die Liebste. Sie ist die Besonderste. Und: Sie ist die Dickste. Sie macht, dass Opa Leo neben ihr noch dünner aussieht, als er ist. Und: Opa Leo ist zwei Köpfe größer als Oma Lucie. Als Oma Lucie es *war*. Oder wie soll ich das jetzt beschreiben, wo sie nicht mehr hier ist, sondern irgendwo da oben im Himmel? Und wie groß ist man da eigentlich? (Muss ich Opa Leo fragen.)

Ach, Oma Lucie! Opa Leo nannte sie meistens Bella, nur wenn er mal sauer auf sie war, sagte er Lucie. Aber meistens tat er dann nur so. Oma Lucie sagte immer Leo, aber manchmal, wenn die beiden ein Geheimnis miteinander teilten und nur mit ihren Augen redeten, dann sagte sie schon mal: «Na, Spaghetti!» Und ihre Augen tanzten nur so in ihrem Gesicht herum.

Und irgendwie passen *Bella* und *Spaghetti* ganz wunderbar zusammen. Weil das beides italienisch ist, wie Opa Leo sagt.

«Und», sagt Opa Leo, «*Bella* kann man richtig im Mund hin und her rollen und auf der Zunge zergehen lassen. So rund und schön und lecker – wie eine allerfeinste Brüsseler Praline, so wie deine Großmutter eben.» Und seine Augen grinsen sein verrücktes Opa-Leo-Grinsen, das reicht fast bis an die Ohren.

Die Erwachsenen finden das immer ziemlich daneben und total albern. «In deren Alter ...», flüstern sie dann, und Tante Berta kriegt ihren strengen, harten Blick und fängt an zu hüsteln. Das tut sie immer, wenn ihr etwas peinlich ist. Einmal hat sie bei Opa Leo sauber gemacht. Da war er schon allein. Und sie hat einen Zettel gefunden, darauf stand:

Meine liebste Bella!
Bin eben einkaufen. Ich vermisse dich. Bis gleich.
Dein Spaghetti.
P.S.: Kusskusskuss!

Tante Berta hat sich nicht mehr eingekriegt und den Zettel als Beweis rumgereicht, dass Opa Leo ziemlich durch den Wind ist. Das sind ihre besseren Worte, wenn sie höflich sein will. Sonst sagt sie immer ihren berühmten Satz: «Der hat doch nicht alle Tassen im Schrank!»

Und ich habe mich geschämt und geschämt, ich glaube, ich bin überall rot geworden, auch unter den Fußsohlen. Ich habe mich geschämt, dass ich eine so bekloppte Tante habe, die nichts merkt. Die absolut überhaupt gar nichts mitkriegt. Und kein bisschen spürt, wie doof sie ist. Ich habe ihr den Zettel aus der Hand gerissen und bin damit abgehauen. Ich wollte noch schreien: «Du bist eine blöde, dicke Plumpskuh!» Aber da hat Mama mir einen ihrer berüchtigten Gewitterblicke rübergeschickt, dass es in meinem Bauch nur so gekracht hat und ich die Worte blitzschnell runtergeschluckt habe.

Der Zettel mit Opa Leos wackeliger Schrift ist jetzt in meiner Schatzdose. Da waren mal Kekse drin. Auf dem Deckel sind lauter Segelschiffe im Sturm. Es sieht voll nach Abenteuer aus.

Gott sei Dank hat Opa Leo von dieser oberpeinlichen Geschichte nichts mitgekriegt. Ich wäre gestorben. Aber seitdem weiß ich noch genauer und noch klarer, was ich eigentlich schon immer wusste: Tante Berta ist DOOF!! Alle anderen, viel besseren Wörter schreibe ich hier lieber nicht auf. Tante Berta findet alles, da kann man nie wissen ...

KAPITEL 4

Aber jetzt ist Konferenz. Und als wir das Vanilleeis ausgelöffelt haben, warten wir. Mama wartet, dass ich anfange. Ich warte, dass Mama anfängt. Und alles in mir drin wartet seit Langem darauf, dass etwas geschieht. Etwas, das alles wieder so macht, wie es mal war.

Aber jetzt bin ich schon wieder ein paar Tage und Wochen älter und weiß Bescheid. Wie es mal war, das ist vorbei. Das ist verschwunden. So wird es nicht mehr sein. Nie mehr. Das Älterwerden ist blöd und das Älterwerden ist klasse. Das ist auch so ein Wunderding, würde Opa Leo jetzt sagen, dass zwei so völlig verschiedene Dinge kein Gegensatz sind, oder so. Das kann man doch gar nicht erklären, obwohl es stimmt.

Meistens wäre ich gern älter. Viel älter. Ich bin jetzt haargenau elf Jahre, elf Monate und elf Tage. WOW!!! Wenn das mal keine magische Zahl ist! Und sofort denke ich: Das bringt Glück!!! Das muss es einfach, weil es sonst nicht zum Aushalten ist. Ich bin immerhin sozusagen ZWÖLF. Und wenn man zwölf Jahre alt ist, ist man fast erwachsen und kann das Leben meistern oder wie man das nennt. Glaub ich jedenfalls. Ist man vierzehn Jahre alt, gehört man zu den coolen Jungs, die hinter der Schule rauchen, die alles über Mädchen wissen und die alle Rätsel der Welt gelöst haben. Und deshalb so obercool sind. Ich wollte, ich wäre vierzehn.

Ich könnte Mama hochheben, ich könnte sie herumwirbeln, bis ihre Augen leuchten würden, wie sie es immer bei Papa getan haben.

Ich würde sagen: «Lass mich mal machen. Alles wird gut!» Wäre ich vierzehn, würde ich das irgendwie hinkriegen. Aber diese Konferenz kann nicht warten, bis ich vierzehn bin. Da wären Mamas Augen bestimmt tiefe, dunkle, zugefrorene Seen, und Opa Leos Herz hätte noch mehr Sprünge und Risse. Und hat man zu viele davon, dann fällt es auseinander wie eine kaputte Vase. Das mit den Sprüngen im Herzen hat mir Oma Lucie mal erklärt, als es Opa Leo vor einiger Zeit ziemlich schlecht ging. Sie und Papa und Mama, wir alle, konnten vor Sorge nicht mehr geradeaus denken.

Jetzt haben wir gerade ganz andere Sorgen. Mama sagt mehrmals: «Hm. Hm.» Sie sagt: «Also, du weißt ja ...»

Und da sie so rumdruckst, muss *ich* wohl besser anfangen. Mama schafft das irgendwie nicht. Schließlich frage ich: «Mama, geht es um Opa Leo? Und darum, was ihr mit ihm vorhabt?»

Mama erschrickt. Das sehe ich an ihren Augen, die flattern plötzlich heftig wie aufgescheuchte Vögel. Dann atmet sie tief durch, nimmt meine Hand in ihre, die ist sehr kalt, und sagt: «Ach, Jonas ...»

Und sie sagt *Jonas*, weil sie mir damit sagen will, dass sie jetzt mit mir als einem Erwachsenen spricht, nicht mit dem etwas zu klein geratenen, mopsigen, elf Jahre, elf Monate und elf Tage alten Jungen, den sie sonst Pille nennt.

«Ach, Jonas», sagt Mama, «ich wünsche mir so sehr, dass du es verstehst. Opa Leo kann einfach nicht mehr allein leben. Wir haben ein schönes Zimmer für ihn in diesem Altenheim hinten am Kanal gefunden. Du weißt schon, diese alte Villa. Du hast immer Dornröschenschloss dazu gesagt ...» Mama schweigt.

Ach, Mama, da war ich ungefähr vier Jahre alt, ich war ein Baby, ein *Baby*! Ich kriege kaum noch Luft. Seit Papa weg ist, ist das mit der blöden Luft ein Problem von mir. Ein *Asthmaproblem*, hat der Arzt Mama erklärt. Ich hasse mein Asthmaproblem. Und jetzt toben in meinem Kopf noch dazu eine Million wild gewordene Bremsen. Die stechen mein ganzes Hirn kaputt, sodass ich überhaupt nicht mehr denken kann, nur noch das verrückte Gesumme höre.

Mama, die alles merkt, nimmt mich in die Arme. «Es geht nicht anders», flüstert sie. «Wir haben Angst, dass er ... dass er, weil er mal wieder mit seinen Gedanken woanders ist, aus Versehen etwas Schlimmes anstellt. Etwas, was ihm schadet. Den Gasherd nicht abstellt ... Das Wasser überlaufen lässt ... Seine vielen Kerzen nicht ausbläst ... Mit der Motorsäge ... Damit kann etwas ganz Schreckliches passieren. Oder beim Kochen ... Weißt du, alle diese Dinge können jetzt gefährlich sein.»

Mama seufzt tief. Und weil mein Kopf an ihrer Brust liegt, spüre ich ganz deutlich, wie dieser Seufzer durch ihren ganzen Körper schleicht und in ihrer Brust Platz nimmt. Mein Kopf liegt sozusagen jetzt auf ihrem Seufzer drauf. Ich schlucke und schlucke.

«Aber das macht Opa Leo doch gar nicht», flüstere ich, weil mein Hals schon wieder ganz eng ist, sodass kaum noch Luft und Wörter rauskönnen.

«Noch nicht», sagt Mama. «Aber er ist so unaufmerksam geworden.»

Das ist typisch Mama. Immer findet sie die lieben Wörter für alles. Ich liebe Mama für ihre lieben Wörter.

Tante Berta hätte wieder mit ihrer Kasernenstimme verkündet: «Er hat nicht alle Tassen im Schrank.» Manchmal sagt sie auch: «Der hat doch ein paar Schräubchen locker!» Und weil sie Opa Leos Schwester ist, meint sie, müsse sie es wohl wissen.

Ich knabbere erstmals an dem Wort *unaufmerksam* herum, als würde ich probieren, wie es schmeckt und ob die Zutaten stimmen. Mama hat das genau passende Wort gefunden, das steht fest. Sie ist sowieso neben Opa Leo die beste Worte-Finderin, die ich kenne. Sie hat mir auch dieses kleine altmodische Heft geschenkt, das man richtig verschnüren kann, damit ich dort alle meine besonderen Wörter reinschreibe, die ich sammle. Das ist nämlich so ein Tick von mir.

«Ist das so schlimm, *unaufmerksam*?», frage ich.

«Noch nicht», sagt Mama. «Aber wir machen uns Sorgen um ihn.»

«Tante Berta nicht», sage ich böse. «Onkel Fredi vielleicht. Und ich habe gar keine Angst um Opa Leo. Er kann gut allein leben», sage ich mit überschnappender Stimme, als wäre sie eine Welle, die sich oben am Rand einrollt und dann wegkippt.

Aber irgendwo in meinem Kopf und in meinem Bauch, der jetzt richtig wehtut von dieser Konferenz, weiß ich, dass das nicht so richtig wahr ist, was ich sage. Ich habe auch Angst. Oder Sorge, wie Mama es nennt. Das ist wieder ein viel lieberes Wort als Angst.

«Aber bisher ist doch alles gut gegangen», flüstere ich. Und ich würde um nichts in der Welt verraten, nicht mal

Mama, dass es tatsächlich in Opa Leos Küche mal gequalmt hat wie verrückt. Als der blöde Backofen die oberblöde Pizza in einen Haufen schwarzer Kohlestückchen verschmurgelt hat. Ich sage kein Sterbenswörtchen zu niemandem. (Was ist überhaupt ein *Sterbenswörtchen*? Heißt das, dass man sonst stirbt, ich meine, wenn man das verrät? Das muss ich Opa Leo fragen.)

«Anfängerpech», hat Opa Leo dazu gesagt, und wir haben darüber so gelacht, dass uns Tränen übers Gesicht gelaufen sind.

Tante Berta hätte die Krise gekriegt. Aber Tante Berta wird das nie erfahren. Und damit sie das nie erfährt, haben wir fast zwei Stunden an den Resten im Backofen rumgekratzt, und Opa Leo hat mir erzählt, wie er fast mal einen ganzen Wald in Brand gesteckt hätte. Aber nur fast. Und damals war er noch kein Opa. Nur so ein Kind, das kein Baby mehr ist. Fast so wie ich gerade.

Und das Feuer, mit dem er damals so rumgezündelt hatte und das dann beinahe einen ganzen Wald verbrannt hätte, hat ihm einen solchen Respekt eingejagt, dass er seit damals nur mit höchster Ehrfurcht vom Feuer spricht.

«Das Feuer ist eine mächtige Kraft», hat Opa Leo gesagt, «es ist niemals ein Spielzeug.» Und als wir beim Sauberschrubben so vor dem Backofen gekniet haben, hat sich Opa Leo plötzlich vorgebeugt, die Hände vor der Brust zusammengelegt und ernst in den dunklen Backofen hineingesagt: «Feuer, wir bitten dich um Entschuldigung! Wir waren nachlässig. Danke, dass du uns rechtzeitig gewarnt hast!»

Und ich habe mich auch verbeugt und ein leises Danke

gemurmelt. Und dann haben wir uns angegrinst. Aber wir haben es ganz ernst gemeint.

Und genau da hätte Tante Berta sich wieder aufgeplustert wie ein dickes Huhn und mit höchster Überzeugung gesagt: «Der hat doch nicht alle Tassen im Schrank!» Gackgackgackgack!

Und ich hätte zu Tante Berta gesagt: «Du weißt ja überhaupt nicht, wovon du redest. Du hast ja noch nicht mal einen Hauch von einem blassen Schimmer!» Wenn ich mich das denn mal getraut hätte ...

KAPITEL 5

Als ich später im Bett liege, summt mein Kopf immer noch wie verrückt, und auf meiner Brust liegt ein tonnenschwerer Kürbis und drückt und drückt, aber eher innendrin. Er ist so groß wie der Mond, der gerade durchs Fenster äugt, und ich kann ihn nicht runterrollen.

Unsere Konferenz war ein einziger Reinfall. Das lag wohl daran, dass es gar keine richtige Konferenz war, denn es gab überhaupt keine Beratung, nur so ein paar Mitteilungen von längst beschlossenen Sachen. Von beschissenen Sachen. Punkt.

Ich weiß, dass ich dieses Wort nicht sagen darf, aber wenn es stimmt, dann stimmt es, und ich sage es laut unter meiner Bettdecke: «Beschissen. Punkt!»

Lieber Himmel, ich merke gerade, dass ich mich anhöre wie Tante Berta. Also kein Punkt. Einfach nur beschissen!

Na ja, eine klitzekleine Beratung gab es schon, als Mama mich fragte, was wir mit Opa Leos Sachen machen sollen, die er nicht in diese Villa, genannt Altenheim, mitnehmen kann. Als ob man das beraten könnte. Das dürfen weder Tante Berta noch Onkel Fredi, noch Mama, noch ich beschließen. Am ehesten Papa, der ist schließlich Opa Leos Sohn. Aber der ist weiß der Himmel wo.

Außerdem muss Opa Leo das selber wissen. Auch wenn er

mal irgendwann so eine oberblöde Pizza verkokelt hat. Das hat Mama auch schon mal, und deshalb hält sie keiner für blöd oder hohl im Kopf. Aber von Opa Leo denken das alle sofort. Das ist ungerecht. Das ist gemein. Das ist besch... ja, ja, es reicht.

Ich merke, wie ich wütend werde. Heiß wütend. Tobsuchtswütend. Sodass man am liebsten mit vollem Karacho mit dem Kopf vor die Wand donnern würde. Diese Nichtstun-können-Wut macht, dass man alles in Stücke schlagen könnte. Alles!

Und morgen wollen sie es ihm sagen. All diese schrecklichen, beschlossenen Sachen. Ihre bescheuerten Erwachsenensachen.

Morgen ist Sonntag. Ich habe keine Schule. Ich soll mit. Aber ich werde mich dort verdrücken. Ich werde schrumpfen auf die Größe einer Zwergameise. Ich mache mich unsichtbar. Ich werde eine zerplatzte Seifenblase sein. Sollen sie doch ihren ganzen beschlossenen Kram Opa Leo allein sagen.

Ohne mich! Ich werde nicht dabei sein. Ich werde, ich werde ...

O Mist! Obermist! Ober-Ober-Mist! Ich bin solch eine feige Stinksocke, dass mir davon fast übel wird.

Ich höre Tante Berta, wie sie mit ihrer Soldatenstimme Opa Leo all die schrecklichen Sachen an den Kopf wirft und ihr zuckersüßes «Du weißt doch, Leo, dass ich nur das Beste für dich will ...» hinterhersäuselt. Ich höre Mama mit ihrer kleinsten Stimme irgendetwas Verzweifeltes murmeln, und ich höre Onkel Fredis Bass: «Es muss sein, Leo. So nimm doch um Himmels willen Vernunft an!»

Und ich sitze dann in irgendeinem Versteck, klein und mies und feige wie die allererbärmlichste Furzlaus im ganzen Universum. Klasse! Gratulation! Super!

Ich ziehe mich leise an und schleiche an Mamas Zimmer vorbei in den Hof. Die Küchenuhr zeigt zwölf Uhr zwanzig. Es ist schon Sonntag.

Ich schnappe mein Fahrrad und radle los. Noch nie in meinem Leben war ich so spät in der Nacht allein draußen. Aber ich bin jetzt zwölf. (Was machen die neunzehn Tage, die noch fehlen!)

Es ist Alarmstufe eins! Und besondere Situationen verlangen besondere Handlungsweisen. Das sagte mal so ein uralter General in einem uralten Schwarz-Weiß-Film. Und Opa Leo sagt immer: Was getan werden muss, tut man am besten sofort!

Ohne lange zu fackeln. (Das sagte Oma Lucie.)

Okay, wird gemacht. Eye, eye, Sir!

Und ich radle los. Der Mai riecht so gewaltig, dass mein Herz gerüschte Ränder kriegt wie an Mamas Bluse. Ich wusste gar nicht, dass die Nacht so komplett anders riechen kann als der Tag. Das werde ich noch erkunden müssen. Später. Jetzt ist Sonntag. Ich lege mich ins Zeug. Ich atme tief durch und radle und radle.

Ich rieche und rieche. Ich könnte singen und heulen. Ich schniefe und schniefe.

Ich denke kurz an Papa. Wo immer er gerade ist, er würde das richtig finden. (Papa, warum hast du mir nie erzählt, wie eine Mainacht riecht?)

Ich radle und radle.

Ich bin der tollkühne, geheimnisvolle Ritter, der Freund der Geächteten und Enterbten. Keiner weiß, wo ich herkomme. Keiner weiß, wo ich hin will. Nur ich selbst kenne mein Ziel.

Mein Pferd galoppiert durch die dunkle, gefährliche, klippenreiche Nacht. Es ist ein treues, unerschrockenes Pferd. Es bläht weit seine Nüstern. Es legt sich mächtig ins Zeug. Es kennt den Weg. Die Mainacht umfängt uns mit ihrem grünen, duftenden Mantel. Das Ziel naht. Ziegeleistraße 65. Noch drei Ecken und ein kleiner Berg.

Mein Pferd keucht. Ich keuche. Opa Leo, wir kommen. Opa Leo, mach auf. Wir können nicht mehr! Mein tapferes Pferd bäumt sich ein letztes Mal vor Erleichterung auf, als sich die Haustür öffnet.
O danke, danke, danke!

KAPITEL 6

Opa Leo steht dort im Schein der Lampe, und seine hellen Haarflusen stehen wild von seinem Kopf ab und leuchten. Er hat, ich schwöre es, einen Heiligenschein. Und überhaupt, er sieht in seinem langen, bleichen Nachthemd fast so aus wie einer dieser Verkündigungsengel auf Oma Lucies Weihnachtskartensammlung.

Vor dem Licht sehe ich nur seine Umrisse, und ich spüre seine verwunderten Augen. Ich fühle mich wie die Heiligen Drei Könige alle auf einmal, als sie endlich vor dem Stall in Bethlehem standen. Ich könnte vor Erleichterung glatt niederknien.

Ich lehne mein Fahrrad an den Zaun und springe direkt in Opa Leos Arme.

Das Wunderbare an Opa Leo ist, dass er sich mit allem so viel Zeit lässt, wie es braucht, auch mit den Fragen. Er hebt mich hoch, trägt mich in die Küche und setzt mich auf die Fensterbank. (Jetzt bin ich doch tatsächlich froh, dass ich noch nicht vierzehn bin.) Das Fenster steht weit auf, und auf dem Küchentisch flackert eine Kerze. Opa Leo setzt sich neben mich, und wir hängen unsere Beine nach draußen in die Nacht mit ihrer weichen, dunklen Luft und lassen uns davon streicheln.

Opa Leos kleines, krummes Haus hat einen winzigen

Garten. So groß wie ein Waschlappen, sagt Mama immer. Aber in den hat Oma Lucie alle Blumen der Welt um den alten Pflaumenbaum gesät, und noch Kartoffeln und Möhren und Petersilie. Jetzt sät sie das alles droben im Himmel. Und ich weiß, sie werden dort große Augen machen, was sie so alles zum Blühen bringt.

Hier unten wuchert jetzt alles zu. «Eine Schande», sagt Tante Berta. Aber auch das Wucherzeug sieht einfach total gut aus.

Opa Leo hat seinen langen, starken Arm um mich gelegt, und ich drücke mich an sein Nachthemd. Das riecht etwas nach Waschpulver und etwas nach Opa Leo. Draußen in dem Wucherzeug raschelt und wispert es. Die Sterne summen ihre Sternenlieder, und ein Vogel redet im Traum. Ich kann einfach nicht genug bekommen von diesem ganzen Maizauberkram.

Wir sagen gar nichts. Mit Opa Leo ist Gar-nichts-Sagen einfach klasse.

«Du warst ja noch auf», sage ich.

«Ach, der Mai», flüstert Opa Leo, «den kann man einfach nicht verschlafen.»

Und ich weiß seit heute Nacht genau, was er damit meint, und nicke.

«Der Mai riecht am besten», sagt Opa Leo. «Alle grünen Sachen duften jetzt um die Wette, da wird die Nase komplett verrückt. Besonders nachts. Oder nach dem Regen. Und dann alle diese Streichelsachen. Hast du schon mal diese kleinen pelzigen Knospen berührt?»

Ich nicke.

«Oma Lucie und ich haben im Mai oft auf einer Decke

gelegen und den Sternen zugeschaut ... Weißt du, dass man die Sterne hören kann?»

«Klaro», sage ich. «Richtige Kreislieder, rum und rum und wieder von vorne. Und jetzt schaut Oma Lucie von da oben runter und dir beim Raufschauen zu.»

Opa Leo seufzt und drückt mich kurz an seine Brust. «Schön, dass du da bist, Pille», sagt er.

Wir hören, dass die Mai-Sterne sich besonders anstrengen mit ihrem Kreislied, und bei der tausendsten Strophe vergesse ich fast, warum ich eigentlich hier bin. Bis es mir wieder einfällt und mein Herz heftig zusammenzuckt und sich alles in mir klein machen will, um sich zu verstecken. Meine Luft stolpert auf und davon, und ich jage ihr hinterher. Das, was Asthma heißt, das macht mir immer fürchterlich Angst.

«Ganz ruhig, Pille», sagt Opa Leo. Er legt mir seine Hand auf den Bauch. Die ist groß und stark und warm und tut gut. «So, jetzt tief Luft holen. Und dann schick die Luft einfach in meine Fingerspitzen. Ja, noch ein bisschen, noch ein klein wenig mehr. Ja, gut so. Angekommen!», sagt Opa Leo. «Und noch mal!»

Und, o Wunder, meine Luft ist wieder da. Sie wandert in mir herum und findet zielgenau ihren Weg in Opa Leos Hand.

Ich werde ganz ruhig. Ich möchte die Augen zumachen und mit Opa Leo im kitzelnden Gras liegen, und über uns dreht sich der Himmel mit Oma Lucie zwischen den Millionen Sternen, bis wir davon ganz schwindelig im Kopf werden. Meine Augen werden schwer, und ich will noch sagen: «Opa Leo, du musst aufpassen. Es gibt eine Verschwörung ...»

Als ich wach werde, liege ich neben Opa Leo im Bett. Ich weiß erst gar nicht, was los ist, und denke: toller Traum. Aber dann kapier ich, dass das hier eine nackte Tatsache ist. Denn ich sehe den Zettel im blassen Licht, das gerade ins Zimmer wächst und größer und heller wird. Der Zettel klebt mir gegenüber an Oma Lucies gewaltigem Kleiderschrank. Mitten auf dem angeschlagenen Spiegel, der alles so schön in die Länge zieht. Opa Leo hat groß und wackelig draufgeschrieben:

Ist alles okay!
Mama weiß Bescheid!

Und ringsherum hat er lauter krumme und schiefe Sterne gemalt, die hüpfen direkt in mein Herz und tanzen darin herum.

Opa Leo liegt neben mir und sieht aus wie ein trauriger, lieber, verschlafener Clown, so ein tollpatschiger, langer Lulatsch, der seine rote Nase verloren hat und sie in seinen Träumen sucht.

«Opa Leo, du bist der beste Sternenzeichner, den ich kenne», flüstere ich und mache die Augen wieder zu und schlafe ein. Ich merke sogar ganz genau, dass ich das tu. Und das ist so wundersam, dass ich noch merke, wie ich lächeln muss. Und dann bin ich weg. Das Blöde ist, dass man genau das immer nicht merkt. Leider, leider, leider!

KAPITEL 7

Als ich die Augen wieder aufmache, schaue ich direkt in Opa Leos Augen, mit den tausend Sternenfalten ringsherum. Er lächelt.

Opa Leo sagt: «In den Kissen? Oder draußen?» In den Kissen heißt: Frühstück im Bett! Und das ist eigentlich nur ein anderes Wort für *Paradies*.

Aber *draußen*! Jetzt im Mai, in dem grünen Gewucher! Mit Opa Leo auf der Decke unter dem Pflaumenbaum. Das ist so ein kleines Paradies mitten im Paradies, wenn es so was überhaupt gibt. Sozusagen das Paradies der Paradiese.

Opa Leo läuft in seinem Flatternachthemd hin und her, und ich lasse sein großes, altes, weiches Oberhemd, das er mir zum Schlafen angezogen hat, einfach an und flattere hinterher. Ich glaube, wir sehen aus wie zwei aufgeregte Vogelscheuchen – eine lange, spindeldürre, und eine kleine, mopsige.

Oma Lucie kriegt da oben jetzt bestimmt kugelrunde Augen, das wird ihr nämlich mächtig gefallen, auch wenn sie jetzt entrüstet «Also wirklich ...» sagen würde.

Endlich haben wir alles draußen: Teller, Brot, Butter, Marmelade, Milch, Kaffee, Messer und Löffel. Und die Decke. Wir setzen uns, und Opa Leo nimmt meine Hände, und wir schauen uns an und schauen den Maimorgen an, wir schauen das Frühstück auf der Decke an und sagen laut *Danke* in den besonderen Tag. Aber mitten im Frühstück falle ich mit der Tür ins Haus, ich kann nichts dafür. Ich falle volle Lotte mit dem beschissenen Erwachsenenkram in Opa Leos besonderes Frühstück. Mist, Mist, Mist!

«Opa Leo», flüstere ich, «du musst aufpassen!»

«Ja», sagt Opa Leo.

«Sie wollen dich in das Dornröschenschloss am Kanal stecken.»

«Ja», sagt Opa Leo.

«Sie wollen sogar dein Haus verkaufen, damit das mit dem Geld irgendwie hinhaut.»

«Ja», sagt Opa Leo.

Er kaut ganz ruhig weiter. Aber seine Augen schauen auf die Decke, und ich bin richtig froh darüber, denn ich will da jetzt nicht reinschauen. Ich fühle mich feige und müde und traurig.

«Sollen wir abhauen?», frage ich und hole vorsichtshalber tief Luft, weil sie nämlich gerade dabei ist abzuhauen. Sie kann so was blitzschnell.

Opa Leo nimmt meine Hand, die verschwindet fast in seiner. «Ach, Pille», sagt er. «Ohne Oma Lucie ist hier alles so leer. Und alles tut weh.»

«Was?», frage ich.

«Das leere Bett», sagt Opa Leo, «ihre Zahnbürste im Wasserglas, ihr Platz auf der Küchenbank. Alle ihre Töpfe und Pfannen.»

«Und die Blumen hier draußen», sage ich.

«Ja», sagt Opa Leo.

Mir fällt nichts mehr ein. Mein Kopf ist hohl und leer wie ein geplündertes Sparschwein.

«Vielleicht ist es besser so», sagt Opa Leo.

«Wird Oma Lucie denn wissen, wo du bist, wenn du hier ausziehst?»

«Ja», sagt Opa Leo. «Natürlich. Sie ist doch hier drin!» Er drückt meine Hand auf sein Herz, das schlägt fest und wild.

«Und im Himmel», sage ich. Und ich weiß, dass beides gleichzeitig geht. Wieder so ein Wunderding.

«Und hier im Garten», sagt Opa Leo.

«Und hier drin», sage ich und drücke Opa Leos Hand auf mein Herz, das gerade Saltos übt. Wir schauen uns lange an, und ich schwöre, plötzlich sitzt Oma Lucie zwischen uns und zwinkert ihr besonderes Oma-Lucie-Zwinkern, bei dem ihre Augen fast in ihren dicken Backen verschwinden. Und als ich erschrocken mit meinen Augen plinkere, ist sie schon wieder weg. Nur so ein bisschen von ihrem Geruch hängt noch über der Decke.

Opa Leo hat die Augen zu und lächelt. «Na siehst du», sagt er leise. «So macht sie das. Und deswegen ist das alles halb so schlimm. Die Hauptsache bei einem Umzug ist, dass man sich selber mitnimmt. Und die, die man lieb hat!»

Aber ich höre in seiner Stimme einen tiefen Kummer, den er richtig gut vor mir versteckt hält, aber nicht gut genug. Ich kenne Opa Leos Stimme nämlich sehr genau, besonders seine Freustimme. Und von der gibt es gerade weit und breit keine Spur.

«Ich komme dich jeden Tag besuchen», verspreche ich, «jeden Tag!»

Und meine Stimme schrumpft und wird kleiner und ist weg. Einfach so!

Opa Leo drückt mich an sich. «Danke», sagt er. Und: «Wir schaffen das schon.»

«Wir schaffen das schon», sage ich jetzt, und meine Stimme richtet sich wieder auf, wird groß und stark und zeigt alle ihre Muckies.

«Genau», sagt Opa Leo, und wir schlagen unsere rechten Hände aneinander.

Und ich bin so froh, dass wir das geschafft haben – wir beide zusammen –, dass ich anfange zu heulen. Mit elf Jahren, elf Monaten und zwölf Tagen. Blöd, blöd, blöd. Aber dann sehe ich, dass Opa Leo auch Tränen in den Augen hat, und der ist zweiundachtzig und wird im Sommer dreiundachtzig. Also, was soll's! Und zusammen weinen ist nur halb so schlimm. Und dann hören wir wieder auf.

Jetzt sollen sie mal kommen. Tante Berta. Onkel Fredi. Und Mama. Wir sind stark. Wir sind gewappnet. Opa Leo und ich. Zusammen fast fünfundneunzig Jahre. Steinalt und unbezwingbar.

Sollen sie doch kommen!

KAPITEL 8

Später sagte Opa Leo zu diesem Tag: «Sie kamen. Sie sahen. Sie siegten!» Das ist eigentlich ein lateinischer Spruch, aber Opa Leo weiß nicht mehr, wie das auf Lateinisch heißt.

Sie kamen um halb vier. Mit sauren Gesichtern und süßer Sahnetorte. Und sie sahen natürlich sofort, dass Opa Leo bereits weich geklopft war. Wie Oma Lucies berühmtes Schnitzel. Sie sahen, dass sie gesiegt hatten, dass Opa Leo aufgegeben hatte. Und ich hatte einen Kloß im Hals, der war so dick wie Tante Berta.

«Es war ein kurzer Prozess», sagte Opa Leo später. Und die ganze Zeit kriegte ich so gut wie keine Luft. In mir drin suchte etwas angestrengt nach ihr und konnte immer nur einen Zipfel von ihr erhaschen. Und in Opa Leos Küche war die Luft so dick und zäh und klumpig wie Holundergelee. Und diese Luft konnte ich schon gar nicht einatmen. Mein Herz spielte Fangen und Verstecken auf einmal und klopfte wie wild. Als ich das nicht mehr aushalten konnte und dachte, ich kippe gleich mit einem blau angelaufenen Gesicht vom Stuhl, schickte mich Opa Leo in den Garten.

Als ich irgendwann wieder hereinkam, saßen sie alle mit gesenkten Köpfen am Tisch, wie Hühner. Als ob es unter dem Tisch was zu picken gäbe. Nur Opa Leo saß kerzengerade, grinste mich an und hielt beide Daumen nach oben.

Tante Berta hörte gerade auf, Körner unter dem Tisch zu suchen, und schaute hoch. Ihre kleinen Augen waren noch schmaler, und sie hüstelte und sagte: «Nun gut, Leo. Zwei Monate. *Zwei Mo-na-te*!» Sie sprach mit ihm, als wäre er taub und stockdoof.

Mama sah mir kurz in die Augen, und ich sah eine Million Tränen hinter einem bröckelnden Staudamm. Onkel Fredi saugte an seiner Zigarre. Und weil so viel Qualm um seinen Kopf war, konnte ich nicht richtig erkennen, was in seinem Gesicht los war.

Aber in Opa Leos Augen war etwas, das war traurig und froh zugleich, wenn das überhaupt geht. Aber so sah es aus.

Ich habe erst abends erfahren, als ich noch ein bisschen allein bei Opa Leo bleiben durfte, was das hieß: zwei Monate. Opa Leo zog um. Noch in der kommenden Woche. Aber zwei Monate durfte keiner, *keiner*, auch nicht Tante Berta, das Haus anrühren.

«Zwei Monate reicht das Geld für die Dornröschenvilla», sagte Opa Leo. «Und dann werden wir sehen.»

Lieber Himmel, bitte hilf! Oma Lucie, bitte, bitte hilf! Ich habe keine Ahnung, was Opa Leo damit meint: «Dann werden wir sehen!» Denn er hat so seltsam dabei gegrinst. Und irgendetwas hat auf einmal ganz komisch an meinem Herzen gezogen, als sollte es länger und dünner werden. Geradezu unheimlich. Und nicht wirklich komisch. Eher so das komplette Gegenteil.

KAPITEL 9

In der kommenden Woche machte ich in der Schule nur Murks. Ich versuchte, es so unauffällig wie möglich zu machen, denn an Aufpassen war nicht zu denken. Sosehr ich mich auch anstrengte, meine Gedanken kreisten wie Vogelschwärme um Opa Leo, um seinen Einzug in dieses Altenheim am Kanal und um die zwei kommenden Monate.

Nach der Schule radelte ich so schnell es ging in die Ziegeleistraße. Ich hatte Mama die Erlaubnis abgeluchst, jeden Tag hinzufahren – so lange, bis alles gepackt und ausgesucht war.

Das Packen war nicht so schlimm, aber das Aussuchen. Opa Leo bekam ein ziemlich kleines Zimmer in der Villa. Wo sollten da alle seine Lieblingssachen hin? Und was waren überhaupt seine Lieblingssachen?

Opa Leo wartete immer auf mich. Er sagte, dass er so schwere Entscheidungen nicht allein treffen könne. Das ganze Aussuchen und Verwerfen, um dann doch wieder von Neuem zu überlegen.

«Also, du brauchst ein Bett, einen Tisch, einen Schrank, einen gemütlichen Sessel, einen Stuhl und ganz viele schöne Sachen zum Erinnern und Freuen», schlug ich vor.

Das mit dem Bett war schon mal Obermurks. Sollten wir etwa das Bett von Opa Leo und Oma Lucie in der Mitte durchsägen?

«Also nehmen wir das Bett, das sie in der Villa haben», sagte Opa Leo. «Ist auch besser so. Da liegt dann nachts keine Erinnerung neben mir und tut weh ...»

Das hab ich kapiert. Den schönen alten Lehnstuhl suchten wir aus, ein paar bestickte Kissen von Oma Lucie und die bunte Flickenbettdecke. Die würde Mama kleiner machen. Wir nahmen zwei Wohnzimmerstühle, die mit der hohen Lehne, einen für Opa Leo, einen für mich oder anderen Besuch. Wir nahmen Oma Lucies kleinen Kirschbaumschreibtisch, der so golden schimmert, weil sie ihn immer poliert hat, und ihren kleinen Teetisch. Der Schrank war ein Problem, das sich von selber löste. Sie hatten in der Villa einen Wandschrank mitten in der Rosentapete versteckt. Den sah man gar nicht. Das war auch besser so. Da konnte man sogar, wenn man wollte, Bilder draufkleben.

«Du brauchst noch ein Regal am Bett für den Wecker, die Bücher, deine Medizin und für alle deine Fotos. Und für das Leselicht», sagte ich.

«Und für Blumen», sagte Opa Leo.

Irgendwann hatten wir alles zusammen. Dann kam das Schwerste. Welche Freusachen sollten mitkommen? Erst als ich Opa Leo sagte, dass wir die jederzeit austauschen könnten, weil ja noch zwei Monate alles so bleiben würde, wie es war, wurde er etwas ruhiger. Opa Leo war jetzt immer ganz hibbelig, und er war schrecklich blass.

Ich brachte ihm Essen von Mama mit, damit er bloß nicht auf die Idee kam, eine Pizza zu verschmurgeln. Aber er aß sowieso so gut wie gar nichts.

Am Donnerstagnachmittag sollte Onkel Fredi mit dem kleinen Lieferwagen kommen. Aber als ich aus der Schule kam, fand ich Opa Leo nicht. Ich rannte im ganzen Haus herum, runter und rauf und wieder runter, ich rannte in den Keller, ich schaute in den Garten, ich schaute ins Klo, ich schaute mir die Augen aus dem Kopf. Ich kletterte sogar durch die Bodenluke auf den düsteren Dachboden und war richtig froh, dass Opa Leo nicht da oben war, weil ich dort immer ein bisschen Schiss habe wegen der vielen Spinnen mit ihren klebrigen Netzen.

Als ich gerade losheulen wollte, so völlig erschöpft und leer im Kopf, dafür mit einem riesigen Schrecken im Bauch, so groß wie das Ungeheuer von Loch Ness, da sah ich zwischen meinen Tränen, die alles verschwommen und neblig machten, plötzlich Oma Lucie. Die winkte mir zu und zeigte nach draußen. Und als ich die Nase hochzog und die Tränen mit dem Ärmel abwischte, war sie schon wieder weg.

Ich rannte in den Garten, nein, ich stolperte, denn meine Füße verhedderten sich vor lauter Aufregung, und beinahe wäre ich voll vor die Küchentür gedonnert. Draußen fiel ein feiner Nieselregen, der machte alles grau. Und Opa Leo war nirgendwo zu sehen.

Ich schniefte und schniefte und wollte schon wieder umkehren, da hatte ich plötzlich so eine Ahnung. Und tatsächlich, Opa Leo lag auf einer Decke unter dem Pflaumenbaum. Das ganze grüne Wucherzeug um ihn herum war so gewachsen, dass man ihn nicht sehen konnte. Er lag da, wie ich im Schnee liege, wenn ich einen Engelabdruck machen möchte. Beide Arme und Beine zur Seite ausgestreckt.

Er hatte die Augen zu, und der Nieselregen war überall

auf ihm drauf – wie winzige Perlen. Auf seinem Gesicht, auf seinen Haaren, auf seinem Hemd und seiner Hose und auf seinen nackten Füßen. Überall waren sie auf ihm drauf. Aber Opa Leo sah wunderschön aus unter dem Pflaumenbaum und unter all den feinen, klitzekleinen Tropfen.

Und ich wusste, das durfte ich nie, *niemals,* jemandem erzählen, von wegen der Tassen im Schrank und total plemplem und so. Verstehen würde das sowieso kein Mensch. Nur Oma Lucie. Und natürlich ich.

Ich setzte mich vorsichtig ein Stückchen weiter weg ins Gras und schaute Opa Leo beim Abschiednehmen zu. Ich wusste, dass ich das durfte. Ich wusste es so genau, wie ich auch wusste, dass das ein hochheiliger Moment war. Und eins von Opa Leos Lieblingswörtern fiel mir ein. Es fiel aus meinem Kopf direkt in mein Herz – wie ein Kieselstein ins Wasser. Und dort zog es Ringe, Ring um Ring um Ring, bis mein Herz zu zittern begann. Das war immer so bei dem Wort *Andacht.*

Irgendwann schaute Opa Leo auf, und ich wusste nicht, ob das Regen oder Tränen in seinem nassen Gesicht waren. Aber das war egal. Opa Leo lächelte.

«Ich bin so weit», sagte er.

Und wir hatten noch genau die Viertelstunde Zeit, die wir brauchten, um wieder trocken zu werden. Da kam auch schon der Lieferwagen um die Ecke. Und es ging los.

KAPITEL 10

Gott sei Dank war Onkel Fredi allein gekommen. Tante Berta hatte gemeint, fürs Tragen sei sie nicht gemacht. Und auch zu alt. Mama würde erst nach der Arbeit Zeit haben.

Das Dornröschenschloss hat eine richtige Kiesauffahrt und ein altes, schönes Eisentor. Wie vor den Landhäusern in den alten Miss-Marple-Filmen, die sich Mama öfter ausleiht, weil sie die so schön altmodisch findet. Aber aus der Nähe, wenn man direkt davorsteht, sieht das Dornröschenschloss nicht mehr ganz so vornehm aus. Da sind viele Risse in den Steinen, die Farbe blättert ab, und das Treppengeländer ist ein bisschen wackelig.

Auf der Terrasse saßen ein paar alte Leute. Eine klitzekleine Frau im Rollstuhl hatte eine Katze auf dem Schoß. Und ein pickeliger junger Mann redete mit ihr wie mit einem Kindergartenkind, so richtig blöd, blöd, blöd.

Eine große Frau mit grauen Haaren und grauen Augen kam aus dem Haus und begrüßte uns. Sie sprach normal und war freundlich. Ich meine echt freundlich und nicht so gemacht freundlich. Sie rief nach dem jungen Mann, der hieß Markus und war der Zivi hier.

Markus und Onkel Fredi trugen die schweren Sachen und Opa Leo und ich die leichten. Und irgendwann war der Lieferwagen leer und Opa Leos Zimmer voll. Wir schoben noch eine Weile die Möbel hin und her, bis wir zufrieden waren. Onkel Fredi sagte Tschüss, weil er den Lieferwagen wieder abgeben musste, und wir waren allein.

Ich bezog das Bett mit der schönen weißen Bettwäsche von Oma Lucie, die mit der schmalen, durchlöcherten Borte, während Opa Leo das kleine Gemälde mit dem Engel, der so ein liebes Gesicht hat und eine Lilie in der Hand hält, auf das Regal am Bett stellte, gleich neben das Foto von ihm und Oma Lucie und Papa. (O Papa, *du* müsstest jetzt hier sein und nicht dieser Pickel-Markus.)

Da schob sich plötzlich die Tür wie von Geisterhand auf. Geräuschlos, Millimeter für Millimeter! Wir beide standen wie erstarrt, so wie auf einem Schnappschussfoto. Und ich schwöre, Opa Leo hatte genauso eine Gänsehaut wie ich.

Die Tür schob sich im Zeitlupentempo weiter auf, und hätte sie noch gequietscht wie in einem Spukschloss um Mitternacht, wäre ich tot umgefallen. Uns fielen fast die Augen aus dem Kopf.

Als ich auf gar keinen Fall mehr länger die Luft anhalten konnte, schob sich eine grauweiße Katzenpfote um die Ecke, und dann folgte der Rest. Opa Leo machte ein langes Pffff und ließ sich aufs Bett fallen. Ich plumpste erleichtert daneben, mein Herz plumpste hinterher. Das Bett stöhnte.

«Ich dachte schon, Oma Lucie wollte sich einen Scherz erlauben», flüsterte Opa Leo und hatte schon wieder sein Opa-Leo-Grinsen im Gesicht, das fast bis an die Ohren reicht.

Ich konnte gar nichts sagen, so froh war ich, dass ich nicht einfach umgefallen war. Wegen einer blöden Katze. Wie oberpeinlich! Die blöde Katze war aber nicht blöd. Sie war irgendwie majestätisch und besonders. Sie war cool. Sie ging sehr langsam durchs Zimmer und schaute sich aufmerksam und gründlich jede Einzelheit an, wie bei einem Museumsbesuch. Sie ließ sich alle Zeit der Welt. Sie schaute in jede Ecke und in jeden Winkel.

Und Opa Leo legte seinen Arm um mich, und wir schauten der Katze beim Umschauen zu.

Als sie alles betrachtet hatte, stellte sie sich vor mich und schaute mir so lange in die Augen, bis ich wegschauen musste. Dann tat sie dasselbe mit Opa Leo. Der grinste sie an. Und ich schwöre, sie grinste zurück. Dann sprang sie Opa Leo auf den Schoß, gab ihm einen Nasenstüber und rollte sich zusammen. Sie gab Geräusche von sich, die klangen, als hätte sie eine kleine Nähmaschine im Bauch. Wir blieben ganz still sitzen, nur die Katze schnurrte wohlig, und ich merkte, wie sie uns damit streichelte.

Opa Leo holte irgendwann ganz tief Luft und beugte sein Gesicht ganz nah an den Kopf der Katze und flüsterte: «Danke. Hab vielen Dank. Ich weiß das zu schätzen.»

Die Katze zuckte kurz mit den Ohrenspitzen, das hieß wohl so viel wie: *Okay, okay. Nicht der Rede wert.* Und sie schlief weiter.

Opa Leo und ich sahen uns im Zimmer um. Es sah gar nicht so übel aus. Die Katze hatte Geschmack. Vor dem Fenster war sogar ein winziger Balkon. Und die Farben der Rosentapete vertrugen sich fast mit der bunten Bettdecke, na ja, nur fast. Aber zusammen mit Oma Lucies Bettzeug sah es vornehm aus. Und wir waren zufrieden und ruhten uns aus. Irgendwann sprang die Katze auf, streckte sich und machte dabei ihre Hinterbeine lang und länger und verschwand so lautlos, wie sie gekommen war.

Später kam Mama mit einem Korb wie das Rotkäppchen zur Großmutter, nur dass die Großmutter jetzt im Himmel war und Opa Leo hier auf dem Bett saß.

Mama schaute uns vorsichtig an. Ich kenne diesen Blick. Sie weiß dann noch nicht genau, was sie erwartet und wie sie reagieren soll. Dann ist Mama zum Knutschen. Und ich weiß dann immer ganz genau, wie sie als kleines Kind mal war: süß!

Als sie sah, dass es uns nicht wirklich schlecht ging, eher so in Richtung ganz gut, leuchteten ihre Augen, und sie packte den Korb aus. Sie hatte viele kleine Naschsachen mitgebracht, auch was Salziges zum Knabbern, drei ihrer besten Gläser, Rotwein für sie und Opa Leo und Saft für mich. Und weiße Servietten. Und einen kleinen Strauß Butterblumen, die Opa Leo so liebt. Und ein Wasserglas für die Blumen.

Und in Nullkommanix hatte sie den kleinen Teetisch auf den Balkon geräumt, die zwei Stühle dazu, für mich ein paar Kissen aufeinandergestapelt, und wir saßen draußen hoch über der Terrasse und konnten sogar einen silbrigen Schimmer vom Kanal sehen.

Das ist Mama. Mama, die Zauberin. Mama, die an alles denkt. Und die weiß, was das Herz gerade braucht, wenn es wehtut.

Opa Leo war gerührt und gab ihr einen Kuss. Da war Mama gerührt. Und als die graue Dame kam und die ganze Pracht und Herrlichkeit sah, lächelte sie. Sie heißt Frau Kirchner und ist die Heimleiterin, sozusagen die Chefin in diesem Haus. Und die Katze ist ein Kater und heißt Merlin, wie der berühmte Zauberer.

Frau Kirchner trank ein Glas Wein mit uns, sie erklärte die

Essenszeiten und den anderen Kram, bei dem ich nicht zuhörte. Sie schlug Opa Leo vor, ein bisschen eigenes Geschirr auf dem Zimmer zu haben. Und ich schrieb eine Liste mit all den Sachen, die wir vergessen hatten. Und dann mussten wir gehen.

In Opa Leos Augen wurde es dunkel, als hätte er das Licht ausgeknipst.

Und ich wurde überall ganz kalt. Und meine Luft machte sich dünne.

Mama packte alles zusammen, nahm Opa Leo in den Arm und ging schon mal vor. Ich stand im Zimmer und japste und wusste nicht, was ich mit meinen Händen und meinen Beinen anfangen sollte. Und mein Kopf wusste nicht mehr, was in ihm drin war. Opa Leo stand wie eine lange Bohnenstange vor mir und sagte nichts. Keinen Mucks. Da hielt ich es nicht mehr aus und warf mich heulend in seine Arme. Opa Leo hielt mich fest, bis er ganz nass von meinen vielen Tränen war. Dann schob er mich ein Stück weg und sagte: «Wir schaffen das schon!»

Und ich schniefte: «Vergiss nicht, Oma Lucie Bescheid zu geben, dass du umgezogen bist.»

«Schon gemacht», flüsterte Opa Leo. «Von da oben sieht sie ja alles. Sie wird mich finden.»

Und als ich an der Tür war und mich umblickte, stand Opa Leo am Fenster und schaute in den Himmel. Lang und dünn und irgendwie grau und zerknittert.

Und ich schickte ein Stoßgebet hoch zu den Wolken: Bitte, Oma Lucie, bitte finde ihn schnell. Und bitte, lieber Gott, hilf ihr dabei!! Und macht, dass Opa Leo nicht mehr so grau ist. Danke! Euer Pille.

KAPITEL 11

In dieser Nacht kann ich einfach nicht einschlafen. Immer sehe ich Opa Leos dunkle Augen vor mir. Ich ahne, wie er sich in diesem fremden Bett in diesem fremden Zimmer hin und her wälzt und wie er sich fühlt. Vielleicht ist er sich sogar selber ganz fremd, weil er dort nicht zu Hause ist. Das kenn ich noch vom Krankenhaus. Das fühlt sich an, als ob man innendrin ganz falsch angezogen ist, alles auf links und falsch zugeknöpft oder so.

Da sind zwar jede Menge Leute in dieser Villa um ihn rum, aber die kennt er doch gar nicht. Und keiner kennt ihn und keiner weiß, dass er Opa Leo ist. Der Opa Leo, der Sprünge im Herzen hat und eine Frau im Himmel, die stattlich ist und kugelrund und die ihn manchmal besucht und Lucie heißt, die er aber meistens Bella nennt. Der einen Sohn hat, der mein Papa ist, der aber zurzeit nicht da ist, sondern irgendwo. Und der einen Enkel hat, der Jonas, aber meistens Pille heißt, weil er klein und mopsig ist. Und der gleich heulen wird. Na klasse, wusste ich es doch ...

Deshalb schleiche ich in Mamas Zimmer. Ich will mich in Papas Bett legen, das ist ja frei. Aber Mama hebt einfach ihre Bettdecke, als hätte sie schon gewartet, und wir kuscheln uns aneinander. Irgendwie gut, dass ich noch elf bin, ich hab nämlich keine Ahnung, ob man das mit zwölf noch tut. Mama seufzt. Da habe ich eine richtig gute Idee. Wie gut, dass Opa Leo immer so gute Ideen hat und ich sie mir alle merke!

«Mama», sage ich, «wir werden uns jetzt zu Opa Leo beamen!»

«Beamen?», fragt Mama. Sie hat keine Ahnung, was das ist.

«Ja, so wie die in einem Raumschiff das können. In Opa Leos Lieblingssendung im Fernsehen. Opa Leo hat es mir ganz genau erklärt: Wir müssen uns anstrengen und uns vorstellen, dass wir jetzt bei Opa Leo im Zimmer sind. Ganz konzentriert. Ich liege rechts von Opa Leo und du links!»

«Nein», sagt Mama, «ich setze mich auf den Stuhl neben seinem Bett.»

«Okay», sage ich. «Achtung, fertig, los!»

Mama hat kapiert, was wir da gerade machen. Dass wir Opa Leo in Gedanken besuchen, damit er nicht so einsam ist. Es ist ganz ruhig im Zimmer. Aber jetzt geht die Post ab. Ich meine, unser dringender Wunsch, bei Opa Leo zu sein, wächst in alle Himmelsrichtungen, und wir strengen uns mächtig an, uns haargenau vorzustellen, wie er dort in seinem Bett liegt, unter Oma Lucies schöner Bettwäsche, lang und dünn und schrecklich allein.

Mein Kopf brummt und knirscht und knackst vor lauter Anstrengung, ich glaube sogar, er glüht irgendwie. Aber dann! ZACK! Da beame ich mich aus Mamas Zimmer raus in Opa Leos Zimmer rein.

RUMMS! Gelandet!

Da sehe ich Opa Leo im Bett liegen. Er schläft nicht. Ich schlüpfe unter seine Bettdecke, und er rückt etwas zur Seite und flüstert: «Angekommen!»

Ja, ich bin angekommen. Ich sage keinen Mucks, weil ich nicht weiß, ob Mama angekommen ist. Aber irgendwann ist sie da. Ich sehe und spüre ganz deutlich, dass sie sich auf die Bettkante setzt, weil das Bett so ein kleines bisschen runtergeht. Sie nimmt Opa Leos Hand, und ich nehme seine andere, und wir halten uns fest.

Es funktioniert, es funktioniert, es funktioniert!

Ich lache. Sogar Opa Leo grinst. Und als ich gerade einschlafen will, merke ich, wie es ziemlich eng im Bett wird. Oma Lucie ist gekommen. Sie hat uns gefunden.

Und Mama und ich machen uns davon. So leise, wie wir gekommen sind.

Als ich aufwache, geht es mir besser. Mama hat mich irgendwann wieder in mein Bett zurückgebracht. Ich habe nichts gemerkt. Und heute ist Freitag, das Wochenende steht schon fast vor der Tür. Ich bin gespannt, was Opa Leo zu unserer Beamerei sagt. Toller Trick! Das werde ich jetzt öfter versuchen.

KAPITEL 12

Nach der Schule radle ich erst mal zu Opa Leos Haus. Als ich in die Straße einbiege und es von Weitem sehe, so klein und geduckt zwischen den anderen, spüre ich sofort, dass etwas anders ist. Dass keiner mehr im Haus wartet, keiner mehr dort wohnt. Das merke ich sogar der Straße an. Die hat sich gleich mitverändert. Das Haus steht da nur so rum zwischen den anderen Häusern, als hätte es sich verlaufen und wüsste nicht mehr weiter. So verloren und vergessen. Ich wusste gar nicht, dass Häuser so aussehen können. Aber ich schwöre, genauso ist es. Marco, der in der Schule neben mir sitzt, würde sich jetzt an die Stirn tippen und grinsen. Pille is' mal wieder auf seinem Dichter-Trip, würde er sagen. Weil ich mir nämlich öfter solche Sachen ausdenke. Na ja, klingt ja auch irgendwie plemplem.

Als ich die Tür aufschließe, wird mir richtig mulmig. Ich komme mir wie ein Einbrecher vor. Ein Eindringling. Einer, der ein Geheimnis lüftet, das ihn nichts angeht. Kein schönes Gefühl.

Die Küche sieht noch fast genauso aus wie immer. Von der hat Opa Leo nämlich am wenigsten eingepackt. Ich schmeiße den Rucksack in die Ecke und setze mich auf die Bank am Fenster. Der Mai draußen ist trüb, und über das ganze Grün hat er ein graues Tuch gelegt. Ich mache die Augen zu und versuche mir vorzustellen, wie es noch gestern war. Oder vor einem Jahr. Hier in der Küche mit Oma Lucie. Und mit Papa. Aber das ist jetzt so lange her, dass es sich anfühlt, als wäre diese Zeit in ein anderes Sonnensystem abgedriftet. So weit weg wie ...

Ich heule schon wieder und weiß, dass das aufhören muss, wenn ich zwölf bin. Aber auch das ist so weit entfernt wie der Jupiter oder sonst was im Weltall. Ich wische die Tränen weg und mache die Augen wieder zu. Ich hole mehrmals tief Luft. Dann spüre ich tief in mich rein, wie Opa Leo es mir beigebracht hat, und langsam werde ich ruhiger.

Da sitzt Opa Leo mir gegenüber am Küchentisch und schält Kartoffeln. Oma Lucie steht am Herd, rührt in einem Topf und summt. Papa schaut meine englischen Vokabeln nach, und Mama ist draußen im Garten.

Es riecht gut in der Küche, und es fühlt sich alles warm an und weich und richtig. Und ich kriege supergut Luft und werde größer und größer, bis ich fast an die Zimmerdecke stoße und durchs Dach hindurch weit hinaus wachse und an die Wolken reiche.

Aber dann stürze ich ab, mitten rein in diesen düsteren Kummer, der tief in mir drinnen wuchert wie draußen im Garten der Giersch, dieses Unkraut, das Oma Lucie immer zur Raserei trieb, weil es einfach immer wieder kommt ... Obwohl es eigentlich kein Unkraut ist, wie Opa Leo sagt, sondern ein Wiesenkraut, das man sogar essen kann, igitt. Ich stürze mit einem solchen Karacho ab, dass es richtig wehtut und der Kummer tausend neue Wurzeln kriegt und in mir alles damit zuwuchert.

Die Küche ist wieder leer und kalt, und ich fühle mich

fremd. Vielleicht, weil sie jetzt für niemanden mehr ein Zuhause ist. Vielleicht werden Orte dann so. Das muss ich Opa Leo fragen.

Ich hole meine Liste aus der Hosentasche und suche nach einem Karton. Ich packe ein: drei Gläser, drei Tassen, drei Teller, etwas Besteck, zwei von Oma Lucies allerkleinsten Vasen, genau richtig für Butterblumen. Und ich finde in der Tischschublade, ganz hinten, einen Umschlag mit alten Fotos. Da ist eines, auf dem sieht Oma Lucie noch ganz jung aus, vielleicht so wie Mama jetzt ist. Oma Lucie hat ein zartes, geblümtes Flatterkleid an mit einer Million winziger Knöpfe. Und sie trägt einen Blumenkranz im Haar. Sie lacht, sie streckt die Arme aus, sie lockt irgendwas oder irgendwen, sie sieht aus wie eine Fee, eine etwas runde Fee, aber wunderschön. Und sie hat ein Versprechen im Gesicht. Vielleicht verspricht sie gerade drei Wünsche.

Dazu würde das Wort *zauberhaft* passen. Ich drehe das Foto um, und da steht in Opa Leos Schrift *Bella, die Zauberfee*. Opa Leo und ich finden oft die gleichen Wörter, aber das liegt wohl daran, dass Opa Leo mir die meisten Wörter erklärt hat, und daran, dass er viele besondere Wörter kennt. Opa Leo mag nämlich Wörter. Und ich auch. Besonders die besonderen Wörter, die, die ich alle in mein Heft schreibe. *Wörter müssen stimmen*, sagt er immer.

Ich weiß, dass Opa Leo dieses Foto vergessen hat und es bestimmt unbedingt bei seinen Freusachen haben will. Ich packe es ein. Und noch ein Babyfoto von mir. Da strahle ich in die Welt und sehe darauf aus wie der dicke, fette Pfannekuchen höchst persönlich, prall und lecker. Ich finde mich richtig klasse da drauf, na ja, Babys dürfen noch rund sein, und ich möchte, dass ich so von Opa Leos Regal in sein Zimmer und auf ihn drauf strahle. Und zwei Bilderrahmen müssen her. Diese besonderen Fotos brauchen Bilderrahmen. Da fällt mir die Pappkiste wieder ein, die Opa Leo im Keller zur Seite gestellt hat. Voll mit Kram, den er aussortiert hat. Da waren Bilderrahmen dazwischen. Ich suche und ich finde. Zwei passen ganz genau. Aus dem einen Rahmen muss ich ein Foto von Opa Leo als Soldat rausnehmen, aber das gefällt mir sowieso nicht. Da ist er noch sehr, sehr jung und sieht steinalt aus. Irgendwie eingefroren. Das Gesicht, seine Uniform, der ganze Opa Leo, wie unter einer Eisschicht begraben. Ich knülle das Foto zusammen. Ich werde es wegwerfen.

Dann bin ich fertig, und als ich das Haus abschließe, wird mir ganz komisch.

Ich komme wieder, flüstere ich. Und ich hoffe, dass mich jetzt niemand hört. Wer redet schon mit einem Haus? Doch nur Opa Leo. Und jetzt ich. Also habe auch ich nicht alle Tassen im Schrank, oder? Irgendwie klasse. Ich hätte gern genau die gleichen Tassen im Schrank wie Opa Leo. Und genau die gleichen nicht. Die, die er nicht im Schrank hat, wie Tante Berta betont. Vielleicht stehen die ja in ihrem Schrank? Und die will ich nicht haben. Niemals und auf keinen Fall!

Das Haus hat wirklich traurige Augen. Tante Berta muss das nicht verstehen. Es reicht, wenn ich das fühle. Aber ich weiß nicht, ob ich es Opa Leo erzählen werde. Ich weiß, dass er es versteht, aber es würde ihn traurig machen. Aber dass ich mit dem Haus geredet habe, das fände er gut.

Ich hole tief Luft und sage laut und deutlich: «Haus, hab keine Angst. Ich komme zurück. Alles wird gut!»

Und ich schaue nicht nach links oder rechts, ob mich einer

hört. Ich frage mich nicht, ob das nur leere Versprechungen sind an ein leeres Haus. Ich weiß nur, dass mir das jetzt guttut. Und dem Haus auch. Fertig und Schluss, wie Papa immer sagt. (Ach, Papa. Du wüsstest das auch.)

Ich streichle ein ganz klein wenig über die Haustür und radle los. Wenn das plemplem ist, dann ist es eben plemplem.

Aber es fühlt sich richtig an. Richtig gut.

KAPITEL 13

Als ich durch das Eisentor der Dornröschenvilla radle, ist der kleine Park leer. Kein Mensch weit und breit. Der Kies knirscht unter den Rädern. Ich lehne mein Fahrrad an die Kastanie vor der Terrasse und sehe einen Schatten am Fenster unter Opa Leos Balkon. Der Schatten huscht nicht weg, da sitzt jemand hinter der Gardine und schaut raus.

Als ich über den Gang gehe und gerade die Treppe raufwill zu Opa Leos Zimmer, kommt mir Frau Kirchner entgegen.

«Hast du einen Moment Zeit?», fragt sie.

Ich nicke. Mir wird ganz komisch.

In ihrem Büro steht ein großer Blumenstrauß auf dem Schreibtisch, der würde Oma Lucie gefallen, alles wild und bunt durcheinander.

«Ich mache mir Sorgen», sagt sie.

Ich kriege auf der Stelle keine Luft, als ob eine kalte Knochenhand auf meinen Hals drückt, und ich beginne zu frieren.

«Weißt du, Jonas ...»

Ich staune, sie hat meinen Namen behalten.

«Alle müssen sich, wenn sie eingezogen sind, erst eingewöhnen. Aber dein Opa ist da anders, ich meine, anders im Sinne, dass ich mir Gedanken mache ... Er ist, hm, na ja, er ist auf einen *Baum* geklettert!» Sie seufzt. «Ich war in großer Sorge. Wenn er weiter so seltsame Dinge tut, muss er sein Zimmer wechseln, dann ist der Balkon zu gefährlich.»

Oh Halleluja und Freude, schöner Götterfunken oder wie das heißt! Ich könnte jubeln, ich könnte jauchzen und immerzu Halleluja singen wie die himmlischen Heerscharen, die mich gerade umarmen und die eiskalte Knochenhand aus dem Fenster direkt in den Kanal werfen. Platsch!

Opa Leo ist okay. Ihm ist nichts passiert. Er ist auf einen Baum geklettert. Auf einen *Baum*! Das macht er manchmal. Meistens, wenn er nachdenken muss. Ich strahle. Ich merke richtig, wie mein Mund auseinandergeht und ich alle Zähne zeige. Ich kann gar nicht damit aufhören.

Frau Kirchner stutzt.

«Alles in Ordnung?», fragt sie.

Ich kann nur blöd und strahlend nicken. Aber dann wird es Zeit für eine Erklärung, sonst meint sie noch, unsere ganze Familie sei ein Haufen von Idioten. Aber wie soll ich ihr das erklären mit Opa Leos Besonderheiten? Nachher glaubt sie wie Tante Berta, dass er nicht alle Tassen im Schrank hat, und sperrt ihn deshalb vielleicht ein.

Ich stehe auf. Im Sitzen bin ich so klein wie ein Floh im Fell eines Dackels. Im Stehen bin ich größer. Ich will ihr was Wichtiges sagen. Und ich will, dass sie es kapiert. Ich muss die richtigen Worte finden.

Ich suche in meinem Kopf und sage dann: «Opa Leo ist nicht verrückt, wenn es das ist, was Sie meinen. Er ist nur ein bisschen anders. Aber er sagt, das Anderssein ist das Geburtsrecht eines jeden Menschen. Und er weiß immer, was er tut. Er klettert auf einen Baum, wenn er allein sein will, wenn er Kummer hat und über was nachdenken will. Er weiß, dass

Bäume einem guttun. Sie sind wie Freunde, sagt er. Und er sagt, in ihrem Flüstern kann man das Flüstern im eigenen Kopf besser verstehen. Und deshalb können Bäume helfen.»

Ich staune. Wo kommen alle diese Worte her? Herr im Himmel und Engel, habt Dank!

Frau Kirchner schweigt.

«Opa Leo ist außerdem ein guter Kletterer, da müssen Sie sich keine Sorgen machen», sage ich noch schnell hinterher. Hat sie alles verstanden? Sie schweigt noch immer.

Dann nickt sie und sagt: «Ja, Jonas, ich glaube, ich habe verstanden. Gut, dass wir geredet haben. Aber sag deinem Opa, dass er hier nicht auf Bäume klettern kann, sonst kommen die anderen auf krumme Gedanken. Denn nicht alle wissen das mit den Bäumen! Oder können so gut klettern.» Sie lächelt ein winziges Lächeln.

Wir schweigen. Draußen höre ich den Wind in der Kastanie, und ich höre mein Herz klopfen. Ich höre sogar, wie mein Blut in meinem Kopf rauscht, so sehr habe ich mich angestrengt.

Ich möchte sie umarmen. Sie hat's wirklich und wahrhaftig verstanden. Sie ist klasse. Und ich höre, wie ich sage: «Sie sind klasse!» Und als ich gerade anfangen will, mich zu schämen, ich merke schon, wie ich zart rosarot werde, lächelt sie, und ihre grauen Augen blinzeln.

Sie sagt: «Danke! Das hat schon lange keiner mehr zu mir gesagt. Meinst du, dein Opa wird das verstehen? Er war richtig sauer, als ich ihn von dem Baum runterholen ließ!»

«Wer hat ihn runtergeholt?», frage ich.

«Markus», sagt Frau Kirchner.

Ich sehe den pickeligen Markus, wie er mit dieser Kindergartenmasche auf Opa Leo einredet und ihn damit vom Baum kriegen will.

«Glaub ich nicht», sage ich.

«Na ja», sagt Frau Kirchner, «eigentlich ist er irgendwann von allein runtergekommen.» Sie grinst. «Als Merlin auch raufwollte. Und als er unten war, hat er mich keines Blickes gewürdigt. Jetzt ist er auf seinem Zimmer.»

Sie steht auf. «Bitte hilf mir», sagt sie.

Sie ist groß und ich bin klein. Aber ich kann ihr helfen. Klasse, wird gemacht.

Ich sage noch: «Wir schaffen das schon!»

Die Halleluja-Engel schwirren immer noch um mich herum. Ich muss sie nur noch dazu bringen, dass sie mich jetzt zu Opa Leo in den zweiten Stock begleiten. Für Engel sollte das kein Problem sein. Und für mich auch nicht. Den Aufzug lassen wir links liegen.

KAPITEL 14

Opa Leo sitzt am Fenster und schaut raus. Gerade will ich ihn begrüßen, da schaut Opa Leo sich um und blickt mir in die Augen. Hätte ich Flügel wie die Engel, würden sie jetzt, wusch!, auf der Stelle schlapp nach unten klappen und über den Boden schleifen. Ich habe aber keine, und die Engel sind plötzlich verschwunden. Ich habe keine Ahnung, wo sie sind.

In Opa Leos Augen ist auch niemand. Sogar er selbst ist nicht da. Ich erschrecke. Ich laufe zu ihm hin und drücke mich in seine Arme. Ich drücke so lange und hartnäckig, bis er zurückdrückt und ich ihn wieder spüre. Ich schaue in seine Augen, ein kleines bisschen von ihm ist zurück. Ich nehme ihn an die Hand und sage: «Komm. Wir gehen an den Kanal und schauen ins Wasser. Ich muss dir was erzählen. Und ich hab noch was für dich!»

Den Karton mit dem Geschirr und den Bilderrahmen hab ich im Büro von Frau Kirchner doch glatt vergessen. Ich bin mir ziemlich sicher, dass die beiden Fotos von Oma Lucie und mir Opa Leo zurückholen werden.

Ich stelle Opa Leo die Sandalen vor seine Füße, damit er nicht in den Hausschuhen mitkommt, da denkt er im Moment bestimmt nicht dran, und ziehe ihn über die Treppe nach unten. Er sagt nichts, aber sein blasses Gesicht bekommt etwas Farbe, und seine Augen sind nicht mehr ganz

Liebe Leserin, lieber Leser,

mit dieser Karte können Sie uns Ihre Fragen und Wünsche oder Ihre Meinung zum Buch mitteilen.

Diese Karte entnahm ich dem Buch: _____

Meine Meinung zu diesem Buch:

Ich habe folgende Fragen / Wünsche:

☐ **Ich bin damit einverstanden, dass meine Meinung eventuell veröffentlicht wird.** (Ggfs. bitte ankreuzen!)

Bitte ausreichend frankieren

Weitere Informationen zum Verlag Freies Geistesleben
und seinen Büchern finden Sie im Internet:
www.geistesleben.com | www.facebook.com/geistesleben

☐ Bitte senden Sie mir das aktuelle Gesamtverzeichnis

☐ Ich bin auch an E-Books interessiert

☐ Schicken Sie mir bitte Ihren monatlichen Newsletter

E-Mail:

Absender:

Name

Straße / Postfach

Postleitzahl / Ort

Deutsche Post
WERBEANTWORT

An den
Verlag Freies Geistesleben
Postfach 13 11 22
70069 Stuttgart

so leer. Vor dem Büro sage ich: «Warte mal kurz.» Und als ich wieder rauskomme, verstecke ich die Fotos in meiner Jacke. Den Karton darf ich später holen.

Vor dem Eisengitter der Villa biegt ein kleiner, fast zugewachsener Pfad rechts ab, man muss höllisch aufpassen, dass man ihn überhaupt sieht. Und er geht ziemlich steil nach unten.

Opa Leo lässt sich führen, als wäre ich sein Blindenhund. Mir gefällt diese Idee, und plötzlich mache ich ein Spiel daraus. Ich schnüffle, ich knurre, ich winsle, ich mache Bittebitte, ich hebe mein Bein und ziehe an Opa Leos Hose. Nur das mit dem Wedeln schaffe ich nicht, aber ich wackle mit meinem Hinterteil hin und her, das kann ich nämlich gut. Darin bin ich eine Naturbegabung. Da werden selbst die Girls in meiner Klasse neidisch.

Und Opa Leo hat's irgendwann kapiert und ruft: «Such, Bello. Such!»

Und: «Braver Hund.» Und: «Leckerchen für dich, Bello!» Er zaubert, eins zwei drei, ein Karamellbonbon aus der Hosentasche.

Ich führe ihn bis an meine Lieblingsstelle. Die kennt noch kein Mensch. Die hab ich mal entdeckt, nachdem Papa abgehauen war und ich vor Kummer weder aus noch ein wusste. Es ist eine gute Troststelle. Ein verzauberter Ort. Ich werde diesen Platz Opa Leo schenken.

Da steht eine große alte Weide. Ihre knorpeligen Wurzeln schauen wie verknotete Finger aus der Erde, dazwischen ist etwas Gras, und davor ist der Kanal. Wie immer gibt es dort keinen Menschen weit und breit. Man sitzt genau zwischen Himmel und Erde, und es ist bestimmt der beste Ersatz für

Opa Leos und Oma Lucies Pflaumenbaum. Opa Leos Augen werden wach, das kann ich genau erkennen. Sie blinzeln, sie sehen sich richtig um, ich meine *richtig*, und sie recken und strecken sich. Und dann lugt ein klitzekleines Grinsen draus hervor, lehnt sich über die Brüstung und kippt fast raus.

Ich grinse zurück. Alles in mir drin grinst ebenfalls, wenn das überhaupt geht, sogar meine Knie grinsen, als ich endlich neben Opa Leo im Gras sitze und mich an ihn lehne. Die Halleluja-Engel sind wieder da. Ich glaube, sie sind nur vorausgeflogen. Sie wussten, dass wir kommen. Engel wissen so was.

Ich stupse Opa Leo an und sage: «Na, Tarzan! Musste das mal wieder sein?»

Und Opa Leo stupst zurück und sagt: «Glaub jetzt nur nicht, dass ich da oben Jane gesucht habe...»

Ich stelle mir gerade Oma Lucie im Baum als Jane vor, so wie im Kino mit der knappen Lederhemdchenausstattung und all dem nackten Fleisch drumherum, und muss kichern. Opa Leo hat natürlich mitgekriegt, was sich da eben in meinem Kopf so rumtummelt, und droht mir mit dem Finger. Ich sehe in seine Augen und sehe, dass er wieder da ist.

«Musstest du unbedingt den einzigen Baum in Sichtweite vom Haus nehmen?», frage ich vorsichtig.

«Das war unüberlegt», stimmt Opa Leo zu. «Aber ich war ja genau in dem Zustand, wo ich nicht überlegen konnte und deshalb einen Baum brauchte ... Mir ging es nicht gut. Mir ging es sozusagen besch...»

«Bescheiden?», grinse ich.

«Bescheiden», grinst Opa Leo zurück.

Ich muss mehr wissen. «Voll die Krise?», hake ich nach.

Opa Leo nickt. «Der Supergau», flüstert er, «so oberbesch...eiden, dass ich sogar vergessen habe, was mir immer hilft.»

«Nö», sage ich. «Stimmt doch gar nicht. Immerhin hast du dich an den Baum erinnert.»

«Ja, aber die denken jetzt alle, ich wäre plemplem», gibt Opa Leo zu.

«Nicht wirklich», sage ich und erzähle von meinem Gespräch mit Frau Kirchner.

Opa Leo ist still.

Nach einer Weile sagt er: «Dann nehme ich eben einen anderen Baum. Weiter weg. Diesen zum Beispiel.» Er schaut an der Weide hoch. «Ich lasse mir doch die Bäume nicht verbieten. So weit kommt es noch!»

Ich sage erst mal gar nichts. Ich kenne das von mir, wenn ich trotzig bin. Da will ich was nicht wahrhaben, da will ich mich auf gar keinen Fall fügen. Auch wenn ich längst kapiert habe, dass ich im Unrecht bin.

Opa Leo ist genauso. Ich kenne das schon. Mit ein bisschen Zeit sieht er das ein. Oma Lucie wusste das auch. Und sie ließ ihm immer alle Zeit, die er für die Einsicht brauchte. Tante Berta hat das bis heute nicht kapiert, obwohl sie seine Schwester ist.

Ich warte. Irgendwann seufzt Opa Leo und sagt: «Okay, okay. Sie hat recht. In einer Gemeinschaft gibt es Regeln.»

Na bitte, wusste ich's doch!

«Und wenn ich die Regeln nicht mag, dann breche ich sie eben außerhalb der Gemeinschaft. Dann muss ich da einfach mal raus. Und das hat sie doch nicht verboten, oder?»

«Niemals», sage ich. «Sie ist klasse!»

«Gut», sagt Opa Leo, «dann brechen wir jetzt mal schleunigst diese blöde Hausordnung. Ich meine, diese blöde Baumverordnung. Also, wer ist zuerst in der Weide?» Er springt blitzschnell auf, klettert wie ein Eichhörnchen am Stamm hoch und sitzt, schwuppdiwupp, oben in den Ästen.

Wenn ich nicht genau wüsste, dass er tatsächlich so gut klettern kann wie Tarzan, würde ich jetzt einen Mordsschrecken kriegen. Schon vom Raufschauen wird mir schwindlig.

«Du hast gewonnen», rufe ich in die Blätter und nehme den Stamm in Angriff. Aber ich bin zu klein. Opa Leo zieht mich auf den untersten Ast. Dann komme ich selber vorwärts. Opa Leo hat mir das Klettern schon vor langer Zeit beigebracht. Aber das durfte Mama damals nicht wissen, sie wäre sonst in Ohnmacht gefallen. Mütter sind so!

Die Weide ist gut gebaut. Wir sitzen jeder auf einem Ast und schauen von oben durch all das grüne Laub auf den Kanal. Ich kämpfe mit meiner Luft, aber Opa Leo hält meine Hand. Die Sonne arbeitet sich durch die Wolken. Unter dem Baum zittern kleine, goldene Schattenflecken, und auf dem Wasser entstehen glitzernde Streifen.

«Ein guter Platz», sagt Opa Leo. «Hier werde ich öfter herkommen. Nichts verraten.»

«Ehrenwort», sage ich.

Und dann fasse ich all meinen Mut zusammen und frage: «Was ist geschehen? Was war los, Opa Leo, dass du unbedingt einen Baum brauchtest?» Und eine schwarze Ahnung zittert in mir herum.

Opa Leo sagt erst einmal gar nichts. Ich weiß, dass er jetzt überlegt, wie er mir das am besten erklären kann. So, dass ich es verstehe.

«Also ...», sagt er mit leiser Stimme, und ich muss mich sehr anstrengen, dass ich alles höre.

«Abends im Bett, also abends im Bett, da fing es an. Ich meine, da war alles so fremd.»

Ich nicke. Habe ich's doch gewusst.

«Aber dann auf einmal geschah ein kleines Wunder», flüstert Opa Leo, und ich ahne nur noch, was er sagt. «Plötzlich warst du da und deine Mama. Ich konnte euch ganz nah spüren. Fast wirklich.»

Ich nicke und freue mich riesig. «Wir haben uns auch mächtig angestrengt», sage ich stolz.

«Danke», sagt er, «das hat geholfen.» Opa Leo schaut mir lange in die Augen.

«Und dann kam Oma Lucie, oder?», frage ich. Ich bin jetzt sehr aufgeregt.

«Ja», nickt Opa Leo, und seine Augen sind groß und dunkel und sehnsüchtig. «Aber beim Aufwachen heute Morgen war ich allein. Und dieses Zimmer gehörte nicht zu mir, und alle diese Leute beim Frühstück haben mich verrückt gemacht, sodass ich keinen einzigen klaren Gedanken mehr im Kopf hatte. Als ich aus dem Frühstücksraum auf die alte Kastanie geblickt habe, schien sie ihre Arme nach mir auszustrecken, und ich bin einfach rausgegangen und reingeklettert. Aber Markus hat das gesehen und sofort Alarm geschlagen. Am liebsten hätte er sofort die Feuerwehr, den Krankenwagen, die Polizei, den Notarzt und den Psychiater gerufen!»

«Und dich einliefern lassen, oder?», frage ich und muss kichern.

«Das war nicht komisch», sagt Opa Leo empört, aber er tut nur so.

«Hat er mit dir auch so gesprochen, als wärst du plemplem und noch ein Windelschisser?», will ich wissen.

«Hm», sagt Opa Leo nur. «Also, ich wollte ihn nur ein kleines bisschen zappeln lassen, weil er fast ein Bühnenstück da unten aufgeführt hat, aber da schlich sich Merlin an und wollte zu mir rauf. Eigentlich sprach ja nichts dagegen, aber mit Markus und seinem Gezeter da unten, da war mir alle Lust an einem Katzen-Rendezvous im Baum vergangen. Und ein Baum hilft auch nur, wenn man ihn in Ruhe besucht. Also bin ich wieder runter, und dann fiel Markus fast in Ohnmacht, weil er dachte, ich würde mir dabei alle Beine und andere Körperteile brechen. Und Frau Kirchner kam angerannt und fing auch noch an, ihren Senf dazuzugeben. Da bin ich auf mein Zimmer. So, das war's», sagt Opa Leo und verstummt.

«Eine richtige Glanznummer», sage ich.

«Hm», sagt Opa Leo wieder.

«Und im Zimmer war es so grässlich, dass ich keinen einzigen klaren Gedanken fassen konnte. Ich kam noch nicht mal auf die Idee, mich auf den Balkon zu setzen. Und auf das Dankesagen kam ich schon gar nicht. Ich war einfach leer. So leer wie ein Gurkenfass.»

«Das kenne ich», sage ich. Wir schweigen.

«Opa Leo», frage ich nach einer Weile, nachdem ich seinen Sätzen in mir nachlausche, «was meintest du mit Bedanken?»

«Das ist ein alter Trick», sagt Opa Leo, «den hab ich von deiner Großmutter, und die hat ihn von ihrem Großvater, den kennst du nicht, der ist schon lange tot. Der war ein weiser Mann. Von dem hat Oma Lucie viel gelernt.»

«Aber wofür oder bei wem wolltest du dich bedanken? Es war doch alles so schrecklich. Dafür bedankt man sich doch nicht», sage ich und kapier gar nichts.

«Ja», sagt Opa Leo, «das ist ja genau der Trick. Wenn es dir mal so richtig schlecht geht, dass du meinst, noch schlimmer kann es nicht kommen, dann setzt du dich still hin und beginnst, dich zu bedanken.»

Ich glaube, ich hör nicht recht. Hat Opa Leo gerade vielleicht wirklich nicht alle Tassen im Schrank? Ich schäme mich sofort für diesen Gedanken und schaue schnell woanders hin.

«Pass auf», sagt Opa Leo. «Wir fangen einfach an. Wenn du es verstanden hast, machst du mit, wenn du willst. Okay?»

Ich kapiere zwar kein bisschen von dem, was er meint, aber ich nicke.

Opa Leo beginnt: «Ich bedanke mich für diese wunderschöne, alte Kastanie vor meinem Fenster. Ich bedanke mich für diesen Baum, in dem ich sitze. Ich bedanke mich für Pille, der mich gerade gerettet hat. Ich bedanke mich für diesen Blick auf den Kanal. Danke, Sonne, dass du gerade jetzt anfängst zu scheinen. Danke, dass Oma Lucie die Villa gefunden hat und mein Bett. Danke, dass ich weiß, dass es ihr gut geht. Danke, Merlin, dass du in der Villa wohnst und mich magst. Danke, dass diese kleine Frau im Rollstuhl beim Frühstück neben mir gesessen hat.»

Ich kapiere. Ja, jetzt weiß ich Bescheid.

«Danke», sage ich, «danke, dass Opa Leo mir das Beamen beigebracht hat. Danke, Oma Lucie, dass du Opa Leo besucht hast. Und danke, dass auch ich dich manchmal sehen darf.»

«Danke, dass es dieses Heim ist und kein anderes», sagt Opa Leo.

Ich schaue schnell zu ihm herüber. Ein Lächeln liegt auf seinem Gesicht. Er hat die Augen geschlossen.

«Danke, dass es Mama gibt», sage ich.

«Danke, dass ich einen Sohn habe», sagt Opa Leo.

Wir schweigen lange. Ich kann mich jetzt nicht für Papa bedanken. Papa ist einfach verschwunden. Einfach weg, ohne ein Wort, und keiner erklärt mir das. Überall nur tödliches Schweigen. Ich vermisse ihn. Und ich habe eine Stinkwut auf ihn.

Opa Leo drückt meine Hand. «Ist schon gut, Pille», sagt er. «Darüber reden wir ein anderes Mal ... Hast du gemerkt, was beim Bedanken passiert?»

«Hm», sage ich, um Zeit zu gewinnen. «Man vergisst irgendwie, also, man vergisst einfach, warum man sich schlecht fühlt, wenn man an all diese Dinge oder Menschen oder Erlebnisse denkt, die schön sind. Ich hätte nicht gedacht, dass es so viele sind.»

«Ja», nickt Opa Leo, «wenn man erst mal anfängt, kann man gar nicht mehr damit aufhören. Es sind die kleinen Dinge, die vielen, unendlich vielen kleinen Dinge und Begebenheiten, die jeden Tag passieren und die man so schnell übersieht oder vergisst. Aber sie alle können ein Lächeln auf dein Gesicht zaubern, wenn du auf sie achtest. Und immer, wenn ich sie alle aufzähle, geht es mir hinterher besser. Immer! Oma Lucie und ich haben das oft gemacht. Und immer waren wir danach ganz sprachlos über all die Wunder in jedem Tag.»

Wir schweigen wieder. Über uns und um uns herum blättert der Wind in der Weide, und der Kanal plätschert vor sich hin.

«Werde ich mir merken, den Trick», sage ich.

Ich hätte auch noch tausend Dinge aufzählen können, zum Beispiel, dass Frau Kirchner das mit Opa Leos Besonderheiten verstanden hat oder dass ich die Fotos gefunden habe. *Die Fotos!* Sie sind unten im Gras in meiner Jacke. Und warten auf Opa Leos überraschte Augen.

Ich klettere vorsichtig runter, das letzte Stück muss ich springen. Opa Leo hat mir auch das beigebracht: springen und richtig landen.

«Komm runter», ruf ich, «ich hab noch ein Wunder. Das Wunder des Tages. Mach schon!»

Opa Leo hangelt sich wie ein riesengroßer, spindeldürrer Affe von Ast zu Ast und lässt sich fallen. Es sieht zum Schreien aus. Er wälzt sich im Gras, laust und kratzt sich, zieht Grimassen und macht seltsame Geräusche. Wie im Zoo. Er hat sich das dort lange abgeschaut und Oma Lucie mit der Affennummer immer in den Wahnsinn getrieben. Bis sie ihm eine Banane gereicht hat. Und gekichert hat sie, wenn er es nicht sah.

Würden die aus dem Heim ihn jetzt so sehen, dann wäre es besiegelt. Ein für allemal stünde fest: Der Neue, der so aussieht wie eine Bohnenstange, hat nicht alle Tassen im Schrank. Aber uns sieht ja keiner.

«Mach die Augen zu», sage ich, nachdem ich mich vom Lachen erholt habe.

Opa Leo gehorcht.

«Nicht schummeln», sage ich.

«Niemals, Ehrenwort», sagt Opa Leo und hält die Schwurfinger in die Luft.

Ich lege ihm die Bilderrahmen in den Schoß. Opa Leo tastet sie ab und öffnet dann die Augen. Ich kann mich gar nicht daran sattsehen, wie er schaut.

Und Opa Leo und ich legen uns ins Gras unter all die zitternden Blätter und ruhen uns von all den Wundern aus.

KAPITEL 15

Abends berichte ich Mama die Kurzfassung der ganzen Geschehnisse, und sie meint, es sei gut, dass ich mich so um Opa Leo kümmere. Ich weiß, dass sie denkt, das müsste eigentlich Papa tun, ich sehe es ganz klar in ihren Augen, aber da blinzelt sie es schon wieder weg.

«Morgen könnten wir mit Opa Leo einen Ausflug machen», schlägt Mama vor.

Das ist eine richtig gute Idee, und wir beschließen, warmes Wetter zu bestellen, mit ganz viel Sonne, damit das grüne Wucherzeug draußen nur so blitzt und funkelt.

Das mit dem Bestellen hat Mama mal irgendwo gelesen, und Opa Leo meinte dazu, das sei doch kalter Kaffee, das mache doch jeder. Schon seit tausend Jahren und noch länger. Oma Lucie hat genickt: «Bitten und vertrauen nennt man das.»

«Ne, bestellen und vertrauen», sagte Mama hartnäckig.

Opa Leo meinte: «Na gut, dann eben bestellen. Bestellen und bedanken. Schon im Voraus. Weil man vertraut, dass es kommt!»

Und Papa sagte: «Ihr seid doch jetzt nicht etwa auf dem Eso-Trip?»

Opa Leo hat gegrinst und gemeint: «Wenn du Beten und Vertrauen und Bedanken dafür hältst, dann könntest du recht haben. Aber dann ist es die gesamte Kirche auch. Ich meine, auf dem Eso-Trip!»

Oma Lucie hat gekichert. Und dann haben alle gegrinst. Und ich hab keine Ahnung, was das ist, *Eso-Trip*, jedenfalls scheint es was Lustiges zu sein.

Mama und ich fangen an. Wir versuchen, ganz genau zu bestellen. Nicht so ein Wischiwaschi.

Ich bestelle warmes, strahlendes Sonnenlicht mit blauem Himmel und ein paar Wolken drauf. Für morgen, Samstag, und für den ganzen Tag. Mama bestellt noch so ein bisschen Wind dazu, ein laues Lüftchen, wie sie sagt, damit einem die ganzen Maigerüche um die Nase streicheln.

Ich bestelle, dass es kein Problem mit Opa Leo gibt, ich meine, dass er auf keinen Fall wieder eine Regel gebrochen hat und deshalb nicht mitdarf.

Mama sagt, sie bestellt jetzt noch etwas Persönliches. Nicht laut. Sondern in ihrem Kopf. Ich bestelle das Gleiche, ich weiß es:

«Bestellung an alle Engel und den lieben Gott: Ich, Jonas, genannt Pille, bestelle äußerst dringend, dass Papa zu uns zurückkommt und wir wieder zusammen sind. Herzlichen Dank. Und macht schnell mit der Lieferung!»

Mama und ich nehmen uns an die Hand und sagen laut in unsere Küche, aber eigentlich in den ganzen Raum um uns rum und auf der Erde und darüber hinaus: «Danke!»

Als ich später im Bett liege, fällt mir ein, dass Opa Leo gesagt hat, er wolle mit mir über Papa sprechen. Das wird auch Zeit. Denn immer, wenn das Thema Papa zur Sprache kommt, werden die Erwachsenen komisch. Sie stoßen sich mit ihren Augen an, sie verstummen mitten im Satz, wenn ich dazukomme, und denken, ich wäre blöd und merke das nicht. Und sie behandeln mich wie jemanden, der noch nicht bis drei zählen kann und den man schonen muss. Es ist zum Verrücktwerden. Diese Art von *Schonung* hasse ich.

Und weil ich nicht weiß, was in Wirklichkeit passiert ist, ist alles noch viel schlimmer. Weil meine Fantasie zur Hochform aufläuft und sich lauter bescheuerten Murks vorstellt. Und ich darf auf keinen Fall Mama danach fragen, denn dann klappt sie alle Fenster in ihrem Gesicht zu und sämtliche Türen gleich mit. Und ich stehe draußen und fühle mich noch schrecklicher. So richtig winzig und unbedeutend, wie ein Fliegenschiss auf der Lampe.

Die Erwachsenen tun, als wäre ich hohl im Kopf, als hätte ich keine Fragen, als hätte ich keinen Schmerz. Und dann diese nagende Sehnsucht nach Papa, die macht, dass ich mich ganz zerfressen fühle. Wie ein mottenlöchriger Pullover.

Ich werde mit Opa Leo über Papa sprechen. Ja, das tue ich. Wir müssen da durch, und das will ich am liebsten mit Opa Leo. Er wird mir alles erklären. Papa ist doch sein Sohn. Und ich hoffe, dass ich dann verstehe und nicht mehr so furchtbar wütend bin.

Zack, schon ist die Wut wieder da, und ich könnte schreien: Papa, du bist ein besch... alter Blödmann! Ein Mistkäfer, ein Stinktier, ein ...

Und dann heule ich.

KAPITEL 16

Am anderen Morgen sitzt Mama so weiß wie ein Bettlaken am Küchentisch. Vor ihr steht ein Glas Wasser, und das Röhrchen mit den Kopfschmerztabletten liegt daneben. Mama hat Migräne.

Mama hat Migräne, seit Papa weg ist, und ich habe das mit der Luft gekriegt, das Asthma heißt. Vorher hatten wir das nicht.

«Mama», sage ich leise. Ich weiß, dass sie jetzt keine lauten Geräusche verträgt. «Mama, kann ich was für dich tun? Einen starken Kaffee kochen? Soll ich dir einen kalten Umschlag machen? Die Vorhänge zuziehen?»

Mama schaut auf. Ihr weißes Gesicht ist wie ein Gipsabdruck, starr und bleich. «Ich leg mich hin», haucht sie. «Es tut mit leid.» Und sie zeigt auf den Picknickkorb, den sie schon in aller Frühe für unseren Ausflug gepackt hat.

«Fahrt allein», flüstert sie, denn selbst das Sprechen strengt sie jetzt an.

Ich umarme sie vorsichtig und küsse sie, und sie verschwindet in ihrem Zimmer. Ich höre, wie sie die Rollos runterlässt. Srrrrrr!

Das haben wir bei unserer Bestellung vergessen. Mist, Mist, Obermist! Denn alles andere hat geklappt: Draußen leuchtet ein Maimorgen wie durch Flaschenglas, so grün und funkelnd. Und darüber schwebt ein blauer Himmel mit Wolkentupfen. Und der Wind spielt in den Blättern. Ich könnte heulen. Da fällt mir gerade noch ein, dass ich das in letzter Zeit ziemlich oft gemacht habe und es nur noch dreizehn Tage bis zu meinem Geburtstag sind. Dann gibt es keine Tränen mehr. Mit *zwölf* hat es sich ausgeheult. Ich muss schon mal mit Üben anfangen.

Ich beiße die Zähne zusammen, trage den Picknickkorb zu meinem Rad und frage mich, ob Mama da Wackersteine reingepackt hat. Ich will gerade etwas schwankend losradeln, da fällt mir etwas ein. Ich renne zurück in die Küche, reiße einen Zettel vom Schreibblock und schreibe, indem ich so ein bisschen bei Opa Leo klaue:

Meine liebste Mama.
Ich bin jetzt weg. Ich vermisse dich.
Dein Sohn Jonas. Kusskusskuss.
P.S. Deine Migräne soll abhauen! Schmeiß sie in den Müll!

Ich male noch ein Herz dazu, dann klebe ich den Zettel an den Badezimmerspiegel, da wird sie ihn bestimmt finden.

Als ich bei der Villa ankomme, ist dort Hochbetrieb. Der ganze Garten steht voller Stühle, überall sitzt jemand, aber jeder sitzt für sich, wie dieser berühmte, gestrandete Robinson, der dachte, er wäre allein auf der Insel, bis plötzlich der Eingeborene auftauchte, den er *Freitag* nannte. Ja, genauso sieht es hier aus: lauter Inseln mitten im Park. Aber kein Freitag weit und breit – glauben sie jedenfalls.

Ich suche Opa Leo und kann ihn nicht finden. Markus

sieht mich und macht mir ein Zeichen. Und da biegt Opa Leo um die Ecke. Er sieht riesengroß aus und klapperdürr. Er hat seine geliebte, schwarze Lederkappe aufgesetzt und sich irgendein Gestrüpp daran gesteckt, das wippt auf und ab. Ein kleines bisschen sieht er aus wie Robin Hood, der in die Jahre gekommen ist. Er schiebt den Rollstuhl mit der kleinen Frau vor sich her. Die sieht jetzt noch kleiner aus. Als er mich sieht, beugt er sich zu ihr runter, sagt was und kommt dann zu mir. Ich renne ihm entgegen, ich bin ganz atemlos von der Strampelei und weil sein Gesicht viel, viel besser aussieht als gestern. Und dann springe ich mit meinem Hundesprung in seine Arme, und Opa Leo schwingt mich hin und her. Das haben wir mal für eine Zirkusnummer in der Schule geübt. Und wir kriegen sogar Applaus.

Ich drehe mich um und höre Markus rufen. Er klatscht dabei wie blöd, so wie ein kleines Baby mit Patschehänden, er nimmt sogar die Hände des alten Mannes vor ihm im Stuhl und drückt sie zum Klatschen zusammen.

«Ganz bravo», ruft er. «Ganz bravo!»

Und darüber müssen Opa Leo und ich so lachen, dass es uns nur so schüttelt. Wir werfen uns ins Gras und rollen hin und her, bis mir einfällt, dass das hier vielleicht nicht erlaubt ist.

Ich zupfe an Opa Leos Hose und flüstere: «Komm, steh auf. Das macht man hier nicht.»

«Zum Teufel aber auch!», sagt Opa Leo laut. «Ein bisschen Spaß hat noch keinem geschadet.»

Aber er steht auf, und wir klopfen uns das Gras von den Sachen.

Als ich zu Markus rüberschaue, steht der da mit weit offenem Mund, und sein *Ganz bravo* ist ihm im Halse stecken geblieben. Der Mann, den Markus zum Klatschen gezwungen hat, lacht so sehr, dass sein ganzer Stuhl wackelt.

«Das ist Bismarck», sagt Opa Leo. «Der verzieht sonst keine Miene. Ist immer mit Regieren beschäftigt. Eine ernste Sache, dieses Regieren!» Und er zwinkert mir zu.

Ich kapiere. *Bismarck* – das ist bestimmt nicht der richtige Name des Mannes, und das mit dem Regieren hat Opa Leo gleich mit dazu erfunden, weil es so gut zu diesem Herrn Bismarck passt. Der war nämlich mal Politiker, sagt Opa Leo. Ist schon ziemlich lange her. Tausend Jahre oder so.

«Dann können wir uns ja gratulieren», flüstere ich. «Er wird heute bestimmt lauter lustige Sachen machen in seinen Regierungsgeschäften.»

«Bismarck wird die Vergnügungssteuer erfinden», sagt Opa Leo.

Und obwohl ich diesen Witz nicht kapiere, muss ich mitlachen, als Opa Leo sich wieder schüttelt. Aber dann sagt er auf einmal ganz ernst: «Ich will dich was fragen, Pille. Macht es dir was aus, wenn wir Krümel mitnehmen?»

«Krümel?», frage ich.

«Die Dame in dem Rollstuhl», sagt Opa Leo. Und: «Guck jetzt nicht hin. Sie merkt alles, auch wenn's hier keiner glaubt.»

Krümel! Ich fass es nicht, wie kann man so heißen. Aber als ich in Opa Leos Augen schaue, merke ich, dass er schon wieder beim Erfinden ist. Namen erfinden und die passenden Geschichten dazu ist sein Lieblingsspiel.

«Klasse», sage ich. «Aber weit kommen wir mit dem Rollstuhl nicht. Darf sie überhaupt die Villa verlassen?»

Mama hat gestern Abend noch Frau Kirchner angerufen und ihr von unserem Ausflug erzählt. Und die war einverstanden. Aber da wollte Mama noch mitkommen, da war sie noch nicht krank.

Wir drei allerdings, ein langer Lulatsch mit Blödsinn im Kopf, ein kleiner runder Mops und so ein Krümel im Rollstuhl, wir sehen bestimmt aus wie sehr komische heilige zwei Könige mit einer winzigen Königin. Wie in einem verrückten Bilderbuch, wo der Zeichner ganz viel Spaß an witzigen Ideen und Klamotten hat. Würde Frau Kirchner uns trotzdem ziehen lassen? Dabei hing unser Stern ganz nah über uns. Nur ein bisschen weiter weg überm Kanal.

«Frag du sie», sagt Opa Leo. Er meint Frau Kirchner. «Dich mag sie und du hast ihr Vertrauen. Ich habe mir ihres gestern verscherzt. Aber frag auf keinen Fall Markus.»

Fast bin ich beleidigt. Sehe ich etwa aus wie eine dieser doofen Barbiepuppen von den kleinen Mädchen, die ihren kleinen runden Plastikmund immer zu einem dämlichen *Oh* geöffnet haben?

Ich klopfe an die Bürotür und darf eintreten. Frau Kirchner freut sich, mich zu sehen. Ich soll Platz nehmen, aber ich weiß, dass ich dann wieder auf die Größe eines Schneckenhörnchens schrumpfe. Da bleibe ich doch lieber stehen.

«Mama ist krank», sage ich. «Sie hat uns einen Picknickkorb gepackt. Ich wollte fragen, ob mein Opa und ich und Krü...», ich verschlucke mich fast vor Schreck, «also diese kleine Dame im Rollstuhl», verbessere ich mich schnell, «ob wir zusammen zum Kanal dürfen, vorne vor der Einfahrt.»

Da klingelt das Telefon, und Frau Kirchner redet und redet. Mittendrin sieht sie mich an, dabei hält sie den Hörer zu und sagt: «Ist in Ordnung. Aber nicht weiter weg. Und du passt auf alle auf. Ich verlass mich auf dich!»

Ich renne zur Tür. Ich schreie *Danke* und bin weg, bevor sie sich's anders überlegt oder dahinterkommt, dass man den steilen Weg besser nicht mit einem Rollstuhl fährt.

Ich laufe vors Haus. Markus ist nirgendwo zu sehen. Opa Leo hat Frau Krümel schon auf die Wiese geschoben, der Picknickkorb ist am Rollstuhl angebracht, und ich schreie: «Juchhuuu, wir dürfen!»

«Denn mal los», sagt Opa Leo. Er stellt mich vor: «Das ist mein Enkel Jonas. Aber ich nenne ihn Pille. Weil er klein ist und gesund macht. Er ist die reinste Medizin!» Er sagt nichts davon, dass Pillen nicht nur klein sind, sondern auch meistens rund. «Und das ist die liebe Frau im Rollstuhl», sagt Opa Leo zu mir, und der Name Krümel bleibt vorerst ein Geheimnis zwischen uns.

Ich sage: «Guten Tag» und «Ich freue mich!»

Und die liebe Frau im Rollstuhl sagt gar nichts. Sie blickt durch mich hindurch auf die Hecke mit den dicken Knospen.

Ich nehme trotzdem ihre Hand, die ist so winzig und so leicht wie ein Vögelchen. Ich könnte schwören, dass ihre Hand in meiner Hand ein bisschen geflattert hat. Wir schieben los.

«Schau dich um, ob Markus was mitkriegt», flüstert Opa Leo.

Markus wäre jetzt eine Katastrophe. Der würde glatt alles vermasseln. Der würde mit seinem Kindergartengetue so was rufen wie: «Huch, ihr lieben kleinen Dummerchen! Wo wollen wir denn hin? Wir wollen doch nicht so böse sein und ausreißen? Nein, nein, nein, das werden wir auf keinen Fall tun!»

Und alle seine Pickel würden im Gesicht hin und her springen vor lauter Freude, dass er sie erwischt hat, diese blöden Kleinen mit so viel Grips im Kopf wie eine Barbiepuppe.

Mensch, heute hab ich's aber mit den Puppen. Keine Ahnung, warum. Vielleicht weil mich Krümel an eine Puppe erinnert, an eine dieser Riesenpuppen, die man auf der Kirmes gewinnen kann ...

Kein Markus weit und breit. Und Opa Leo gibt jetzt richtig Gas, wir rollen aus dem Tor und verschwinden um die Ecke. Geschafft!

Und dann macht Opa Leo etwas Erstaunliches. Er beugt sich zu Frau Krümel runter, und er muss sich weit beugen, zieht seinen Hut, greift ihre Vogelhand, haucht einen Handkuss darauf und sagt: «Gestatten, die Dame? Ich werde Sie jetzt ein kleines Stückchen höchst persönlich des Weges tragen. Vertrauen Sie sich mir an. Ihr ergebener Diener!» Und wieder eine Verbeugung.

Ich könnte glatt umfallen vor Verwunderung. Opa Leo spricht wie einer dieser Knappen in den alten Ritter- und Degenfilmen.

Knappe Leo schaut diesem Krümel aufmerksam ins Gesicht, sehr konzentriert, und liest dort etwas, was ich nicht erkennen kann. Dann nickt er und sagt: «Ich danke Ihnen für Ihr Vertrauen, werte Dame!»

Ruckzuck hat er sie auf den Arm genommen, sie ist tatsächlich nur so groß wie diese Kirmespuppen, und sie legt ihre Ärmchen um seinen Hals. In ihrem Gesicht allerdings sehe ich keine Regung. Nichts.

Ich glaube, sie wiegt so viel wie ein Spatz, denn Opa Leo trägt sie leichtfüßig, aber sehr, sehr vorsichtig den ganzen Weg runter und setzt sie unter den Baum ins Gras. Ich holpere mit dem Rollstuhl hinterher, und der Picknickkorb schwankt gefährlich nach rechts und links. Ich muss immer wieder zu diesem Krümel von einer Frau hinschauen, weil ich wissen will, was sie denkt oder fühlt, aber ihr Gesicht bleibt mir ein Rätsel: leer, aber doch voller Geheimnisse.

Opa Leo fragt sie, ob sie lieber im Gras oder im Rollstuhl sitzen möchte, und er erfährt, dass sie das Gras vorzieht. Keine Ahnung, woran er das erkennt. Und ich kann ja jetzt unmöglich fragen.

Wir machen es uns unter der Weide gemütlich. Wir breiten die Decke aus, wir breiten Mamas Köstlichkeiten aus, und Opa Leo hängt die Saftflaschen in den Kanal.

Opa Leo fragt Krümel, ob er ihr ein Dinner zusammenstellen soll. Ich kriege plötzlich den Schatten einer Regung in ihrem Gesicht mit, eine Millisekunde lang erscheint etwas in ihren Augen, das Opa Leo sagt, er solle es tun. Sie ist wohl entzückt. Ich erkenne, dass zwischen den beiden ein geheimnisvolles Spiel entsteht: Opa Leo hat Frau Krümel damit zum Leben erweckt.

Ich halte mich da raus. Ich schaue in den Kanal und in die Wolken, die ich mir gewünscht habe zwischen all den blauen Flecken. Sie sind seltsame Gebilde, immer dabei, jemand anderes zu werden.

Als ich mich umschaue, sehe ich, dass mich Krümel anschaut. Sie blickt mir direkt ins Gesicht, nicht durch mich hindurch auf den Kanal.

Ich blicke zurück und sage in ihre Augen: «Guten Tag,

ich freue mich, dass Sie mich sehen. Und dass ich jetzt was von Ihnen sehen kann. Danke!» Ich höre mich an wie Opa Leo. Natürlich sage ich das nicht laut, ich sage es nur sehr eindringlich in meinem Kopf und hoffe, dass es ankommt. Wie hat Opa Leo nur rausgekriegt, dass sie wirklich alles mitkriegt? Ich darf nicht vergessen, ihn zu fragen.

Ich lege mich auf die Decke und schließe die Augen. Fast ohne Anstrengung kann ich mir vorstellen, auf der Decke unter dem Pflaumenbaum zu liegen. Und einen kleinen Moment später sehe ich sogar Oma Lucie mit ihrer geblümten Schürze vor dem runden Bauch ein paar Blumen schneiden, aber nur kurz, da ist sie nur noch ein Schatten und schon wieder weg.

Als ich wach werde, sitzt Frau Krümel wieder im Rollstuhl, Opa Leo summt etwas vor sich hin und schnitzt an einem Stück Holz. Das hat er schon ewig nicht mehr gemacht. Nur ganz früher, als ich noch ein Baby war, hat er mir kleine Pferde und Hunde geschnitzt. Das hatte ich fast vergessen. Woher kommt bloß das Messer? Sein altes, rostiges Klappmesser, sein Heiligtum, weil es schon seinem Vater gehörte. Und der hatte es wiederum von seinem Vater. Das war mein Ururgroßvater. Das Messer muss ich beim Einpacken glatt übersehen haben.

Ich setze mich neben Opa Leo und schaue ihm zu. Die Sonne steht schon viel tiefer, aber sie ist immer noch warm. Die Saftflasche steht auf der Decke, und ich gieße mir einen Becher voll ein. Ich schaue zu Krümel. Sie schaut zurück. Sie sagt nichts. Aber ich weiß, dass sie jetzt auch Saft vertragen kann. Ich gieße ihr ein und bringe ihr den Becher. «Bitte schön», sage ich.

Und ihre Augen sagen: «Danke!»

Und dann hab ich's kapiert. Es sind ihre Augen. Sie kann so eine Art Gardine darüberziehen, dann schaut sie nach innen oder durch einen durch, wie durch Glas. Aber sie kann die Gardine zur Seite schieben und rausschauen. Wenn sie will. Meistens will sie wohl nicht. Sie wird ihre Gründe haben, würde Opa Leo jetzt sagen.

Beim Wegduseln hab ich mit einem Ohr mitgekriegt, wie Opa Leo ihr ein langes Gedicht aufgesagt hat, ein Liedtext: *Geh aus, mein Herz, und suche Freud ...* Ein ganz altmodisches Lied ist das, mit vielen Strophen und wunderlichen Worten, die Opa Leo und ich so lieben. Oma Lucie hat es oft gesungen. Opa Leo hat sich vor Krümel wohl nicht getraut zu singen, er singt nämlich wie eine Krähe. Und dann hat er ihr von Oma Lucie erzählt, von ihren Blumen und dass sie ihn manchmal besucht. Mehr habe ich nicht mitbekommen.

Opa Leo schnitzt an einer kleinen, runden Figur, und ich ahne, dass das Oma Lucie werden soll. Aber ich frag jetzt besser nicht. Morgen ist Sonntag. Wenn ich dann mit Opa Leo allein bin, werde ich alle Frage stellen, die mich verfolgen und kirre machen.

Über Papa. Über Mama und Papa. Über Oma Lucie. Über diese Frau Krümel und ihre Geheimnisaugen. Über Bismarck und Gott und die Welt. Und warum Markus diese Kindergartenmasche draufhat.

Ganz schön viele Fragen, ich weiß. Und ganz schön schwer.

Irgendwann, als es kühler wird, packen wir alles zusammen. Frau Krümel wird den Weg hoch getragen, ich schiebe den Rollstuhl hinterher und kriege dabei Muckies. Und als wir in den Park der Villa einbiegen, ist er leer.

Frau Krümel sitzt wieder artig in ihrem Rollstuhl, und Opa Leo schiebt ihn mit harmlosem Gesicht. Ich trotte nebenher und bin richtig froh, dass Markus noch immer nirgendwo zu sehen ist.

Heute habe ich keinen dicken Brocken im Bauch, als ich Opa Leo beim Abschied in den Arm nehme. Seine Augen sehen okay aus und die Augen von Frau Krümel auch. Die Gardinen sind etwas geöffnet.

«Morgen komme ich wieder», rufe ich, als ich aufs Rad steige.

Bismarck kommt auf die Terrasse. Jetzt, wo er steht, kann ich sehen, dass er groß und kräftig ist. Er hat ein kantiges Gesicht und einen grauen Seehundschnurrbart. Als er mich sieht, winkt er huldvoll wie die englische Königin, die ist ja auch immer mit Regieren beschäftigt.

«Tschüss», rufe ich ihm zu.

Und Bismarck ruft doch wahrhaftig *Tschüss* zurück.

Er scheint sich gerade eine Pause vom Regieren zu gönnen. Ich glaube, der echte Bismarck war mal ein Kanzler oder ein General mit Soldaten vor hundertachtzig Jahren oder so, danach muss ich Opa Leo fragen.

Ich radle zurück zu Mama. Mit tausend Neuigkeiten im Kopf. Hoffentlich hält ihr Kopf das aus. Hoffentlich ist sie wieder okay.

Aber Mama schläft, und ich mache mir leise ein Butterbrot, schreibe noch ‹Salomonis Seide› in mein Buch für die besonderen Wörter, weil es sich so schön in dem langen Lied angehört hat. So schön, wie wohl die Gewänder von diesem König Salomon aus der Bibel waren. So mit Seide und Gold und dem ganzen Tamtam.

KAPITEL 17

Als ich wach werde, zeigt der Sonntag ein trübes Gesicht, und ich merke, dass ich mich genauso trüb fühle. Ich habe irgendeinen Murks geträumt, habe beim Aufwachen sofort an Papa gedacht und an Opa Leos Umzug und sein leeres, trauriges Haus. Ich habe Oma Lucie vermisst und an Mamas Migräne gedacht, die gestern Abend immer noch da war.

Das alles zusammen hängt an mir wie diese alten Eisengewichte, die sie früher auf dem Markt zum Kartoffelwiegen hatten und die jetzt bei uns in der Schule im Lehrmittelraum zustauben. Ich fühle mich so schwer, dass ich glatt durch mein Bett hindurch zum Mittelpunkt der Erde sinken könnte.

Mama will nicht aufstehen, ihr Kopf schafft es immer noch nicht. Ich mache ihr einen Kaffee und mir ein Butterbrot und trinke ein Glas Milch.

Ich möchte zu Opa Leo. Aber ich habe Angst, dass es ihm heute so geht wie mir, so bleischwer in allen Knochen, und das könnte ich jetzt nicht aushalten. Ich würde durch den Mittelpunkt der Erde hindurch sinken, gegenüber rauskommen, ins Weltall plumpsen und dort als schwarzes Loch verschwinden. Schwarze Löcher sollen ziemlich schwer sein, unheimlich schwer. Es kann aber sein, dass ich das im Fernsehen nicht richtig verstanden habe. Ich dachte bisher immer, Löcher wiegen nix.

Trotzdem radle ich los. Der Mai sieht ganz schön alt aus heute, und er tippt auch nicht an mein Herz. Heute lässt er mich kalt.

Als ich in die Kieseinfahrt einbiege, sehe ich Opa Leo mit Bismarck auf seinem Balkon sitzen. Einen Moment später erkennen auch sie mich, stehen beide auf und winken. Viel Platz ist auf dem Balkon nicht. Bismarck ist etwas kleiner als Opa Leo, aber kräftiger und ungefähr doppelt so breit. Sie freuen sich, mich zu sehen, das steht fest. Und das tut gut.

Als ich im Zimmer ankomme, hat Opa Leo schon die Kissen für mich auf dem Balkon aufeinandergestapelt. Auf der Steinbrüstung liegt eine seltsame Mischung aus Vogelfedern, Rinde und Knospen, kleinen Kieseln und einem winzigen, hellblauen Vogelei. Das ist so winzig und perfekt, dass ich heulen könnte. Ich hab keine Ahnung, warum, und beiße die Zähne aufeinander. Opa Leo hält mich lange fest, ich glaube, er weiß, was mit mir los ist.

Bismarck heißt Herr Mittich und hat eine schnorrende Stimme, die nurrr kurrrze Sätze kann.

«Frrreue mich», sagt er, als er mir die Hand mit seiner Eisenpranke zerdrückt. Von Nahem ist sein Schnurbart ein graues, wildes Gestrüpp, und seine Augen zwinkern und zucken so häufig, als wären sie in einen Sandsturm geraten.

«Werrrde jetzt gehen», sagt er. «Sehen uns späterrr. Unverrrmeidlich!»

Und dann räumt er das Feld, irgendeine wichtige Sache wird auf ihn warten. Irgendein Regierungsgeschäft. Ich bin froh, dass er geht. Nicht, weil ich ihn nicht mag, sondern weil ich Opa Leo jetzt für mich haben will.

«Der kann ja doch reden», sage ich.

«Hm», sagt Opa Leo. «Weißt du, hier hat jeder seine Geheimnisse. Herr Mittich tut nur so. So schweigsam, so unnahbar, so stark.»

«Hab ich gemerkt», sage ich. »Aber warum?»

«Er schützt sich», sagt Opa Leo.

«Wie Krümel?», frage ich.

«Genau wie Krümel.»

«Und warum?»

Opa Leo denkt nach. Dann holt er tief Luft und versucht es mir zu erklären: «Man schützt sich immer aus Angst, so viel steht fest. Und alle hier oder die meisten haben Angst, dass sie so, wie sie wirklich sind, nicht verstanden oder abgelehnt werden oder dass man sie nicht würdigt. Sie haben Angst, dass sie falsch sein könnten, irgendwie nicht richtig. Und dass das jeder merkt. Also schützen sie sich. Und verstecken sich hinter einer Verkleidung ...»

«Hinter einer Gardine», sage ich und denke an die kleine Frau Krümel. Ich habe es verstanden, glaube ich.

«Und du», frage ich mit klopfendem Herzen, «wie schützt du dich?»

Opa Leo schweigt eine Weile. Dann sagt er zögernd: «Ich versuche, keine Verkleidung anzuziehen. Aber manchmal frage ich mich, ob ich nicht das Narrenkostüm trage.»

«Na ja», sage ich. «Das passt und passt auch wieder nicht. Manchmal bist du schon eine komische Nummer», und ich denke an seinen Affentanz am Kanal und muss grinsen, «aber du verstellst dich nicht. Und außerdem bist du nicht immerzu lustig oder klingelst mit den Glöckchen auf deiner Kappe herum.»

Opa Leo schaut mich lange und nachdenklich an. «Ja»,

sagt er. «Ich gebe mir Mühe. Ich meine, mich nicht zu verkleiden. Mich nicht zu verstellen. Einfach so zu sein, wie der liebe Gott mich gemacht hat. Und wer mich so nicht mag, hat eben Pech gehabt!»

O Mist, denke ich. Ich weiß, wie oft ich mich schon verstellt habe für andere Leute, in der Schule und überhaupt, etwa eine Billion mal am Tag, und ich beschließe, wenn ich zwölf bin, damit aufzuhören. Das sind noch ganze zwölf Tage. Das ist jetzt auch schon wieder fast magisch, diese doppelte Zwölf, und schnell denke ich meinen magischen Satz, mein höchsteigenes Versprechen: Alles wird gut!

Na bitte. Opa Leo sagt, dass man das lernen kann. Das mit dem Echt-Sein, dass man sich nicht immerzu verstellt.

«Manche können es schnell, manche brauchen Zeit», sagt er. «Aber alle können es, weil sie so geboren werden. Ohne Verstellung, mit einem unerschöpflichen Vertrauen, dass sie richtig sind. Immer. Deine Großmutter, die hat es leicht gehabt. Die hat das einfach nicht vergessen. Und es sich niemals von jemandem ausreden lassen. Ich habe viel von ihr gelernt...» Schon huscht wieder dieser Schatten über Opa Leos Augen, wie eine große, dunkle Wolke, die sich vors Licht schiebt.

«Aber Opa Leo, meistens, eigentlich immer, bist du doch so, wie du bist, oder?», frage ich. Weil ich doch mitgekriegt habe, wie es Tante Berta in den Wahnsinn treibt, dass Opa Leo sich keinen Dreck darum schert, was andere von ihm denken.

Wir schweigen lange.

«Ich versuche, in meinen Schuhen durchs Leben zu gehen», sagt Opa Leo nach einer Weile.

«Hä?» Ich kapiere nicht.

«Das ist ein Bild», sagt Opa Leo. «Das hab ich von den Indianern. Es ist so stimmig, dass es mich damals, als ich es das erste Mal hörte, fast umgehauen hat.»

Ich lehne mich an Opa Leos Hemd. Ich krieg schon so eine Ahnung, was er meint. Und Indianer fand ich schon immer gut.

«Du kannst für dein Leben zu große Schuhe wählen», sagt Opa Leo, «dann schlappst du darin rum und stolperst durch dein Leben, immer irgendwas oder irgendwem oder dir selber hinterher. Du kannst aber auch zu kleine Nummern tragen, dann drückt der Schuh, du kriegst Blasen, Schmerzen, du humpelst oder gehst erst gar nicht mehr aus dem Haus. Oder du wählst Bergschuhe, obwohl du eigentlich lieber in Ballettschuhen tanzen würdest.»

Ich stelle mir Opa Leo gerade in Ballerinas vor und muss grinsen.

«Die richtige Schuhwahl ist es, die unser Leben bestimmt», sagt Opa Leo sehr ernst. «Du kannst nämlich auch Schuhe von jemand anderem tragen, die sich vielleicht sogar anfühlen, als ob sie passen, nicht zu groß und nicht zu klein. Aber sie sind rot. Und deine Lieblingsfarbe ist vielleicht Blau. Oder sie sind geschnürt und du trägst lieber Slipper, aber du hast es vergessen. Oder du trägst sie einem anderen zuliebe und gewöhnst dich so sehr an sie, dass du gar nicht mehr weißt, welche du dir selber ausgesucht hättest. Tief in deinem Herzen weißt du das natürlich. Ich meine, welches deine Lieblingsfarbe ist und wie deine Schuhe aussehen, wie sie sich anfühlen müssen ...»

Opa Leo schweigt. Ich sehe einen ganzen Schuhladen mit

der sonderbarsten Auswahl an Schuhen vor mir. Das Bild gefällt mir.

«Denk an die Katze», sagt Opa Leo. Er meint Merlin. «Merlin käme nie auf die Idee, andere als seine eigenen Samtschühchen anziehen zu wollen. Sie passen ihm perfekt!»

«Alle vier», nicke ich. Jetzt verstehe ich. Merlin käme nie auf die Idee, etwas anderes sein zu wollen als eine Katze, so viel steht fest.

«Ich glaube, ich wackle immer noch in meinen Babysöckchen durch die Gegend», sage ich leise. «Gehäkelt und mit blauer Rüsche.»

Darüber muss Opa Leo so lachen, dass er gar nicht mehr aufhören kann.

«Klar», sagt er irgendwann, als er sich beruhigt hat. «Man muss schon aufpassen, dass die Schuhe mitwachsen und dass sie einem immer noch gefallen. Wie im Leben. Vielleicht möchtest du ja irgendwann aus den Ballettschuhen in die Taucherflossen umsteigen ...» Er grinst.

«Tante Berta hat Schuhe an, die teuflisch drücken», sage ich plötzlich. «Und Onkel Fredi trägt welche, die hat ihm Tante Berta verpasst.»

Ich glaube, ich habe verstanden.

«Wenn du einen Menschen wirklich verstehen willst, sagen die Indianer, dann musst du zwei Wochen in seinen Schuhen gehen», sagt Opa Leo.

Und weil ich schon wieder einen halben Tag näher an meinem zwölften Geburtstag bin, verstehe ich auch das.

«Und zu Tante Berta gibt's auch noch einiges zu sagen», meint Opa Leo. «Aber später.»

Vor dem Balkon kommt ein Wind auf, und Opa Leo sammelt die ganzen Schätze von der Brüstung ein und legt sie auf Oma Lucies Schreibtisch um ihr schönes Feenfoto.

In mir wächst eine Frage, sie wächst und bläht sich auf, sie wird größer und größer, als würde man sie aufpumpen, und sie wächst immer noch weiter mit einem Affenzahn. Ich lasse mich auf Opa Leos Bett plumpsen.

Er steht mit dem Rücken zu mir und schiebt die Fundstücke für Oma Lucie hin und her. Ich will diese Frage loswerden, denn sie drückt in meinem Kopf alle weiteren Gedanken zur Seite, sie drückt meine Luft aus mir raus und lässt keinen Platz für neue Luft. Sie drückt auf mein Herz, dass es sich ganz platt anfühlt, und kurz bevor ich jetzt platze, gebe ich einen Würgelaut von mir. Opa Leo schreckt auf und dreht sich um.

Und dann höre ich, wie ich sage: «Und Papa? Läuft der zurzeit barfuß?»

Opa Leo steht ganz still und sagt keinen Ton. Er sackt ein bisschen in sich zusammen. Dann setzt er sich neben mich aufs Bett. Wir rücken eng aneinander. Aber wir schauen uns nicht an.

Eine Fliege summt an der Fensterscheibe und prallt immer wieder dagegen. Draußen höre ich ein Auto vorfahren. Nebenan rauscht die Wasserspülung. Und durch die Balkontür zieht Bratenduft.

KAPITEL 18

Ich bin diese Frage los und fühle mich plötzlich ganz leicht. Vielleicht, weil ich jetzt so leer bin. Mein Babyfoto lächelt mich mit meinen runden Babyaugen vom Schreibtisch an, und ich lächle ein bisschen zurück. Damals war Papa noch bei uns, und ich hatte bestimmt noch keine Fragen, die schwer wie ein Meteorit waren.

Opa Leo seufzt, und dieser Seufzer zittert in seinem ganzen Körper bis zu mir rüber. Aber ich fasse Opa Leos Hand. Und nach einer Weile drückt er sie.

«Pille», sagt er, «es wird Zeit, dass wir darüber reden, ich weiß. Aber ich hätte so gern noch damit gewartet. Ich habe nämlich Angst.» Er schaut immer noch an mir vorbei.

Jetzt fange ich an zu zittern. Wenn Opa Leo schon Angst hat, was werde ich dann jetzt erfahren? Mein Mund wird ganz trocken, irgendwie sandig, ich muss schlucken und schlucken und merke, dass Opa Leo das auch tut. Am liebsten würde ich mit ihm zusammen diesen Sand und diesen ganzen Klumpen Angst im Bauch von der Balkonbrüstung im hohen Bogen durch die Bäume in den Kanal spucken.

«Ich muss es wissen», flüstere ich. Meine Stimme ist ausgedörrt wie ein vergessener, versandeter Wüstenbrunnen.

Opa Leo nickt. «Ja», sagt er. «Es wird Zeit. Und es ist dein gutes Recht.»

Jetzt, da ich weiß, dass der Moment gekommen ist, wo sich das Geheimnis um Papa lüften wird, werde ich seltsam kalt innendrin, und ruhig. Wie ein tiefer, dunkler Brunnen. Opa Leo wird dort gleich einen Stein reinwerfen, das weiß ich. Aber er sitzt neben mir und wird mich halten, wenn der Stein unten aufschlägt.

«Du weißt, wie sehr dich dein Papa lieb hat, Pille», sagt Opa Leo und drückt meine Hand.

«Nein», sage ich böse und dann: «Ja.» Und das ganze Brunnenwasser zittert heftig, fast bis zum Überschwappen.

Opa Leo hat die Augen geschlossen. Er sucht dahinter die richtigen Worte, damit ich auch alles richtig verstehe. Das tut er immer, wenn er etwas Wichtiges erklärt. Als ich Ja sage, streichelt er kurz mit seiner kratzigen Hand über mein Gesicht. Das mag ich. Und schon kräuselt sich das Brunnenwasser gefährlich. Meine Luft zerteilt sich in kleine Bläschen, die nach und nach zerplatzen und weniger werden.

«Du hast ein treffendes Bild für deinen Papa gefunden», sagt Opa Leo.

«Ich meine, als du fragtest, ob er jetzt barfuß geht ... Ja, ich glaube, er hat seine Schuhe ausgezogen, weil er denkt, er hätte sie abgetragen, nicht gepflegt, zerschlissen, nicht verdient, was weiß ich. Und das Barfußlaufen tut weh, wenn man es nicht gewohnt ist, wie du weißt.»

«Ja, das kann richtig zwiebeln, besonders wenn man über Kies und scharfe Muscheln oder über Dornen läuft», sage ich und nicke. «Warum macht er das?» Ich frage mit einer klitzekleinen Stimme, die sich anhört, als wäre sie nicht von mir.

«Er schämt sich», sagt Opa Leo nach einer Weile.

Ich bin so verdattert, dass mir dazu keine einzige Frage einfällt.

«Und das Schämen kann einen klein machen, so klein wie das allerwinzigste Teilchen in einem Atom», fährt Opa Leo fort. «Und wenn man sich so klein fühlt, hat man jegliche Kraft verloren. Zum Beispiel die Kraft, sich anderen Menschen anzuvertrauen. Dann soll niemand, niemand auf der ganzen Welt mitkriegen, was für eine Winzigkeit im Universum man geworden ist. Und die man lieb hat, sollen das am allerwenigsten erfahren.» Opa Leo seufzt wieder. Er schweigt.

«Weil man Angst hat, dass sie einen dann nicht mehr lieb haben?», frage ich.

Ich bin nicht sicher, ob ich das alles verstanden habe.

«Ja, das ist genau der Punkt. Weil man sein Vertrauen in sich selber verloren hat, kann man sich nicht mehr vorstellen, dass die anderen einem noch vertrauen. Und das ist mindestens ebenso schlimm wie die Situation, für die man sich schämt.» Opa Leos Stimme ist immer leiser geworden.

Und ich denke jetzt so heftig nach, dass meine Gedanken in meinem Kopf sich gegenseitig nur so hin und her jagen. Und davon klopft und puckert es in meinem Kopf, dass es wehtut, besonders neben und über den Augen.

«Aber dann bestraft man sich doch gleich doppelt und dreifach», sage ich.

«Ja», sagt Opa Leo, «weil man glaubt, man hätte alle Strafen dieser Welt verdient!»

Ich will fragen, was Papa denn so Schlimmes angestellt hat, dass er sich so sehr schämt, dass er nicht mehr nach Hause kommt. Zu Mama und zu mir. Und zu Opa Leo, der doch sein Vater ist und der immer alles versteht. Was ist passiert? Ich kriege keinen Ton raus. Was ist das Schrecklichste, was ich mir vorstellen kann? Ich weiß es nicht, aber ich fange wieder an zu zittern.

«Dein Papa hat so große Schulden gemacht, dass er glaubt, uns allen nicht mehr unter die Augen treten zu können», flüstert Opa Leo.

Schulden? Ich fass es nicht. Das ist doch nur Geld, das man nicht hat. Geld! Und für Geld kann man arbeiten. Ich könnte Zeitungen austragen, Hunde ausführen oder auf das Baby von unserer Nachbarin aufpassen, das immer quietscht, wenn es mich sieht. Mama würde bestimmt auch was einfallen. Und Opa Leo hat sowieso immer die besten Ideen. Was ist nur in Papa gefahren? Das muss er doch wissen.

Meine Gedanken schlagen in meinem Kopf Saltos, und immer, wenn ich einen gerade fertig gedacht habe, boxt ein anderer sich nach vorne. Mein Kopf brummt. Aber ich kriege wieder Luft. Geld! Ich werd nicht mehr.

«Wofür hat er so viel Geld ausgegeben?», frage ich. «So viel, dass er es nicht zurückzahlen kann?»

«Wettschulden», sagt Opa Leo ernst. «Pferderennen. Er hat es auf der Rennbahn verloren. Wahrscheinlich hatte er erst eine Glückssträhne und glaubte, dass das so weitergeht. Und dann kann ein Spieler nicht mehr aufhören, weil er denkt, beim nächsten Mal, dann aber, dann kommt der große Sieg. Und der Goldregen. Für diese Art der Spielerei hatte dein Papa schon immer eine Schwäche. Erst waren es die Spielautomaten, später die Karten, und immer der Lottoschein. Und jetzt die Pferde. Das hat Oma Lucie in den Wahnsinn getrieben. Deshalb hat dein Papa davon auch nichts erzählt. Würde sie noch leben, sie würde ihn sich schnappen und ihm eigenhändig den Hintern versohlen, das kannst du mir glauben!»

Ich glaube es sofort. «Wegen der Schulden», sage ich.

«Nein», sagt Opa Leo, «wegen dieser blöden Spielerei, aber noch mehr wegen seiner Feigheit. Denn Männer glauben, dass Spielschulden Ehrenschulden sind, und diesen ganzen Quatsch.»

Dass man nicht aufhören kann zu spielen, wenn man gerade eine Glückssträhne hat, kenne ich von meinen Monopoly-Spielen, wo ich immer noch mehr Häuser und Straßen haben möchte, und wenn ich sie nicht kriege, könnte ich rattendoll werden und aufs Letzte gehen. Und alles verscherbeln. Aber ich hatte mir schon so lange so schreckliche Gedanken gemacht, was mit Papa passiert sein könnte, dass mir diese Wetterei jetzt richtig harmlos vorkommt. Ich drücke Opa Leos Hand. Ich bin jetzt ruhig und klar in mir drin. Das Brunnenwasser ist nicht mehr dunkel und trüb. Der Stein, den Opa Leo reingeworfen hat, hat zwar den Schlamm durchgewirbelt, aber oben wird das Wasser klar. Und der Stein landet auf dem Grund, schlägt sanft auf. Nicht mit Kawumm, nein, eher langsam und trudelnd. Denn er war lange nicht so groß und schwer, wie ich geglaubt habe.

Und meine Luft wartet schon auf mich, ich sauge sie tief in mich rein, dann stehe ich auf, stelle mich vor Opa Leo und blicke ihm fest in die Augen. Wir sehen uns lange und aufmerksam an. Seine Augen sind warm und klar. Sie schauen nicht mehr an mir vorbei, sie schauen ganz tief in mich rein.

«Geld», sage ich, «das kriegen wir doch wohl hin!» Und als Opa Leo nichts sagt, frage ich: «Oder?»

«Ja», sagt Opa Leo.

Er sagt es ernst. Aber seine Stimme ist gewiss. «Wir kriegen es hin. Und jetzt machen wir beide einen Plan. Denn du bist der beste Sohn, den dein Papa nur haben kann. Und der beste Enkel auf der Welt.»

«Und im ganzen Weltall», sage ich. Gott sei Dank können wir beide schon wieder grinsen. Ganz vorsichtig.

Aber ich weiß, dass das noch ein ganz schön schwerer Brocken wird. Wie kann ich Papa klarmachen, dass er diese beknackte Schämerei sein lassen und zurückkommen soll? Und zwar sofort. Und dass wir *zusammen* die Sache mit dem Geld hinkriegen. Wie denn sonst?!

Opa Leo steht jetzt auch auf und nimmt mich in die Arme. Ich lege meine Arme um ihn rum, und es passt. Bei Oma Lucie bin ich nie mit meinen Armen um sie rumgekommen, aber sie war warm und weich, wenn ich mich an sie lehnte. Ihre Schürze roch immer nach Küche. Und im Sommer nach Sommer: nach Erde, nach Blumen, nach Pflaumen und Himmel und Wolken.

Opa Leo riecht nach Opa Leo. Ein bisschen Waschpulver und ein bisschen sein Geheimgeruch, für den es keinen Namen gibt. Seine langen, knochigen Arme sind stark, und meinetwegen hätte dieser Sonntag mit dem grauen Grün vor dem Haus immer so weiter um uns herum fließen können. So wie der Kanal draußen, weiter und weiter, in einen Montag hinein, in einen Dienstag, in meinen Geburtstag, in Papas Rückkehr und in eine andere, wunderbare Zeit …

Aber da ertönt der Gong, und das heißt hier im Haus: Mittagessen. Opa Leo lässt mich los und sagt: «Dann wollen wir mal. Wir ersticken ja schon fast im Bratenduft!»

Als wir die Treppe runtergehen, schleicht Merlin um die Ecke, reibt sich an Opa Leos Beinen und verschwindet hinter einer halb geöffneten Tür.

«Das ist das Zimmer von Krümel», sagt Opa Leo und klopft an. Es ist nichts zu hören. Sie sagt ja nie was, und ihre Augen sind jetzt nicht zu sehen. Wie will Opa Leo wissen, ob er rein darf? Er kratzt sich kurz am Kopf, klopft noch mal und sagt: «Darf ich die werte Dame zu Tisch geleiten?» Und irgendetwas sagt ihm, dass er darf.

Als er die Tür öffnet, sitzt Krümel startbereit im Rollstuhl. Und ich schwöre, sie nickt. Jedenfalls nicken ihre Augen. Und Merlin liegt auf ihrem Bett und streckt alle vier Pfoten in die Luft. Er hat den Sonntagsbraten offensichtlich schon im Bauch. So rund und weich, wie der aussieht.

Opa Leo schiebt Frau Krümel zum Fahrstuhl, da kommt Markus um die Ecke, geht voll in die Bremsen, weil er mit uns nicht gerechnet hat, wird puterrot und sagt: «Hallöchen! Darf ich mal?» Er schiebt Opa Leo zur Seite, greift nach dem Rollstuhl und fügt noch hinzu: «Heute gibt es Sauerbraten. Na, ist das eine Freude? Da werden wir doch brav alles aufessen!»

Ich muss auf der Stelle losprusten, und mein Gesicht wird so rot wird wie das von Markus eben, und ich verschlucke mich fast an meiner Spucke.

Krümel schaut kurz auf, und in ihren Augen tanzen kleine Lichter. Nur eine Millisekunde lang. Opa Leo hat es auch gesehen. Wir zwinkern uns alle zu. Markus ist Markus, soll das heißen. Und Markus merkt wie immer nix.

Wir gehen in den Speisesaal, ich darf mitessen, ich bin Besuch. Und Bismarck kommt zu uns und gibt mir die Hand.

«Sauerrrbrrraten!», verkündet er. Er sieht zufrieden aus. Müssen gut gelaufen sein, seine Staatsgeschäfte heute.

Markus will Krümel an einen Tisch schieben, an dem nur noch ein Platz frei ist. Aber da will sie nicht hin. Das sehe ich deutlich an ihrem Rücken. Der wird plötzlich ganz gerade und sperrig.

Opa Leo greift zum Rollstuhl.

«Wir sitzen zusammen», sagt er zu Markus, und als dieser protestieren will, schiebt er Krümel schnurstracks zu einem großen Tisch am Fenster, an Markus' beleidigtem Gesicht vorbei. Bismarck und ich folgen.

An dem Tisch sitzt ein Mann, der hat eine Million Falten im Gesicht und eine Million Tonnen fettiges Zeug in den Haaren. Die sind rabenschwarz, und das Zeug sieht nach Schuhcreme aus. Aber seine Augen leuchten wild und lebendig, und ich mag ihn auf der Stelle. Er hat Stöpsel in den Ohren, und dann sehe ich, dass er einen MP3-Player hat, genau den, den ich mir schon lange wünsche.

Ich sehe seine Schuhe wippen, und ich staune. Solche Schuhe tragen immer die Helden oder die Bösewichte im Western: spitze Stiefel, vorne aus Schlangenleder, an der Seite mit einer Lasche und einem richtigen Absatz.

Seine Stiefel sind schwarz-weiß. Ich finde sie rattenscharf. Der ganze Mann sieht irgendwie verwegen aus. Ich schiele zu seiner Jacke. Vielleicht hat er dort einen Colt versteckt. Vielleicht ist er ja der Sheriff von diesem Saloon. Und wird Markus verhaften, wenn der wieder dieses verblödete Kindergartenzeug von sich gibt.

Als er unsere Prozession kommen sieht, steht er auf, räumt für Krümels Rollstuhl zwei Stühle zur Seite, schiebt mir einen Stuhl unter meinen Po, und ich sitze neben ihm. Opa Leo und Bismarck setzen sich gegenüber.

Draußen scheint eine blasse, magere Sonne, und ich weiß nicht, ob ich jetzt meinen Namen sagen muss oder nicht. Der schwarze Schuhcreme-Mann strahlt mich an. «Sauerbraten», sagt er, als würde er so heißen.

Ich muss lachen und sage: «Pille.»

Und als er «Hä?» fragt, sage ich: «Das ist mein Name. Oder Jonas!»

Als Opa Leo mitbekommt, dass ich das hier am Tisch allein regeln kann, beugt er sich zu Krümel und erklärt ihr irgendwas.

Der Schuhcreme-Mann sagt zu Bismarck: «Sind sich noch zweihundertundzwanzigunddrei Tage, ich haben heute gezählt.»

Er spricht ein holpriges Deutsch, das sich komisch anhört, aber auch irgendwie charmant, wenn ich das damals richtig verstanden habe, als Oma Lucie mir *charmant* erklärt hat. Da hatten wir alle einen uralten Film mit irgendeiner Piroschka gesehen, die genauso sprach. Oma Lucie und Opa Leo hatten das irgendwie gut gefunden. Ich auch. Es klang lustig. Charmant eben. So wie jetzt bei diesem alten Cowboy.

Bismarck schaut den Schuhcreme-Mann an und nickt. Aber ich verstehe rein gar nichts.

«Noch zwölf Tage», sage ich auf Verdacht. (Dann habe ich Geburtstag.)

Der Schuhcreme-Mann strahlt und sagt: «Is' sich ja wunderbar gut. Wie alt wirst du bekommen?»

Ich verschlucke mich vor Schreck, weil er sofort weiß, was ich meine. Vielleicht ist er ja ein Magier, so wie der aussieht, und kann Gedanken lesen. Ich muss husten, und von allen Seiten reichen sie mir ein Glas Wasser.

Das ist so komisch wie eine dieser witzigen Nummern im Fernsehen, dass wir alle lachen müssen. Ja, wir sind plötzlich so laut, dass die anderen im Speisesaal rüberschauen. Krümel hat ihre Gardinen zur Seite geschoben und lugt raus. Der Schuhcreme-Mann lacht so scheppernd wie verbeulte Töpfe, die über Steinfliesen rollen. Der Sonntag beginnt mir zu gefallen.

«Ich werde zwölf!», sage ich.

Und der Schuhcreme-Mann sagt: «Und Elvis wird sich fünfundachtzig!»

Opa Leo nickt. Bismarck nickt. Krümels Augen nicken. Ich nicke. Keine Ahnung, warum.

Aber Elvis kenne ich, der ist schon lange tot. Doch er hat immer noch einen riesigen Fanclub auf der ganzen Welt. Echt Wahnsinn. Mama hat eine CD, die zuckert sich einem direkt in die Gehörgänge, ich glaube, davon kriegt man Zuckerwatte im Kopf. Und jetzt fällt bei mir der Groschen, Papa würde sagen: Cent. Der Schuhcreme-Mann ist Elvis-Fan. Er hört Elvis. Er kleidet sich wie Elvis. Er nimmt die gleiche Schuhcreme für die Haare wie Elvis, nur dass er wahrscheinlich doppelt so alt ist, wie Elvis jetzt wäre. Ich weiß, dass Elvis Presley weltberühmt ist, sogar wo er tot ist, und Mama kriegt immer etwas traurige Augen, wenn sie ein Lied von ihm hört. Der Schuhcreme-Mann gefällt mir immer besser. Mama würde aus dem Staunen nicht mehr rauskommen.

Wir löffeln gerade unsere Suppe, sie lassen uns alle mit dem Sauerbraten noch ganz schön zappeln, da frage ich diesen Elvis, ob er auch singen kann.

Meine Frage bringt ihn zum Strahlen, seine Falten hüpfen, und er sagt: «Ja, ja, kann ich. Ich kann gut!» Und löffelt seine Suppe weiter.

Ich weiß nicht, was mich da zwickt, aber ich bleibe hartnäckig, ich habe so ein Gefühl im Bauch, das sagt mir: Trau dich! Opa Leo schaut mich so eigenartig an, und Bismarck scheint auch auf etwas zu warten. Krümel schaut in ihren Teller.

«Würden Sie mal was vorsingen?», frage ich.

Opa Leo zuckt zusammen, aber dann grinst er. Bismarck verschluckt sich an einer der winzigen Buchstabennudeln, und Krümel blickt vom Teller hoch. Die Gardinen sind sehr weit aufgezogen. Sie schaut raus, und ich schaue sie an. Sie ist genauso neugierig wie ich. Wir warten.

Elvis hält mitten im Essen inne. Sein Löffel hängt über dem Teller in der Luft. Seine wilden Augen werden noch wilder, sie steppen sich sozusagen mit diesen spitzen Stiefeln durch sein Lächeln. Er nickt so heftig, dass die Suppe vom Löffel wieder im Teller landet.

In dem Moment kriege ich so was wie Panik. Was ist, wenn er jetzt losschmettert und wir alle einen Anschiss kriegen, Markus ins Koma fällt und Frau Kirchner mich wegen Anstiftung zum Blödsinn, und das am heiligen Sonntag, aus der Villa wirft?

Opa Leo scheint zu ahnen, was in mir vorgeht, und strahlt Elvis an. «Wunderbar, wunderbar», sagt er. «Heute Nachmittag um fünf? So als Sonntagnachmittagsvergnügen? Im Park, bei der Kastanie?»

Elvis strahlt zurück. «Wird sich vorbereitet», sagt er. «Mach ich nur eine kleine, bescheidene Auswahl!» Und er zwinkert in Krümels Richtung, und ihre Augen zwinkern ein kleines bisschen zurück. Kann aber sein, dass ich jetzt spinne.

Bismarck schnarrt: «Wirrrd mirrr ein Verrrgnügen sein zu kommen!»

Und Krümel blickt mich an, dann Elvis, dann Opa Leo und dann Bismarck. Die Gardinen sind verschwunden. Sie hat die Fenster weit auf. Sie lässt den Mai rein. Und Elvis. Vor allen Dingen Elvis!

Und der Sauerbraten ist wirklich gelungen. Wir sind uns einig, dass die Köchin ein Lob braucht. Das wird Bismarck übernehmen. Das wird eine Staatsaktion von höchstem Rang. Bismarck wird in der Küche eine richtige Rede halten. Mit allem Schnick und allem Schnack und mit tausend Rrrs. Und die Köchin wird stolz sein.

«Eine Ehrenmedaille ist ihr gewiss», sagt Opa Leo später, als wir auf dem Balkon sitzen.

Der Sonntag ist eine Wundertüte geworden mit Neuigkeiten von Papa und einem auferstandenen Elvis um fünf unter der Kastanie. Und einem Plan. Der ist noch nicht geschrieben. Aber er wartet schon. Und das will ich unbedingt noch heute erledigen. Aber jetzt ruhen wir uns erst mal aus. *Siesta* nennt Opa Leo das. Wie in *Bella Italia*.

Die Sonne übt noch, damit sie um fünf Uhr fit ist, und Merlin schleicht unten auf dem Rasen einer geheimen, unsichtbaren Spur hinterher. Ich werde ganz dösig im Kopf von diesen vielen Ereignissen, die heute Morgen um acht noch alle im Universum versteckt waren. Und im Mai. Und in mir drin. Und in Opa Leo. Und in Elvis. Und hier in der Villa und … Ich glaube, dann schlafe ich ein.

KAPITEL 19

Irgendwann erreichen mich seltsame Geräusche, und ich werde wach. Opa Leo ist verschwunden, und ich liege zusammengerollt auf den Kissen auf dem Balkon. Ich recke mich über die Brüstung und sehe Opa Leo und Markus hin und her eilen.

Unter mir auf der Wiese herrscht wieder Hochbetrieb. Alle Stühle sind besetzt. Es scheinen aufregende Dinge zu passieren. Bismarck taucht auf, dann stecken die drei die Köpfe zusammen und beraten etwas. Danach eilen sie in alle Richtungen davon.

Jetzt geht Opa Leo zu jedem Stuhl auf der Wiese, beugt sich zu jedem Bewohner hinunter und flüstert etwas, und jeder Angesprochene steht artig auf. Opa Leo greift sich den Stuhl und trägt ihn zu der Kastanie. So fügt er alle Inseln zu einer großen Inselgruppe zusammen, und alle Robinsons haben jetzt jede Menge Freitags neben sich, die sie eigentlich Sonntag nennen müssten wegen heute. Sie recken die Hälse und beschnuppern sich gerade. Und von oben sieht das nach Staunen und Freude aus.

Frau Kirchner kommt über die Wiese zu dieser wachsenden Insellandschaft und sieht sich verblüfft um. Sie redet etwas mit Opa Leo, nickt dann und geht zurück ins Haus.

Markus trägt jetzt etwas unter die Kastanie, er geht sehr

aufrecht und sehr wichtig und aufgeregt, und sein Gesicht ist hochrot.

Opa Leo sieht aus wie ein Dirigent, der mit seinem Taktstock alle Instrumente zu einem Klang zusammenfügt. Und in diesem Klang schwingt ein Geheimnis, das zittert in der warmen, sonnigen Luft, und die Menschen unter mir tuscheln vor Aufregung und Erwartung.

Bismarck schleppt eine große Trittleiter, und Frau Kirchner kommt hinterher mit einem dicken Stoffballen im Arm. Bismarck klettert auf die Leiter, Markus kommt angestürzt und hält sie fest, und der Stoffballen wird über einen dicken Kastanienast geworfen und hängt nun wie ein samtiger Vorhang bis auf den Rasen.

Ich reibe mir die Augen und kneife mich in die Backe. Es kann gut sein, dass ich noch träume, denn bisher war hier in diesem Haus, auf dieser Wiese noch niemals etwas in Bewegung gewesen, eher so das Gegenteil. Alle Zeit und alle Gespräche und alle Begegnungen schienen zu verharren, und die meisten Bewohner kamen mir vor wie eine Fliege in einem Tropfen Harz.

Jetzt sitzen die alten Leute dicht nebeneinander, sie tuscheln, sie warten, sie sehen sich in die Augen und tauschen ihre Namen. Es ist, als hätte jemand eine alte zerkratzte Schallplatte auf die richtige Geschwindigkeit gebracht. Und um sie herum geschieht ein Maisonntagnachmittagswunder, und sie wundern sich. Und über allem liegt so etwas wie Freude. So wie die rote, süße Zuckerglasur auf den Paradiesäpfeln auf der Kirmes.

Vor den mitternachtsblauen Vorhang stellt Frau Kirchner einige alte Bierkästen, die sind noch aus Holz, und darüber legt sie ein schwarzes Tuch. Es sieht aus wie eine kleine Bühne. Und plötzlich dämmert es mir. Sie sind alle dabei, die Elvis-Nummer vorzubereiten! Aber Elvis selber ist nirgendwo zu sehen, wahrscheinlich schmiert er sich gerade noch eine Dose Schuhcreme in die Haare.

Und jetzt merke ich, dass auch ich aufgeregt werde, so richtig zappelig. Ameisen rennen unter meiner Haut in alle Richtungen, und das ist so kribbelig, dass ich es nicht mehr aushalte. Ich beuge mich weit vor und schreie: «Huhu! Was ist los da unten?»

Alle Köpfe drehen sich ruckartig um und schauen rauf. Sie haben jetzt andere Gesichter. Tatsächlich und wahrhaftig, ihre Gesichter sehen anders aus. Dieses Warten hat etwas Seltsames mit ihnen gemacht. Als hätte jemand Staub gewischt, ich meine, in ihren Gesichtern, und sie dann poliert, so wie Oma Lucie ihren Kirschbaumschreibtisch. Sie sehen frisch aus und glänzen.

Einige Hände winken mir zu, und ich komme mir sehr, sehr wichtig vor. Wie der Königin-Ehemann der Queen von England. Der winkt auch immer so edel. Ich versuche es, aber irgendwie ist das albern.

«Ich komme runter», schreie ich und renne los.

Als ich an Krümels Zimmer vorbeikomme, fällt mir auf, dass ich sie unten nirgendwo gesehen habe, also klopfe ich an, und dann gehe ich einfach rein und schaue nach. Da sitzt sie und wartet. Man hat sie wohl vergessen.

Opa Leo würde jetzt sagen: «Dann wollen wir mal, schöne Dame, darf ich Sie in den Park geleiten?» Aber ich kann das nicht.

«Sie müssen runterkommen», sage ich, «da geht gleich

die Post ab. Alle sind schon versammelt. Das dürfen Sie nicht verpassen. Auf keinen Fall!»

Ich schiebe ihren Rollstuhl aus dem Zimmer und sehe noch die vielen, vielen Fotos an der Wand. Hunderttausend Stück. Und ganz viele Spitzendeckchen. Spitzendeckchen überall. Ich schaue schnell in ihre Augen, und die sagen: Na, dann mach schon, junger Mann, das wurde aber auch Zeit!

Als wir an der Kastanie ankommen, rolle ich sie an den Rand der ersten Reihe. Markus blickt rüber und hebt den Daumen, das soll wohl heißen: gut gemacht. Oder in seinem Kindergarten-Blödsinn: Das ist aber fein. Artig, artig, kleiner Kerl.

Opa Leo ist nirgends zu sehen, aber dann kommt er aus der Kellertür unter der Treppe und trägt eine Kabeltrommel. Und Markus verschwindet und kehrt mit einer kleinen, tragbaren Musikanlage zurück.

Wir alle schauen aufmerksam zu wie vor einem großartigen Kinofilm, bei dem zuerst die Werbung oder das Vorprogramm läuft und man freudig und geduldig wartet, weil man den kompletten Genuss noch vor sich hat.

Frau Kirchner steht plötzlich hinter mir, tippt mir auf die Schulter und sagt leise: «Ich habe gehört, das war deine Idee?»

«Meine?», stammle ich und kriege Herzklopfen. Ich werde stolz und weiß nicht wofür.

«Wir haben alle nicht gewusst, dass Herr Skazlicz solche Sachen kann. Eigentlich hat ihn hier jeder nur belächelt. Er war für alle eine verrückte, in die Jahre gekommene Elvis-Parodie. Sie betrachteten ihn wie ein ausgestopftes Museumsstück, du weißt schon.»

Sie seufzt.

Ich nicke und weiß gar nichts.

«Ihr seid schon zwei besondere Nummern, dein Großvater und du», sagt sie.

Da wachse ich, ich merke richtig, wie ich innendrin immer größer werde, ich plustere mich auf wie die Spatzen, wenn sie ein Staubbad nehmen und vor Wonne tschilpen.

Und sie lächelt mich an. Ihre grauen Haare schimmern ganz silbrig und ihre Augen auch. Ich mag sie einfach leiden. Sie hätte ja auch das ganze Tamtam hier draußen verbieten und die übliche, eingemottete Sonntagsruhe verlangen können. Aber nein, sie macht mit. Und auch sie ist aufgeregt.

«Ein bisschen frischer Wind tut uns allen hier gut, und besonders der Seele», sagt sie und etwas hüpft in ihren Augen. «Die Seele vergisst man schon mal, wenn sie einen hierhin abgeschoben haben und man eigentlich ganz woanders sein möchte. Und keiner mehr zu Besuch kommt. Oder nur selten ... So wie bei Herrn Mittich zum Beispiel.» Und sie nickt in die Richtung von Bismarck.

Das hab ich verstanden, und ich nicke.

«Opa Leo wäre auch lieber zu Hause», flüstere ich.

Aber heute bin ich mir nicht mehr so sicher, weil er hin und her flitzt und irgendwie leuchtet.

«Er leuchtet», sagt da Frau Kirchner, und weil sie das auch sieht, mag ich sie noch mehr.

«Wo steckt denn der Herr Schaschlik?», frage ich schnell, damit sie bloß nicht merkt, wie sie an meinem Herz zupfen kann.

«Er heißt Skazlicz», verbessert sie mich und grinst. Dann schweigt sie lange und sagt leise: «Er ist ein Zigeuner, ein

Sinti, und kommt aus Ungarn. Und er hat eine lange, düstere Geschichte auf dem Buckel. Ein Wunder, dass er so fröhlich ist. Ein Wunder ...»

Wieder schweigt sie.

«Vielleicht hat ihn sein Elvis gerettet. Wer weiß ...»

Und Elvis kommt.

Mir fallen fast die Augen aus dem Kopf. Und allen anderen auch. Ein heftiges Schweigen legt sich über die Wiese. Und in diesem Schweigen toben alle Ahs und Ohs der Welt. Wir kommen aus dem Staunen nicht mehr raus.

Aus der Villa schreitet eine funkelnde Lichtgestalt in einem schneeweißen Anzug, hoch aufgerichtet, und sie hat eine Gitarre unterm Arm. So könnte in unserer Zeit der Verkündigungsengel aussehen. Er würde niederknien, und sein «Fürchte dich nicht» aus der Gitarre zupfen, rockig und rhythmisch, eingebettet in himmlische Akkorde. Eine engelhafte, musikalische Light-Show eben. (Könnte sein, dass das mein Religionslehrer jetzt gar nicht komisch fände ... Aber dürfen Engel nicht mit der Zeit gehen?) Doch diese Lichtgestalt heißt nicht Gabriel, sondern Elvis, und für einen Moment kapier ich, warum manche ihn den göttlichen Elvis nennen.

Elvis ist zwar knapp über hundert, na ja, nicht wirklich, keine Ahnung, wie alt er ist, aber seine Schuhcreme-Haare glänzen wie Rabenfedern, am Anzug funkeln tausend kleine Lichtblitze, und die Stiefel sind nicht mehr schwarz-weiß, sondern silbern. Und die Gitarre ist ein pinkfarbenes Wunder.

Elvis steigt auf die kleine Bühne, steckt irgendeinen Stecker, den Markus ihm reicht, in die Gitarre, richtet sich auf und verbeugt sich.

Wir erwachen aus unserer Verwunderungsstarre. Wir klatschen uns die Hände heiß. Wir werden endlich alle Ahs und Ohs los.

Und dann geschieht das erste Wunder meines Lebens. Ich meine, das erste Wunder, von dem ich glaube, dass es wirklich vom Himmel geschickt wurde. Elvis schlägt ein paar Töne an, und die Gitarre häkelt sich in die warme Mailuft, sie streichelt die Bäume, die Haut, das Herz. Mir fährt ein solch eigenartiger, süßer Schreck in alle Glieder, dass ich schlucken muss. Schnell wische ich mir ein paar Tränen weg, aber da sehe ich, dass die meisten das auch gerade machen.

Elvis ist das Erstaunlichste, was ich je gesehen habe. Er ist steinalt und wird jetzt jünger und jünger. Vor unseren Augen. Und dann diese Gitarre. Er streichelt sie, er spielt mit ihr Fangen, er erzählt ihr Geschichten, er füttert sie, er spricht mir ihr das Morgengebet, und das am Abend, er zeigt ihr den Himmel und die Erde, er lässt sie blühen und Früchte tragen, er öffnet sie wie ein buntes Buch oder wie eine Truhe mit funkelnden Schätzen. Und er lässt sich viel Zeit damit. Und ich möchte, dass das nie aufhört. Nie, nie, nie.

Und gerade als mich die Töne weit, weit forttragen wollen, greift sich Elvis einen harten, wilden Rhythmus und beginnt zu singen.

Elvis *singt*. Sein Körper singt. Und die Gitarre singt. Und der Mai um uns rum kracht mit Getöse in uns rein. Wir werden unruhig.

Auch ich will mich bewegen, meine Füße tun das schon längst. Bismarck schnipst mit den Fingern, irgendwie heimlich, Frau Kirchner wackelt mit dem Kopf, Krümels Rücken zuckt eine winzige Spur, aber ich sehe es genau, einige beginnen zu klatschen, einige stehen auf und merken es gar nicht.

Ich suche Opa Leo. Endlich sehe ich ihn. Er steht ganz hinten. Er weint. Tränen laufen aus seinen Augen, die sehen aber nicht traurig aus, sondern leuchten in einer großen, klaren, ehrfurchtsvollen Freude.

Dann singt Elvis seinen berühmten Schmuse-Song, *It's now or never*, den kenn ich von Mama, die würde jetzt glatt in Verzückung geraten, und alle summen mit. Dieser Herr Schaschlik, der aber nur so ähnlich heißt, wiegt sich in seinen Hüften und hat die Augen geschlossen.

Ich liebe ihn. Ich liebe ihn von ganzem Herzen. Und ich weiß, dass ihn in diesem Moment hier alle lieben. Da geht etwas Wunderbares durch die Reihen und verbindet uns mit einem leuchtenden Band. Wie ein Geschenkpapier umwickelt es uns und umkräuselt uns mit bunten Schleifen.

Dann singt Elvis «*Muss i denn, muss i denn zum Städtele hinaus.*»

Das Lied hat Oma Lucie oft gesummt oder gesungen, das kenn ich gut, und alle Robinsons fassen ihre Freitags an und singen mit.

Ich sehe Markus mit hellen Augen den Mund auf- und zumachen, ich höre meine eigene Stimme nicht, aber sie ist in dem großen Klang, der jetzt über dieser Wiese hängt und die Wolken berührt. Und dann ist es aus.

Elvis verbeugt sich.

Wir sind noch ein paar Sekunden in einer anderen Welt. Aber dann bricht ein Lärm los, der hat sich gewaschen. Das hätte ich den alten Leuten niemals zugetraut. Sie toben, sie stehen auf, sie rufen, sie klatschen, sie laufen zur Bühne, sie wollen Elvis anfassen, sie wollen Elvis an ihr Herz drücken, das bestimmt so verrückt rast wie meins, sie wollen sich umarmen, weil das Geschenkband immer noch um uns alle herum ist.

Es ist ein wildes Durcheinander, mittendrin steht Elvis, sein Gesicht ist ganz nass, seine Augen sind schwarz wie die Mitte der Nacht mit einer Milliarde Sternschnuppen. Er sagt keinen einzigen Ton mehr, er drückt die vielen heißen Hände, er sieht glücklich und erschöpft aus.

Irgendwann geht Frau Kirchner auf die Bühne, schnappt sich das Mikrofon und sagt mitten in den lebendigen, hüpfenden Lärm: «Meine Herrschaften. Ich glaube, ich spreche im Namen aller, wenn ich mich jetzt bei Herrn Skazlicz aus tiefstem Herzen bedanke für dieses wunderbare Geschenk. Ich schäme mich, dass ich bis heute nicht gewusst habe, dass wir dieses Wunder unter uns haben. Ich bin sicher, dass noch viele solcher Wunder mitten unter uns sind. Wir werden gemeinsam auf die Suche gehen, und es wird bestimmt ein Abenteuer werden. Und ich danke Jonas, den Sie alle hier Pille nennen, dass er Herrn Skazlicz gebeten hat zu singen. Sonst hätten wir alle wohl niemals erfahren, dass er diese besondere Gabe hat. Und bereit ist, sie mit uns zu teilen. Das Haus spendiert jetzt ein Glas Sekt für alle oder einen Saft. Markus wird mit einem Tablett zu Ihnen kommen.»

Sie verbeugt sich, steigt von der Bühne, geht geradewegs auf Opa Leo zu und nimmt ihn in die Arme. Dann kommen die beiden zu mir, und ich möchte winzig klein werden, weil ich mich jetzt schäme, dass ich mich so groß fühle. So stolz. So geschmeichelt.

Frau Kirchner nimmt mich ebenfalls in die Arme, und sie riecht ein bisschen nach Frühling, nach Narzissen oder so. Ein bisschen ist mir das alles peinlich und ein bisschen auch nicht. Nicht wirklich.

«Gratuliere, Pille», sagt sie. «Dieser Nachmittag hat uns endlich aufgeweckt. Dafür möchte ich dir danken. Und was das Ganze mit Herrn Skazlicz gemacht hat, das können wir wohl alle gar nicht ermessen.» Dann lässt sie uns einfach stehen und verschwindet im Haus.

Opa Leo und ich lehnen uns aneinander. Wir sind glücklich. Wir könnten niederknien. Ich kapiere endlich, warum man das manchmal tut. Wir könnten Danke sagen und würden mit dem Aufzählen bestimmt heute nicht mehr fertig werden.

Opa Leo drückt mich an sich und sagt: «Danke, Pille. Jetzt weiß ich, warum ich hier bin. Ich habe Oma Lucie nicht geglaubt. Aber sie hat es schon längst gewusst.»

Und ich verstehe, was er meint. Auch wenn ich es nicht erklären könnte.

KAPITEL 20

Opa Leo geht zu Markus, um ihm zu helfen. Der trägt ein großes, schweres Tablett mit vielen Gläsern und wankt über die Wiese. Überall stehen kleine Grüppchen zusammen und applaudieren, wenn er sich nähert. Markus ist rot im Gesicht wie eine reife Tomate, und sein Kindergartengeschwätz ist ihm abhanden gekommen. Opa Leo verteilt die Gläser, und Markus holt Nachschub.

Viele tragen jetzt ihre Ein-Mann-Bänke und Stühle aus dem Schatten der Kastanie in die Sonne, und so manch ein Robinson hat jetzt einen neuen Freitag neben sich. Gelächter hängt in der Luft und zwischen den Inselgruppen.

Elvis geht mit einem Glas Sekt von Robinson zu Freitag und all den anderen Inselbewohnern und tut nichts weiter als Gläser anstoßen und lächeln. Seine wilden Augen tanzen zwischen den Millionen Falten und sind glühende Kohlen, aus denen Funken zischen. Und irgendwann sitzt er neben Krümel und hält ihre Hand. Ich habe leider verpasst, wie das geschehen ist. Ich weiß nämlich nicht, ob er sich die einfach gegriffen hat oder ob Frau Krümels Vogelflügelchen auf seiner gelandet ist, leicht wie ein Hauch.

Opa Leo sitzt neben Bismarck und einer Frau aus dem Mittelalter, die arbeitet hier und darf sich nun ausruhen, wegen Sonntag und wegen Elvis. Sie heißt Helga und hat so eine Frisur wie die böse Stiefmutter von Schneewittchen in meinem alten Märchenbuch, mit irre vielen Kämmen im Haar, das die Farbe von Senf hat. Aber sie ist nicht ansatzweise so schön wie die gemeine Königin, ganz und gar nicht. Aber jetzt nippt sie an ihrem Sektglas, und Bismarck schnarrrt ihr was ins Ohr. Opa Leo hat mir erzählt, dass sie die Zimmer aufräumen kommt, und er nennt sie *Schönordentlich*.

Schönordentlich ist wirklich nicht schön, aber jetzt leuchten ihre Augen, und Bismarck ist begeistert. «Wirrrd errrledigt», höre ich ihn schnarren. «Soforrrt!» Und sie nickt und ihre Kämme zittern. Sie passen gut zusammen, Bismarck und diese Ministerin für Ordnung.

Opa Leo winkt mir zu, und ich setze mich neben ihn ins Gras. Noch nie in den letzten drei Tagen, also seit Opa Leo hier eingezogen ist, war dieser Park so laut. Da ist ein solches Durcheinander von Stimmen: ein Gebrumm und ein hohes Getschilpe, ein tröpfelnder Singsang und das Blechgescheppere von Elvis' Lachen, und das alles kreuz und quer und ringsherum. So hören sich die Vögel kurz vorm Einschlafen in ihrem Schlafbaum an, wenn sie noch mal alle durcheinander den Tag benoten.

Mir schwirrt etwas der Kopf, und eigentlich hätte ich jetzt gerne Opa Leo wieder für mich allein. Und eigentlich wollten wir doch noch den Plan für Papa machen. Und eigentlich schaffe ich das jetzt nicht mehr. Nein, das schaffe ich jetzt bestimmt nicht mehr!

Als ich mich müde an Opa Leo anlehnen will, nickt er ein wenig in eine bestimmte Richtung, und als ich seinen Augen folge, sehe ich Elvis. Der kniet jetzt vor Krümels Rollstuhl, hält ihre beiden Hände, und sie haben die Köpfe zusammen, und es sieht aus, als ob sie tuscheln. Ich schwöre.

Opa Leo beugt sich zu mir herunter und flüstert: «So funktioniert das! Nimm eine Prise Mai, ein paar Takte Musik und ein offenes Herz. Und schwupp, da legt ein Engel ein Wunder hinein ...» Und er zwinkert mir zu, legt seine raue Hand auf meinen Kopf und sagt: «Und weißt du, wer das alles schon längst gewusst hat?»

Ich nicke.

«Und weißt du, wer an all diesen Wundern heute ein geradezu himmlisches Vergnügen hat?»

Klaro. Ich weiß es. Oma Lucie. Sie sitzt hier irgendwo über uns, vielleicht in der Kastanie oder in der Wolke, deren Bauch so ein wenig herunterhängt, vielleicht zwischen Opa Leo und mir oder direkt darüber. Vielleicht sitzt sie aber auch neben Elvis und gibt ihm einen gerührten Kuss auf die Schuhcreme-Haare.

Ich mache die Augen zu und denke ganz fest an sie. Ich strenge mich sehr, sehr an. Und da sehe ich sie, sie steht hinter Opa Leo und hat ihre dicken, weichen Arme um seinen Hals gelegt, sie kann gerade so über ihn drüber gucken, weil er im Gras sitzt und sie steht.

Und jetzt legt sie ganz kurz ihre kleine Hand auf seinen Scheitel. Und dann kann ich sie wieder riechen, so nach Honig und all den anderen Oma-Lucie-Sachen, und ich reiße vor Verwunderung die Augen auf.

Ich sehe, wie Opa Leo ebenfalls in der Luft herumschnuppert und mit seiner Hand vorsichtig immer wieder über seinen Scheitel fährt. Er murmelt: «Teufel noch mal, wie macht sie das bloß? Ich hoffe, ich kann das später auch.»

«Was?», murmle ich zurück. Ich habe Angst, diesen eigenartigen Oma-Lucie-Moment aus Versehen zu zerreißen wie eins dieser zarten Spinnennetze, auf dem die Tautropfen im Morgenlicht zittern.

«Ich hoffe, ich kann später, wenn ich nicht mehr da bin, auch Besuche machen, wenn man an mich denkt, so von ganzem Herzen. Ich wünsche es mir so sehr», flüstert Opa Leo. Und er hat sehnsüchtige Augen.

«Sie bringt es dir bestimmt bei, da kannst du ganz sicher sein», grinse ich. «Oder ihr macht das zusammen, dieses Auftauchen aus dem Nichts, im Doppelpack», blödle ich jetzt, weil mir auf einmal so komisch im Bauch wird und mein Herz etwas wackelt. Und deshalb breite ich die Arme aus und tröte: «Dadadada, Vorhang auf! Applaus für Oma Lucie und Opa Leo. Die himmlische Doppelerscheinung direkt aus dem Paradies!»

Ich bin eine solch blöde Sockenpflaume, ich merke viel zu spät, dass Opa Leos Augen nun Schatten haben und sein Grinsen elendig schief in seinem blassen Gesicht hängt. Ich kriege eine Gänsehaut im Nacken, und alle kleinen Härchen stellen sich auf.

Aber da kommt Markus aus dem Haus, er trägt den Gong und haut drauf. «Abendessen», ruft er. «Herrschaften, bitte zu Tisch!» Und er sagt nicht: Happi happi, Leckerchen, brav den Teller leer essen und so'n Kram, und es wird ganz still auf der Wiese.

Dann gehen alle Robinsons langsam mit mindestens einem Freitag ins Haus. Und Opa Leo atmet tief durch, schüttelt irgendetwas von seinen Schultern und sagt: «Na bitte. Wusste ich es doch. Mein kleiner Schnellkurs hat gewirkt. Der junge

Mann ist willig und lernfähig. Er hat's wirklich kapiert. Dafür hat er ein dickes Lob verdient.»

Ich komm nicht ganz mit, mein Kopf ist einfach zu voll, es geht nichts mehr rein. Ich drücke Opa Leo und sage: «Ich muss jetzt fahren. Muss mal nach Mama sehen. Bis morgen. Dieser Sonntag war eine Wucht in Tüten.»

Und ich schreie quer über die Wiese durch den Frühlingsabend: «Tschüss, tschüss ihr alle. Bis morgen. Bis morgen! Ich komme morgen wieder!»

Ich glaube es selber nicht, dass ich Elvis eine Kusshand quer über die Wiese zuwerfe, ich kann es selber nicht glauben. Aber ich tu es. Ich schwöre! Und Elvis winkt, und Krümel winkt, und ich winke, und ganz viele Hände winken zurück.

Aber jetzt will ich nur noch nach Hause. Ich will Zeit zum Nachdenken haben und Zeit zum Erinnern und Zeit zum Merken. Und ich will mit Mama reden.

Ich bin so zum Platzen voll von diesem Wundertütensonntag, dass mein Kopf bestimmt so groß ist wie ein Luftballon. Mein Herz ist eher ein schwebender Fesselballon, leuchtend bunt und leicht.

Aber ich würde doch zu gerne wissen, welche Robinsons sich nun mit welchen Freitags an den Tischen zusammensetzen, und ich würde zu gerne sehen, wie sie immer wieder von ihren Tellern in ihre verwunderten Augen hochschauen. Opa Leo verspricht, mir alles zu erzählen.

Als ich mich in der Toreinfahrt noch einmal umdrehe, steht er lang und dünn unter der Kastanie. Allein. Er winkt mir hinterher.

Und mein Herz klappert plötzlich ganz hart wie alle diese Knöpfe in Mamas Blechdose auf ihrem Nähtisch.

KAPITEL 21

Ganz in Gedanken versunken radle ich den langen Weg vor der Villa entlang und biege am Ende auf die Straße. Da knalle ich fast volle Lotte mit einem anderen Fahrrad zusammen. Ich kriege einen solchen Schreck, dass ich abspringe und mein Rad in die Büsche schmeiße und mich gleich hinterher.

Als ich aufsehe, schaue ich direkt in das Gesicht von so einem Elfenwesen, das ich früher in meinen Bilderbüchern hatte, so mit hauchzarten Flügeln und einem Blütenkranz im Haar. Nur dass diese Elfe noch nicht richtig eine Elfe ist, sie wird wohl später mal eine werden, jetzt ist sie noch zu klein dafür. Und sie hat auch noch keine Flügel. Und Blumen hat sie auch nicht im Haar. Aber in ihren Augen. Ein blütenzartes Blau, jedes einzelne Auge eine Veilchenknospe.

(HIIILFE!! Ich glaube, ich habe einen Schock, oder ich bin gerade am Durchknallen ...)

Da öffnet diese Elfe oder Fee ihren Feenmund, der aussieht wie eine Rosenknospe, und schreit: «Bist du blind oder was?»

Und ich bin so verdattert, dass ich nur blödes Zeug stammeln kann: «Eigentlich nicht. Nicht wirklich ... ich meine, also, hm, entschuldige, ich war in meinem Kopf nicht hier, äh, ich meine ...» (Genial, Jonas, wirklich große Klasse, sie wird dich für einen Oberdeppen halten.)

Da lächelt diese Fee ein klitzekleines Feenlächeln, das ist wie türkisblauer Meeresschaum, und sagt: «Lilli.»

Exakt der richtige Name für dieses Frühlingswunder. Was soll ich jetzt sagen? Soll ich Pille sagen oder Jonas oder überhaupt nichts und mich lieber aufs Fahrrad schwingen und davonmachen, weil meine Zunge plötzlich wie eine dicke Schnecke in meinem Mund liegt und nicht vorankommt mit irgendwelchen beeindruckenden Worten? Denn ich wäre jetzt gerne beeindruckend, stelle ich fest.

«Pille», stottere ich schließlich.

Da klettert sie von ihrem Rad, stellt es hin und gibt mir ihre Hand.

«Ist schon okay», sagt sie, «das mit dem Beinahe-Zusammenkrachen. Kommst du von der Villa?»

Ich nicke und möchte an ihren Blütenaugen riechen.

(Hilfe!! Ich verblöde gerade. Wie kann man so was denken, wenn man nicht total plemplem ist ...)

«Frau Kirchner ist meine Tante», sagt sie, und es klingt wie eine kleine Melodie von Mozart und kringelt sich in mein Herz.

«Kommst du öfter?», will sie wissen, und ich nicke. Ich kann nichts mehr, gar nichts mehr, weder denken noch sprechen, ich kann gerade noch nicken.

«Gut», sagt sie, «dann werde ich dich wohl öfter sehen. Zu wem gehörst du denn?»

«Hä?», frage ich, blöd wie ein Staubwedel. Das Feenkind saugt mir den Verstand aus dem Kopf.

«Hast du dort eine Oma oder einen Onkel oder was?» Ihre Feengeduld ist ein kleines Wunder.

«Opa Leo», krächze ich.

Da strahlt sie, und ihre Blütenaugen werden eine ganze Blumenwiese.

«Den kenn ich.» Sie nickt. «Der ist voll okay.»

Dann klettert sie wieder auf ihr Rad und fährt davon. Ihre Feenhaare, die irgendwie die Farbe von Mamas kleiner Kupfervase haben, flattern hinter ihr her, und mein Gehirn hat sich darin verfangen. Da dreht sie sich noch mal um und ruft: «Morgen! Morgen bin ich nachmittags da!» Und weg ist sie.

Und ich stehe vor meinem Fahrrad, will es aufheben und hab keine Ahnung mehr, wo vorne und hinten ist. Endlich kapiere ich, dass ich den Lenker greifen muss, und steige auf. Ich muss immer wieder heftig meinen Kopf schütteln, damit sich dort alles wieder einrenkt. Ich hab keinen blassen Schimmer, ob alle Teilchen und Gedanken wieder da sind und ob sie sich noch aneinander erinnern können. Vielleicht sind sie ja gerade dabei, sich eine neue, verrückte Ordnung zusammenzubasteln. Aber eigentlich glaube ich, dass mein komplettes Gehirn sich auf und davon gemacht hat. Tschüss, und das war's.

Ich denke nur einen einzigen Gedanken, der macht sich in meinem Kopf breit wie ausgegossene Tinte, die über ein weißes, leeres Blatt Papier läuft. Und in allen ihren Klecksen und Linien und Schnörkeln steht: Morgen ist sie da!

Davon wird mir ganz schwindelig.

Und als ich zu Hause Mama auf dem Sofa sitzen sehe, renn ich auf sie zu, sie breitet die Arme aus, und ich muss heulen. Alle diese Wunder in mir drin und dann noch dieses Feenkind oder Elfenwunder, das halte ich nicht aus.

Mama kriegt erst einen Riesenschrecken, aber dann merkt

sie, dass das keine Kummertränen sind. Sie hält mich fest und schaukelt mich hin und her. Ich denke kurz: Wie gut, dass man das mit elf noch darf, mit zwölf ist bestimmt Schluss damit. Kann sein, vielleicht aber auch nicht, ich hab keine Ahnung.

Und dann, draußen im Hof, im warmen Abendlicht, erzähle ich ihr alles, jedes klitzekleine und jedes milchstraßengroße Wunder dieses besonderen Tages. Der mit einem trüben Grau anfing, innen und außen, und mit einer Feenbegegnung endete. Und Mama ist platt.

KAPITEL 22

Die Schule am anderen Morgen ist eine einzige Katastrophe. Ich habe einen leeren Kopf und bin schwer und müde. Ich strenge mich sehr an, dass das niemand merkt, vor allen Dingen nicht Herr Knüpfer. Der ist streng und ohne Freude innendrin. Das Lachen ist bei ihm ausgezogen und hat sich woanders eine Wohnung gesucht.

«Das wird seine Gründe haben», hat Opa Leo gesagt. Er findet, Lehrer ohne Humor seien arme Schweine. «Wie sollen sie das nur jeden Tag aushalten, wenn sie keine Freude an euch und an dem Leben haben?», fragt er sich. Sie tun ihm leid.

Aber ich tue mir viel mehr leid, weil das eine schwere Kost ist mit so einem muffigen Menschen. Denn wir, ich meine jetzt meine Klasse, können ziemlich komische Knilche sein.

Als Omar zum Beispiel sein Meerschweinchen mitbrachte, zur Belebung des Unterrichtsstoffes über Nagetiere (man nennt das auch Anschauungsmaterial), und es plötzlich überall klitzekleine Köttel verstreute. Und es absolut keine Möhren wollte, sondern das Klassenbuch. Das muss für Meerschweinchen aus irgendeinem Grund wie ein Fünf-Sterne-Menü schmecken. Klara, die hinter mir sitzt, sagte, sie hätte sich beinahe in die Buxe gemacht. Natürlich nur beinahe, sonst hätte sie das niemals erwähnt.

Aber Herr Knüpfer verzog keine Miene, packte das Meerschweinchen im Nacken und steckte es in den Papierkorb, den ganzen Rest der Stunde. Es tobte und raschelte dort herum, wir konnten seine kleinen Krallen hören, mit denen es immer wieder versuchte, die glatte Plastikwand hinaufzuklettern. Und – *ratsch* – fiel es wieder runter. Es fiepte und kratzte und litt. Und hatte doch nichts weiter getan, als ein Meerschweinchen zu sein.

Am liebsten hätten wir Herrn Knüpfer dafür ausgebuht. Aber der tat, als ob nichts wäre. Das kann er tadellos. Und Omar bekam einen Tadel. In dieses angeknabberte Klassenbuch hinein, und wir waren wütend.

Also mache ich mich heute so gut es geht unsichtbar und bin stumm wie ein Karpfen am Karfreitag. Und ich habe Glück, man lässt mich in Ruhe.

Als es endlich, endlich nach der fünften Stunde klingelt, sage ich Marco, dass ich heute nicht zum Fußballplatz komme, er weiß das mit Opa Leo, und macht jetzt Gott sei Dank kein Tamtam oder stellt blöde Fragen. Aber von Lilli sage ich besser erst mal nichts. Dann renne ich zu meinem Fahrrad und rase nach Hause. Ich weiß, dass ich noch mindestens bis vier Uhr zu Hause bleiben muss: Schulaufgaben, einkaufen, mein Zimmer aufräumen und das Frühstücksgeschirr abwaschen.

Aber dann. Dann habe ich frei. Und das Feenmädchen wartet auf mich. Und Opa Leo. Und dann noch dieses Wetter. Warm und samtweich.

Als ich bei der Villa ankomme, ist niemand zu sehen. Ich sehe auch nirgendwo das Fahrrad von dieser Blumenelfe und ziehe enttäuscht die Luft ein.

Unten, im Eingangsbereich, komme ich an Frau Kirchners Büro vorbei. Da öffnet sie die Tür. «Komm mal rein, Jonas», sagt sie mit ernstem Gesicht, und meine Luft stolpert auf der Stelle in mir rum, und ich muss japsen.

«Setz dich. Du musst jetzt keinen Schreck bekommen», sagt sie, als sie merkt, was bei mir los ist. Mein Gesicht ist bestimmt so blass wie Buttermilch mit Spucke.

«Dein Opa hat sich heute Morgen freigenommen. Er sagte, er müsse etwas Wichtiges erledigen. Er hatte sogar seinen schwarzen Anzug an. Und er versprach, zum Mittagessen zurück zu sein. Jetzt haben wir kurz nach vier, und er ist immer noch nicht da. Was sollen wir tun?» Ihre grauen Augen sind ernst und sorgenvoll.

Ich kann nicht denken. Ich kann nicht fühlen. Ich kann nicht mal mehr aufspringen und losrennen und ihn suchen. Mein Herz macht einen Riesenlärm in mir drin, es tobt bis in meinen Kopf, und da sind wieder diese Ameisen unter meiner Haut und rennen kreuz und quer. Und ich bekomme keine Luft.

Ich bekomme keine Luft.

Frau Kirchner springt auf. Sie nimmt mich in die Arme, streicht immer wieder über meinen Rücken und sagt wie ein Kinderlied mit tausend Strophen: «Ganz ruhig, Jonas, ganz ruhig.» Und dasselbe wieder von vorne.

Und als ich merke, dass meine Luft zu mir zurückkehrt, sehe ich draußen etwas, das lässt mich aufspringen.

Ja, es ist Opa Leo. Er kommt den Kiesweg entlang, und er sieht aus wie ein dünner, schwarzer Tuschestrich in der Landschaft. Es ist das Schönste, was ich je gesehen habe.

Ich mache Frau Kirchner ein Zeichen, springe auf und renne mit einem Wahnsinnstempo nach draußen. Ich schreie – bis ich glaube, dass sich meine Stimme in tausend Stücke zerreißt und der Wind sie mitnehmen wird.

Opa Leo bekommt einen solchen Schrecken, dass er sich mitten auf den Rasen plumpsen lässt. Dort sitzt er, mondbleich und mit großen Augen. Als ich auf ihn zustürme, macht er die Arme auf, und ich springe hinein. Ich schniefe und lache und schimpfe und jammere und juble.

Und Opa Leo sagt genau dasselbe wie Frau Kirchner vorhin: «Ist ja gut, Pille. Ganz ruhig. Ganz ruhig. Ist ja gut!»

Als ich wirklich endlich ruhiger werde, rüttle ich an Opa Leo rum. Ich schüttle ihn wie Oma Lucies Pflaumenbaum, und in mir ist ein solcher Zorn und ein solch großer Schreck, dass ich ihn anbrülle: «Mach das nie wieder! Nie wieder, hörst du!»

Dann sind alle meine Wörter – *zisch* – aus mir rausgepufft, und ich kann nichts mehr sagen. Nur zittern und mich an Opa Leo festhalten. Der hält sich an mir fest, und ich weiß, jetzt kann nichts mehr passieren. Mein Herz erholt sich, und die Ameisen sind aus mir rausgerannt, und meine Luft sagt: «Hier bin ich wieder.» Und ich fühle mich erschöpft. Aber auch erlöst.

Frau Kirchner steht auf der Terrasse. Sie lässt uns in Ruhe. Ihr Gesicht sieht froh aus.

«Wo warst du?», frage ich. «Du hattest versprochen, mittags wieder hier zu sein.» Ich sage das ganz ruhig, aber ich muss mich sehr dabei anstrengen, so wie Mama, wenn sie tierisch sauer auf mich ist, sich aber zusammenreißt, weil sie Rumschreien hasst.

«Hab die Zeit vergessen», sagt Opa Leo. «Und als ich

anrufen wollte, merkte ich, dass jemand wohl das Telefon im Haus abgestellt hat. Und ich hatte keine Münzen für die Telefonzelle an der Wagnerstraße. Ich dachte, so schlimm ist das alles nicht, ich bin ja schon groß, und dann bin ich los. Und jetzt bin ich hier», fügt er mit einem schiefen Grinsen hinzu.

«Aha», sage ich, weil ich erst mal Zeit brauche, um das alles zu ordnen. Ich komme mir jetzt wie ein Erwachsener vor, und Opa Leo ist das Kind, das Unsinn gemacht hat. Irgendwie ein blödes Gefühl. Opa Leo hat recht. Er ist schon groß. Und warum müssen alle immer sofort das Schlimmste denken? Sogar ich?

«Na ja», stottere ich, «irgendwie hast du recht und irgendwie nicht! Wenn du sagst, du bist mittags zurück und bist dann nicht da, hat man eben Angst, dass was passiert ist. Auch wenn du schon groß bist.»

«Hm», sagt Opa Leo, « ja, ich hätte Bescheid sagen müssen. Hab ich aber verschwitzt. Und ihr dachtet wohl, jetzt hat der alte Knacker wieder Blödsinn angestellt hat, oder? Kleiner Bankraub oder mit den Enten im Schlossteich um die Wette geschwommen», witzelt er. Aber seine Stimme klingt irgendwie unecht. «Ich muss mich erst an die Regeln hier gewöhnen. Ich meine, dass ich nicht mehr machen kann, was ich will», fügt er hinzu.

«Opa Leo», sage ich, «selbst bei Oma Lucie hättest du nicht wegbleiben können, ohne Bescheid zu sagen.»

Da grinst Opa Leo sein Opa-Leo-Grinsen, das fast bis an die Ohren reicht.

«Sie hätte mir den Hintern versohlt», sagt er.

«Sie wäre gestorben», sage ich.

Sofort weiß ich, dass das jetzt der peinlichste Satz ist, den ich je von mir gegeben habe. Wo sie doch jetzt tot ist und ich besser nicht mit so einer blöden Bemerkung daran rühren sollte. Aber Opa Leo hat genau verstanden, wie ich das meinte, und er sagt leise: «Ja. Das wäre sie wohl. Vor lauter Sorge.»

Ich nicke. «Wäre ich eben fast auch», wispere ich, weil der ganze Schrecken noch immer ein wenig in mir rumzittert.

Wir schweigen.

«Warum hast du deinen besten Anzug an?», frage ich.

Opa Leo sieht irgendwie feierlich aus, geradezu vornehm mit dem weißen Hemd und seiner gepunkteten Schleife. Oma Lucie fand immer, dass Krawatten und Opa Leo so wenig zusammenpassen wie Sahnetorte und Senf.

«Geschäfte», sagt Opa Leo. «Die Zeit rennt mir davon!»

Als ich gerade fragen will, welche Zeit und welche Geschäfte, da kommt dieses Elfengeschöpf um die Ecke, und alle Ameisen sind wieder da und umzingeln mein Herz.

«Oh, da ist ja Lilli», sagt Opa Leo und strahlt. Auch er ist geradezu entzückt von diesem Wesen.

Erst jetzt fällt mir auf, wie winzig sie ist, bestimmt kleiner als ich. Klasse! Ihre Kupferhaare leuchten, und sie hat einen Rock an mit tausend Millionen Tupfen, die immerzu auf und ab wippen, wenn sie geht. Sie kommt auf uns zu, und ich möchte weit weg sein und gleichzeitig ein Tupfen auf ihrem Rock werden. (Hilfe, Hilfe, Hilfe, ich bin schon wieder dabei zu verblöden. Bitte, lieber Gott, lass sie nicht merken, dass mein Gehirn gerade auf die Größe eines Reiskörnchens schrumpft.)

Sie stellt sich vor Opa Leo und strahlt ihn an. Opa Leo

springt auf, und sie sieht noch kleiner aus. Und zu mir sagt sie: «Du bist ja wirklich gekommen. Schön!» Sie hat *schön* gesagt. Sie hat allerliebst *schön* gesagt.

Ich könnte jetzt meinen besonderen Pille-Freudentanz machen, aber den kennen nur Mama, Papa und Opa Leo. Und früher noch Oma Lucie. Ich werfe dann immer beide Arme und Beine in die Luft, ich zapple und hüpfe und stampfe und kreisle, dass die ganze Weltkugel zittert und schräg durchs Weltall kollert. Musik tobt dann in mir rum, und ich springe mitten durch alle Noten in diesem Tanz. Den hab ich mal erfunden, weil ich da wegen irgendetwas so voller Freude war und weil gerade so eine bestimmte Musik im Radio lief, dass ich noch nicht mal gemerkt habe, was ich da tat. Und Opa Leo, der dabei war, war einfach hin und weg. Ich wusste bis dahin nicht, dass so was Wildes in mir drin ist. Und dass Wildsein so guttun kann. Aber das Tanzen hab ich von Papa, der ist ein begnadeter Tänzer, sagt Mama, und Papa hat es von Opa Leo, der auch ein begnadeter Tänzer ist, wie Oma Lucie immer betonte.

Ich gebe Lilli meine Hand und sage mit einer Stimme, die ich noch nie gehört habe: «Du hast einen Tupfenrock an. Schön!» (Ach, du dicke Makrele, ich könnte sterben. Warum sage ich bloß so was? So voll plemplem und beknackt.)

Opa Leo schaut mich kurz an, seine Augen blicken aufmerksam zwischen Lilli und mir hin und her. Dann verbeugt er sich vor ihr und sagt: «Ich lass euch mal allein. Muss mich bei deiner Tante noch entschuldigen. Und es gibt da auch noch etwas zu bereden.» Er legt seine raue Hand einen winzigen Moment auf meinen Kopf, und ich weiß Bescheid. Ich weiß Bescheid, dass er Bescheid weiß.

Er hat natürlich gemerkt, dass ich gerade dabei bin, mich in diese Honigblüte reinzusaugen, und da will er nicht stören. Frau Kirchner wartet auf der Terrasse auf ihn, und dann sind beide im Haus verschwunden.

Wir stehen jetzt nebeneinander, und Lilli ist wirklich kleiner als ich.

«Wie alt bist du?», frage ich.

Lilli sagt: «Zwölf. Seit vier Tagen!» Sie strahlt.

Wusste ich es doch. Zwölf ist ein klasse Alter.

«Ich bin auch zwölf», sage ich. Aber dann gebe ich das Prahlen auf und gestehe: «Zwölf minus elf Tage.»

Lilli kichert, und das hört sich an, als ob ein Wichtel im Wald ein paar Glockenblumen läutet. Sie sagt: «Bist du auch die Erbse der Klasse? So wie ich?»

Und als ich nicke, strahlt sie und reicht mir die Hand. «Willkommen im Club der Wichtel!», sagt sie.

Habe ich das mit den Wichteln und den Glockenblumen eben etwa laut gesprochen? Ich bin verwirrt. Und ihre kleine, weiße Hand in meiner macht mich ganz schwummerig im Bauch. Aber ich lasse sie nicht los. «Wir könnten zum Kanal gehen», schlage ich schnell vor, denn da sehe ich Bismarck auf die Terrasse kommen und die Ordnungsministerin, und vielleicht kommen gleich auch die andern alle, erfrischt von ihrem Nachmittagsschläfchen.

Ich will aber Lilli für mich allein haben, ich will ihre Hand halten bis zum Ende aller Zeiten und in Ewigkeit. Amen. Und ich will in diesem Blau ihrer Augen verschwinden, die haben die Farbe von Vergissmeinnicht, und jetzt weiß ich, warum diese kleinen Blumen so heißen. So wie Lillis Augen. Und am liebsten würde ich ihr Flatterhaar anfassen und es nie wieder loslassen, aber dann würde sie merken, dass ich voll am Durchknallen bin. Ein durchgeknallter, verblödeter, erbsengroßer Plemplemwichtel.

Alle Mädchen in meiner Klasse finde ich blöd oder fast blöd. Wieso richtet Lilli solch ein Durcheinander in mir an, dass ich mich in mir selber nicht mehr zurechtfinde? Opa Leo wird das wissen. Ich muss ihn dringend fragen, wieso Mädchen so was können, ohne Vorwarnung und ohne großes Getöse. Und doch, ehe man sich versieht, ist einem der Verstand abgehauen und man denkt die verrücktesten Sachen und sagt lauter peinliches Zeug. Aber vielleicht ist das so, wenn man zwölf wird.

Lilli zupft an ihrem Rock rum und sagt: «Ich muss Bescheid sagen.» Und weg ist sie.

Bismarck winkt, und ich winke zurück. Schönordentlich nickt mit all ihren Kämmen, und dann schiebt Elvis Krümel über den Rasen, und ich schwöre, sie sagt was zu ihm. Elvis nickt, und seine Falten hüpfen in seinem Lächeln herum. Ich komme aus dem Staunen nicht mehr raus. Nicht nur elfenhafte, veilchenäugige Mädchen können einen umkrempeln, auch steinalte Männer. Wie stellen sie das bloß an? Gibt es da einen Trick, den man lernen kann? Weiß Opa Leo, wie das geht? Würde Lilli mir ihren Trick verraten?

Aber als sie wieder vor mir steht und sagt: «Ich darf!», beiß ich mir lieber die Zunge ab, als sie danach zu fragen.

«Dann komm», sage ich und meine Stimme klingt barsch, und ich kriege einen Mordsschreck. Vor mir selber, weil ich so anders bin. Weil ich mir immer fremder werde. Aber ich will doch Pille bleiben. Ich will keine barsche Stimme haben, wenn ich eigentlich lieber Streichelworte sagen würde. Ich will zugeben, dass sie die verrücktschönsten Augen der Welt hat, und ich möchte mich trauen. Und keine Angst haben, dann blöd gefunden zu werden. Warum ist plötzlich alles so kompliziert?

Ich höre, wie ich seufze, und klappe schnell meinen Mund wieder zu. Na bitte, schon wieder. Schon wieder die Angst, etwas falsch zu machen. Das wird anstrengend. Da muss man ja die ganze Zeit höllisch aufpassen. Und ich merke, dass ich darauf keine Lust habe. Überhaupt kein bisschen.

Als wir unter der Weide am Kanal sitzen und Lilli ihren Tupfenrock um sich rum ausbreitet wie einen Blütenkelch und ich schon wieder alles, was ich denke und fühle, runterschlucken und so tun will, als ob gar nichts wäre, da höre ich plötzlich Oma Lucie in mir drin, ganz ohne Vorwarnung, klar und deutlich. Als stünde sie neben mir. Und sie sagt: Pille, sei wie du bist!

Das hat sie ziemlich oft zu mir gesagt, wenn ich gejammert habe wegen meiner Zwergengröße und weil ich ein kleiner Mops bin. Oder wenn ich angegeben habe, damit sie mich lobt. Oder wenn ich auf jemanden neidisch war.

«Du machst mich ganz durcheinander», sage ich. Damit meine ich jetzt Oma Lucie, die einfach auftauchen kann, wann sie will. Aber ich meine auch Lilli.

Die schaut mich lange an, und ich schaue einfach rein in dieses Blütenblau und habe keine Angst mehr, dass sie meint, ich wäre ein Blödmann oder eine Dumpfsocke. Und sie lacht sich nicht schlapp oder steht auf und geht, sondern sie schaut mich nur an, und dann sagt sie: «Vielleicht ist das so, weil wir uns gefallen!»

Vielleicht ist das so, weil wir uns gefallen!

Diesen Satz werde ich in meinem ganzen Leben nicht mehr vergessen, so viel steht fest. Dingdong! Alle Glocken dieser Welt läuten mit Getöse, dass es nur so schallt. Ich bin aufgeregt. Ich bin voll mit Musik. Ich bin veilchenblau, überall. Mein Herz ist ein riesiges Veilchenbeet, ich lache ein veilchenblaues Lachen, das springt einfach so aus mir raus, der Himmel hat die Farbe von Vergissmeinnicht, und ich sage ohne zu zögern: «Darauf hätte ich auch selber kommen können. Klaro. Du machst mich so durcheinander, weil du mir gefällst. Mir hat nämlich noch nie jemand *so* gefallen», flüstere ich noch hinterher.

«Mir auch nicht», flüstert Lilli. Sie nimmt einfach meine Hand, und so sitzen wir nebeneinander, und der Kanal gluckert, und die Weide streut Goldstaub auf Lillis Haar, und es gibt keine Wörter, die ich jetzt suchen muss. Sie können sich ausruhen. Sie haben frei.

Und Lilli sagt auch nichts. Keinen Mucks.

Als wir etwas später aufbrechen, weil sie schon um halb sechs wieder nach Hause muss, sagt sie: «Bis Donnerstag!» Und ich erschrecke, denn der Donnerstag ist so weit weg.

Da haucht sie so eine Art Kuss auf meinen Mund, nicht direkt auf meinen Mund, eher so ein kleines bisschen daneben. Und jetzt denke ich, wie gut, dass der Donnerstag so weit weg ist. Denn ich brauche mindestens drei Jahre, um mich von diesem Kuss zu erholen.

«Bis Donnerstag», flüstere ich. Und als sie weg ist, könnte ich heulen. Und lachen. Und tanzen. Und fliegen. Und wilde Sachen machen. Und Ungeheuer zähmen. Und Kontinente entdecken. Und ein Schiff bauen und damit zum Mond segeln. Und Glockenblumen läuten, wie alle

Wichtel der Welt. Ganze Wälder voller Glockenblumen. Und als sich mein Kopf nicht mehr so wattevoll anfühlt, sehe ich mich um und entdecke Opa Leo oben auf seinem Balkon. Er lächelt, und ich winke und lächle zurück. Dann packt es mich, und ich mache vier, fünf meiner verrückten Freuden-Tanzschritte und drehe mich dabei mit weit ausgestreckten Armen, bis mein Herz am Rand des Himmels klebt, und dann renne ich los.

Ich will ihm alles erzählen. Ich will alles von ihm wissen. Über Mädchen. Über mein veilchenblaues Herz. Über Küsse. Übers Fremdfühlen. Übers Neufühlen. Über das Leben. Und überhaupt: Ich muss das jetzt alles wissen, ich werde schließlich zwölf. Und mit Lilli an meiner Seite bin ich fast erwachsen. So viel steht fest.

KAPITEL 23

Opa Leo wartet auf dem Balkon und strubbelt durch meine Haare, knuddelt mich und sagt: «Könnte es sein, dass du ein richtiger Weiberheld bist?»

Und dann lacht er schallend und strahlt mich so voller Vergnügen an, dass ich beschließe, jetzt keine beleidigte Leberwurst zu sein. Stattdessen plustere ich mich auf, tu so, als wäre ich der Chef im Hühnerhof und krähe Kikeriki. Dabei schlage ich wild mit meinen Flügeln und stolziere herum, wobei ich nur die Zehen vorne aufsetze, so wie Hühner es machen, wenn sie Körner picken.

Opa Leo findet das so ansteckend, dass er mitmacht, und wir spazieren umeinander herum, krähen und flattern und kichern. Als wir entdecken, dass Markus im Garten steht und fassungslos heraufstarrt, prusten wir los, winken und krähen zu ihm hinunter. Er zieht den Kopf ein und verschwindet im Haus.

«Volltreffer», sagt Opa Leo. «Jetzt nährt er gerade wieder seinen heimlichen Verdacht, dass kleine Kinder und alte Leute Volltrottel sind.»

«Aber gestern hatte er schon einen anderen Ton drauf», sage ich, und Opa Leo nickt.

«Ja, ich hatte ein kleines Gespräch mit ihm. Und ich denke, er hat's kapiert. Aber kleine Rückfälle sind möglich.»

«Herzlichen Glückwunsch!», sagt Opa Leo dann und schüttelt so heftig meine Hand, dass sie richtig rappelt.

«Hä?», frage ich.

«Na, zur schönsten Zuckerblüte unter der Sonne», grinst er.

Ich werde rosa, überall. Ich merke richtig, wie sich die Farbe auf mir ausbreitet.

Da wird sein Grinsen noch breiter, und ich zwicke ihn empört in die Seite.

«Das ist nicht komisch», sage ich und bin verlegen.

«Nein», sagt Opa Leo plötzlich ernst. «Nein, das ist nicht komisch. Das ist ein Geschenk. Und du bist ein Glückspilz.»

«Klaro!» Ich nicke. «Bin ich.»

«Weißt du», sagt Opa Leo, «oft hat man das Pech, dass die Herzensdame nicht mitkriegt, wenn man sie verehrt, oder dass sie nichts, rein gar nichts von einem wissen will oder schon vergeben ist. Aber du hast einen Volltreffer gelandet. Gleich beim ersten Mal. Und dann noch dieses Wunderkind. Die hat Klasse. Und du auch. Das hat diese Zauberelfe sofort gespürt. Sie hat nämlich auch einen Volltreffer gelandet. Besser geht's ja wohl nicht, oder?»

Opa Leo strahlt mich an, und ich bin nicht mehr verlegen, nur noch stolz. Auf mich. Auf Lilli. Auf uns. Dass wir das geschafft haben. So ganz ohne Firlefanz. Nur so eine Spur von Firlefanz am Anfang. Aber wir haben ihn gleich im Kanal versenkt. Für immer und ewig.

Als ich Opa Leo dann alle Einzelheiten erzähle, weil die sich wieder ganz nah und dicht an mein Herz legen, drückt er lange meine Hand.

«Ihr seid schon zwei erstaunliche Geschöpfe», sagt er.

«Ich bin stolz auf euch. Ihr seid erwachsener als die meisten Erwachsenen. Die spielen manchmal bis an ihr Lebensende das Spiel *Er liebt mich, er liebt mich nicht* oder umgekehrt *Ich liebe dich, ich liebe dich nicht*, weil sie niemals offen und ehrlich sind, immer in der Angst, ihr wahres Gesicht zu zeigen. Immer in der Angst, nicht richtig zu sein!»

Ich nicke. Ja, das hab ich kapiert. Ich war ja auch drauf und dran, dieses Spiel zu spielen, das aber keinen Spaß macht, sondern eher das Gegenteil. Total plemplem, solche Spielchen. Aber dann war ja Oma Lucie zur Stelle und hat mich gerettet.

«Opa Leo», frage ich, «warum ist man so durcheinander, wenn man so etwas erlebt? Warum könnte man auf der Stelle sein Leben verändern?»

Ich denke dabei an Krümel und Elvis. Sie redet wieder, und dieser merkwürdige Einzelgänger ist plötzlich kein sonderlicher Kauz mehr, sondern ein aufmerksamer, liebenswürdiger, geselliger Mensch. Was passiert da? Wie geht das?

Opa Leo überlegt lange. Als er die passenden Worte gefunden hat, beugt er sich vor, und seine braunen Augen schauen tief in mich hinein.

Er sagt: «Liebe ist das Wichtigste überhaupt. Und ich bin froh, dass dir das jetzt passiert. Und dass ich mit dir noch darüber nachdenken kann. Weißt du, Liebe ist ein Geschenk: Sie schenkt dir etwas von dir selber. Und sie schenkt dir etwas von dem anderen. Sie zeigt dir deine wunderschönsten Seiten, die alle immer schon in dir drin waren. Aber du hattest bisher versäumt, sie zu entdecken. Aber dafür gibt es ja den, der dich liebt. Der findet sie ganz sicher. Und so bleibt alles wunderbar ausgewogen. Er schenkt dir zurück, was du ihm gibst. Und beide werdet ihr dadurch reicher!»

Opa Leo schweigt. «Hoffentlich habe ich das jetzt so erklärt, wie Oma Lucie das tun würde, die kannte sich nämlich aus in den Wundern der Liebe.»

Jetzt flüstert Opa Leo nur noch, und ich muss mich sehr anstrengen, dass ich höre, was er sagt.

«Das liegt daran, dass Oma Lucie das Wunder der Liebe selbst war. Und ich war der größte Glückspilz, der je gelebt hat, auch wenn ich das manchmal vergessen habe. Aber dann hat sie mich wieder daran erinnert, mit einem Wort, mit einem Blick ... Oder mein Herz hat so laut und hartnäckig gepocht, bis ich es nicht mehr überhören konnte.»

«Mein Herz ist gerade veilchenblau», sage ich, und Opa Leo lacht schallend. Seine traurigen, dunklen Augen werden wieder hell, und er drückt mich fest an sich. «Du solltest ihr ein Gedicht schreiben», sagt er. Er sagt es allen Ernstes, ich fass es nicht.

«Ein Gedicht ...», stammle ich. «Ich hasse Gedichte. Die in der Schule sind tödlich.»

Aber eigentlich sind es nicht die Gedichte selbst, sondern das, was wir in der Schule darüber sagen sollen. Manchmal kann ich nämlich gar nichts drüber sagen, weil man schöne Worte doch besser fühlt oder so.

«Nein», sagt Opa Leo. «Gute Gedichte sind niemals tödlich. Sie sind genau das Gegenteil. Sie bringen das Leben. Die Schönheit. Die Weisheit. Die Freude. Die Fantasie. Die Bereicherung ...»

Ich bremse ihn, sonst würde er noch hunderttausend Sachen finden, so in Fahrt ist er jetzt.

«Du meinst, ich soll Lilli von meinem veilchenblauen Herz schreiben und dass sie wie eine blaue Blüte ist?» Ich fass es immer noch nicht.

«Klar», sagt Opa Leo. Er meint es wirklich ernst. «Frauen lieben Gedichte von ihrem Liebsten. Auf der ganzen Welt gibt es kiloweise Bücher mit genau solchen Versen. Trau dich und lass dich überraschen.»

«Hm», brumme ich. Ich bin nicht überzeugt. Nicht wirklich. Aber wenn Lilli tatsächlich entzückt wäre, eine blütenzarte Fee zu sein, ich meine jetzt nicht nur in meinem Herzen, sondern in einer Zeile in einem Gedicht, dann soll sie das haben.

«Wenn ich das mache, würdest du dann mal einen Blick drauf werfen?», frage ich Opa Leo. Ich möchte mich nicht blamieren.

«Es wäre mir eine höchste Ehre», sagt Opa Leo feierlich und ernst.

Wir setzen uns und schweigen lange in das warme, goldene Spätnachmittagslicht. Ich habe so viele Fragen in meinem Kopf. Aber eigentlich sind sie überall, in meinem Bauch, in meinem Herzen. Ich glaube fast, dass man mit zwölf zu einer einzigen großen Frage wird.

Wo finde ich die Antworten, damit all die Fragen leichter werden? Opa Leo muss mir helfen, aber wo fange ich an: mit Papa, mit Mama, mit Opa Leos Verschwinden heute? Mit dem Tod, mit Oma Lucie und dem Gefühl, dass sie immer noch irgendwie bei uns ist? Mit meinen neuen Gefühlen, die fremd in mir herumtorkeln?

«Schreib sie auf», sagt Opa Leo. «Wir werden jeden Tag zwei oder drei, vielleicht aber auch nur eine dieser Fragen untersuchen, und ich werde mein Bestes geben, um dir zu helfen. Fang mit den wichtigsten an. Und wenn wir uns diese Fragen der Reihe nach vornehmen, werden manche von ihnen auf einmal verschwinden, weil sie in den anderen Fragen mit dringesteckt haben. Und sind dann schon beantwortet. Ja, das werden wir tun», sagt er sehr ernst und nickt heftig. «Unverzüglich. Die Zeit rennt mir davon.»

Ich setze mich kerzengerade auf, weil dieser Satz heute schon ein zweites Mal an meinem Herzen kratzt, ich kann die Krallen richtig spüren. Ich beginne zu frösteln. Ich will wissen, was Opa Leo damit meint, aber da ertönt der Abendessengong.

Opa Leo schüttelt irgendwas von seinen Schultern und steht auf. «Morgen. Morgen fangen wir damit an. Und Mittwoch kommt Tante Berta mit Onkel Fredi. Fang also am besten mit den Fragen zu Tante Berta an. Und Samstagabend gibt es hier einen Musikwunschabend. Habe ich mir mit Bismarck und Markus ausgedacht. Nach deiner guten Idee, Elvis zum Singen zu bewegen. Jetzt bringen wir hier mal ein bisschen Schwung und Farbe in die Bude», sagt er und grinst.

Ich weiß, dass es bestimmt Opa Leos Idee ganz allein war mit diesem Wunschkonzert, aber wie immer ist er bereit, das an andere abzugeben.

«Du wirst über Markus staunen», sagt Opa Leo. «Er ist ein absoluter Technikfreak und Organisationstalent. Er weiß alles über Computer, kennt jeden Trick. Und hilfsbereit ist er noch dazu. Man muss es nur aus ihm herauskitzeln.»

Etwas aus einem herauskitzeln ist das größte Talent von Opa Leo.

«Und bring Lilli am Samstagabend mit und natürlich deine Mama. Und wenn du einen bestimmten Musikwunsch hast, dann schreib ihn auf und gib den Zettel Markus. Der kriegt das alles hin. Internet und so, hat er gesagt.»

Dann beugt sich Opa Leo vor und gibt mir einen Kuss. Und ich spüre seine raue Haut, das Kratzen seines Bartes und seine ganze Liebe. Doch da ist seit heute noch was anderes um ihn herum, das spüre ich ganz deutlich. Es ist so ähnlich wie der Nebel im November, nicht wirklich zu fassen. Er legt sich feucht und klamm auf mein Herz. Ich kann nur hoffen, dass dahinter die Sonne wartet, um diesen grauen, trüben Schleier zu vertreiben. Und dass dann ein wunderbares Licht über den Tag wächst. Aber ich bin mir da nicht sicher. Nicht wirklich. Es fühlt sich nicht so an.

KAPITEL 24

Opa Leo geht in den Speiseraum, und ich sehe noch, dass Elvis ihn an den Tisch winkt. Da warten schon Krümel, Bismarck und noch zwei alte Leute, deren Namen ich nicht weiß. Alle strahlen Opa Leo entgegen.

Als ich die Stufen zur Wiese runterhüpfe, schleicht Merlin um die Kastanie. Er sieht mich nicht und will im Gebüsch verschwinden. Als ich ihn rufe, legt er seine Ohren nach hinten, bleibt stehen und verharrt. Wie ein Foto sieht er jetzt aus. Er wendet den Kopf, schaut lange in meine Richtung und bewegt sich dann langsam und majestätisch auf mich zu. Jede einzelne Pfote setzt er mit Bedacht. Er sieht prächtig aus, und ich ahne, was der Begriff Vollkommenheit meint. Ich gehe in die Hocke, und Merlin setzt sich vor mich hin, schaut mir tief in die Augen, und ich darf ihn hinter den Ohren kraulen. Da wirft er sich auf den Rücken, kullert hin und her und hat ein tierisches Vergnügen an sich selbst und dem Leben.

Ich kann gar nicht damit aufhören, Merlin zu streicheln, seine Kehle brummt wie ein ganzer Hornissenschwarm. Aber da schlägt irgendwo eine Tür heftig zu, Merlin zuckt zusammen, springt auf und verschwindet unter der Treppe. Schade!

Zu Hause wartet Mama schon mit dem Abendbrot. Sie sieht erschöpft aus, sie schaut meine Hausaufgaben nach, und dann setzen wir uns mit den Küchenstühlen in den Hof, um den letzten Rest der Sonne, der noch über die Hofmauer lugt, zu genießen. Und ich erzähle Mama, dass ich jetzt eine Freundin habe.

Mama nimmt mich lange in die Arme. «Das ist das Beste, was dir jetzt passieren konnte», sagt sie. Und sie hat Tränen in den Augen. Sie denkt an Papa, das ist klar. Und sie denkt, dass sie Papas Frau und beste Freundin ist und dass Papa das eigentlich wissen und an ihrer Seite sein müsste.

Leider glaubt Papa zurzeit, dass er eine Frau, die sogar seine Freundin ist und mit der er einen Sohn hat, nicht verdient hat. Dabei ist Papa erwachsen. Er ist ganz und gar erwachsen. Und er ist ganz und gar mordsmäßig blöd. Saublöd, oberblöd, bescheuert. Ich merke, wie ich wieder ganz kalt innendrin werde. Und dann denke ich an den Plan, den ich mit Opa Leo machen werde, und mir geht es ein bisschen besser.

Vor dem Einschlafen denke ich lange über die Fragen nach, die ich morgen Opa Leo stellen werde. Ich streiche immer wieder etwas durch und habe schon vier Zettel angefangen. Als Erstes möchte ich wissen, wie Papa wieder mein Papa werden kann und das Blödmannsein aufgibt. Und zweitens möchte ich alles über Mädchen wissen: übers Küssen und warum Lippen so schön sind. Und warum ich das noch nie vorher bemerkt habe, obwohl ja immer schon haufenweise Mädchen um mich herum waren. Drittens soll ich was zu Tante Berta fragen. Dazu habe ich nicht im Geringsten Lust, auch nicht ein Milligramm. Aber es war Opa Leo wichtig. Also:

Erstens Papa.
Zweitens Tante Berta.

Und drittens Lilli.
Und viertens bis einunddreißigstens: Lilli. Lilli. Lilli.
In dieser Reihenfolge.
Nachts schleicht sich Lilli in meinen Traum und streichelt mich hinterm Ohr. Und ich schwöre, ich habe geschnurrt wie ein komplettes Katzenorchester. Leider bin ich dann aufgewacht. SAUBLÖD!!

KAPITEL 25

Am nächsten Morgen muss ich erst um zehn zur Schule, die Lehrer haben irgendeine Besprechung. Mama wollte mich eigentlich bis neun Uhr schlafen lassen, aber ich finde es herrlich, wenn ich Zeit habe zum Trödeln. Und außerdem will ich Mama beim Wäsche-Aufhängen helfen, bevor sie zur Arbeit geht, denn es ist draußen warm und weich. So, wie sich Merlin am Bauch anfühlt.

Und dann dieses frühe Licht, davon kann ich einfach nicht genug kriegen.

Wir frühstücken in aller Ruhe, Mama hat sogar Brötchen geholt.

Die Wäsche ist schon sauber und wartet im Korb, und dieser Tag macht mich so aufgeregt, dass ich zapple und mit den Füßen scharre wie ein junger Esel. Mama hat's kapiert und trägt den Korb raus.

Ich kriege jetzt eine Nase wie ein Ameisenbär, sie wächst direkt in den Mai rein, und ich schnüffle am Grün, an Mama und an diesem Wäschegeruch. Das ergibt ein einziges Getümmel in meiner Nase. Und alles zusammen ist irgendwie so was Heiliges wie in der Kirche, und so stelle ich mir Frieden vor. Sollte ich jemals ein Bild malen, das Frieden heißt, dann wären das Mama und ich in diesem Morgenlicht im Hof mit der flatternden Wäsche auf der Leine, sauber und duftend.

Und als alles ordentlich nebeneinanderhängt, gibt Mama mir einen Kuss und verabschiedet sich, weil sie zur Arbeit muss. Ich verspreche, mittags die Wäsche abzunehmen, pünktlich zur Schule zu gehen und den Apfel mitzunehmen.

Als ich allein bin, hole ich den Klappstuhl und den kleinen Campingtisch heraus und meinen Schreibblock. Ich werde jetzt Dichter. Für Lilli. Sie soll ein Gedicht bekommen. Wenn Frauen auf der ganzen Welt Gedichte lieben, dann soll sie eins haben.

Ich kaue meinen Bleistift hinten ganz krisselig und spucke immer wieder die Holzspäne in den Hof. Mein Kopf ist leer und mein Herz ist voll. Aber mein Bleistift tut nichts weiter als schlecht schmecken.

Mama hat mir beim Wäsche-Aufhängen ein paar Tipps gegeben. Sie sagte, als sie vor drei Jahren zur Kur gewesen sei, da hätten sie getöpfert und gemalt und auch geschrieben. Und sie habe noch genau behalten, wie sie das mit den Gedichten hingekriegt hätten, denn sie hätten alle eins geschrieben. Alle. Sie hätten aber auch ein paar hilfreiche Tricks als Unterstützung bekommen.

«Das war eine ganz einfache Sache», sagte Mama, «wir haben es *Stufengedicht* genannt. Wegen seiner Treppenform. Das ist das Gerüst des Gedichts, sein Aufbau. Da hinein muss man dann nur noch die Wörter fügen. Also, das ging so ...»

Mama malte mir das in der Küche auf die Rückseite von einem alten Einkaufszettel:

Überschrift

Dann ein Wort
Und in der nächsten Zeile zwei Wörter
Dann drei
Dann vier (und dann zurück)
Drei Wörter
Zwei Wörter
Eins

Ich bin platt. Das soll ein Gedicht werden? Ehrlich gesagt, glaube ich Mama nicht, sie muss was falsch verstanden oder falsch erinnert haben. Aber Mama schwört Stein und Bein, dass es so war. In der Schule allerdings sehen die Gedichte immer ganz anders aus. Sie muss sich also vertun.

«Nein», beteuert Mama. «Und noch was, Pille. Ein Gedicht lebt von Bildern. Also, wenn du Liebe mit einer Rose vergleichst oder mit einer Sahnetorte zum Beispiel.»

«Oder wenn ich Opa Leo mit einer Bohnenstange vergleiche?», frage ich, um ganz sicherzugehen, dass ich es kapiere.

«Ja», nickt Mama. «Aber dieses Bild ist ziemlich abgenutzt. Da findest du bestimmt ein besseres.»

Ich nicke, ja, da hat sie recht. «Mein veilchenblaues Herz», frage ich, «ist das ein Bild?»

Mama strahlt und lacht: «Ja, ja, ja, das schreib auf, das ist sehr, sehr gut.»

Und ich bin stolz, weil ich schon fast ein Dichter bin.

Aber jetzt sitze ich hier im Hof und mache den hundertsten Versuch und kriege Bauchschmerzen und Kopfschmerzen gleichzeitig, und mein Bleistift schrumpft zu einem Stummel.

Doch dann, aus heiterem Himmel, als ich nichts weiter tu als in das Flattern der Wäsche zu schauen, als ich nicht mehr mein Gehirn umkremple und die Wörter auswringe, genau da geschieht das himmlische Ereignis: Ein Gedicht ist geboren. Und ich zähle auch nicht nach, ob die Stufen stimmen. Mama hat gesagt, es soll nur eine Hilfe sein.

Da steht auf meinem Papier:

Blaues Gedicht (für Lilli)

Lilli
Zarte Fee
Im grünen Mai
Mein Herz ist veilchenblau
Blau sind meine Träume
In deinen Augen
Seh ich
Den Himmel

(dein Pille, der dir das erste Gedicht seines Lebens schenkt)

Ich bin so begeistert, dass ich *JUCHUUU!!!* in die Luft hinausbrülle und die Vögel auf der Dachspitze einen Herzschlag bekommen. Ich breite die Arme aus und könnte hinauf in die Wolken segeln, die über dem Hof stehen, aber die Küchenuhr lässt mich mit Karacho wieder auf der Erde landen: viertel nach zehn.

Ach, du dicke Makrele: Ich falle fast ins Koma vor Schreck.

Mist, Mist, Mist! In der Schule werde ich einen Anschiss bekommen, das steht fest. Mit Frau Krumme ist nicht zu spaßen, die will Ordnung und Disziplin. Aber ich beschließe, ehrlich zu sein und keine Ausrede zu erfinden, so was wie Bauchschmerzen oder Übelkeit. Ich bin natürlich nicht komplett ehrlich, also ich sage nichts von den tausend Gedichteversuchen, die würden sich sonst in meiner Klasse schlapp lachen, und ich müsste es vielleicht sogar als Beweis vorlesen. Von diesem Gedanken kriege ich sofort Zähneklappern vor Entsetzen.

Aber ich kann ja die zusammengefasste Wahrheit sagen, dass ich die Zeit verschwitzt habe. Das ist immerhin keine Lüge. Eine Lüge würde nämlich jetzt nicht passen, wo ich doch gerade einen himmlischen Musenkuss gekriegt habe und noch voller Dankbarkeit und Stolz bin. Irgendwie heilig, so ein Gedicht. Ich kann das nicht besser erklären. Aber so fühlt sich das an.

Und mittags, zu Hause, nach den Schulaufgaben, schreibe ich dieses Lilli-Gedicht mit einem himmelblauen Stift in meiner besten Schrift groß auf ein Zeichenblockblatt und male ringsherum den Mai und veilchenblaue Herzen, die wie Luftballons an einer Leine am Himmel schweben. Es ist das Schönste, was ich je gemacht habe. Ich werde es Opa Leo zeigen und abends Mama, denn Lilli kommt erst übermorgen.

Ich weiß jetzt, wenn man so gut wie zwölf ist und eine Freundin hat, ist das Warten die reinste Hölle. Ich glaube sogar, die Warterei ist in der Liebe das Allerschlimmste. Sie dehnt die Zeit wie ein Kaugummi, das man länger und länger zieht, und wenn man nicht aufpasst, landet es im Gesicht, und man klebt in der Zeit fest.

KAPITEL 26

Ich packe zwei Zettel ein, als ich zu Opa Leo radle: den mit meinem ersten Gedicht für die erste Frau in meinem Leben und den mit den Fragen. Lillis Gedicht rolle ich zusammen und binde ein blaues Band darum, damit es genau passend ist. Ich merke, wie ich richtig pingelig werde, ein rotes Band hätte ich nicht genommen.

Ich bin aufgeregt. Noch nie habe ich ein Gedicht geschrieben, und ich weiß nicht, was Opa Leo dazu sagen wird. Er ist schließlich mein allererster Leser. Ich hoffe nur, dass er mich warnt, wenn es Murks ist. Damit ich mich nicht vor Lilli blamiere und sie sich kaputt lacht über meinen blauen Vers. Jetzt ahne ich zum ersten Mal, was das ist, *Poesie*. Und warum unsere Lehrerin immerzu davon schwärmt und uns unbedingt dafür begeistern will. Aber das wird nicht klappen, das kann ich ihr prophezeien. Das klappt erst, wenn man es selber versucht, weil man an der Liebe rumgeschnuppert hat wie an einer weit geöffneten Lilienblüte. (Klasse, hört sich fast an wie Lilli-Blüte, das könnte doch glatt schon wieder eine neue Gedichtzeile sein, vielleicht werde ich ja später ein Dichter. Na ja ...) Mein Herz macht tollkühne Sprünge zwischen meinem Hals und meinem Bauch, wenn ich an Donnerstag denke und daran, wie Lillis blaue Augen noch blauer werden von meinem blauen Gedicht. Na hoffentlich!

Opa Leo finde ich mit Markus auf der Terrasse. Sie beugen ihre Köpfe über eine Liste, und Markus redet und redet, und Opa Leo nickt hin und wieder. Markus strahlt. Sein Kindergartengetue hat er wohl auf den Müll geworfen. Ich schleiche mich an und höre, wie Opa Leo sagt: «Lampions wären nicht schlecht», und Markus wiederholt: «Lampions», nickt und schreibt das auf. Markus wirkt wie ein großes, artiges Kind, das sich sehr anstrengt, alles richtig zu machen, um gelobt zu werden. Und er sieht aus, als hätte er sogar Freude daran.

Das ist Opa Leo. Der schafft so was. Der schafft sogar Markus. Opa Leo schafft sogar, dass man Markus richtig gut leiden kann.

Ich setze mich auf die Treppe und warte. Ich habe Zeit. Ich kann mein Gedicht vorwärts und rückwärts aufsagen und werde es nicht leid. Ich werde gerade größenwahnsinnig und plane weitere Strophen, da kommt Markus die Treppe runter. Er sieht ganz konzentriert aus und rennt fast an mir vorbei, völlig in Gedanken versunken. Dann lächelt er und grüßt. Und weg ist er. Ich renne zu Opa Leo und schwenke mein Gedicht.

«Ich bin ein Dichter», schreie ich, und Opa Leo hat keine Ahnung, wovon ich rede, das sehe ich an seinen Augen. «Für Lilli, ein Gedicht», rufe ich und wedle mit der Papierrolle vor seiner Nase herum. Ich verquirle regelrecht die Mailuft damit, so aufgeregt bin ich.

Und dann hat er es kapiert. Er nimmt mich in die Arme und sagt: «Komm. Wir setzen uns auf den Balkon. Das will ich in aller Ruhe genießen!» Er scheint absolut sicher, dass es ein Genuss geworden ist.

Jetzt beginnt es in meinem Bauch zu kribbeln, alle diese Ameisen sind wieder da und flitzen hin und her, und ich bekomme Angst. Was ist, wenn ich mich total verschätze und den größten Quatsch meines Lebens geschrieben habe? Wo ich dieses Gedicht doch so sehr liebe. Dieses Wäscheflattermorgenlicht-und-Veilchengedicht, ungefähr die hundertste Fassung. Diesen einen Vers, der sozusagen geradewegs aus meinem blauen Herzen gewachsen ist.

Oh oh, das würde wehtun, das weiß ich. Das würde unbarmherzig zwiebeln, wie Jod auf einem aufgeschürften Knie. Aber noch mehr wehtun würde es, wenn Lilli es total albern fände. Oder, noch schlimmer, so tun würde, als wäre es okay, aber heimlich die Augen verdreht.

Ach, du dicke Makrele! Jetzt kriege ich so eine Ahnung, wie man sich fühlt, wenn man etwas von sich preisgibt, das tief aus dem Herzen kommt, und man keine Ahnung hat, ob die andern was damit anfangen können. Und man deswegen lieber die Klappe hält. Und besser nichts von sich zeigt oder verrät. Meine Hände zittern sogar ein kleines bisschen, als wir auf dem Balkon sitzen und Opa Leo das Gedicht aufrollt. Ich habe auf einmal ganz viel Spucke im Mund, und alle Ameisen rennen sich die Beine krumm.

Ich kann Opa Leo nicht anschauen beim Lesen. Ich schaue in die Blätter der Kastanie, ich zähle die Wolken, ich knabbere an meinem Zeigefingernagel, was ich vor tausend Jahren gemacht habe, als ich noch ein elfjähriges Baby war, das noch keine Ahnung von Gedichten und der Liebe hatte. Sozusagen noch keine Ahnung vom Leben.

Opa Leo sagt nichts. Er sitzt regungslos auf dem Stuhl und hat die Augen geschlossen.

Ich stupse ihn an. Ich halte das nicht mehr aus. Ich werde noch rattendoll von der Warterei und der Spannung.

Da macht er die Augen auf, und es sieht aus, als habe ich ihn von weit, weit her geholt, von einem Ort, den ich nicht kenne und von dem er sich nicht trennen will.

«Pille, komm mal her», sagt er.

Ich stehe auf und stelle mich vor ihn hin. Ich nehme einen tiefen Atemzug, weil meine Luft sich schon wieder dünne gemacht hat, und schaue in Opa Leos Augen. Ich weiß, dass die nicht lügen. Niemals. Opa Leos Augen haben einen seltsamen Glanz, wie die Ränder von dunklen Wolken, hinter denen die Sonne leuchtet. Und innendrin sehe ich so was wie Sehnsucht, und ich erkenne, dass er an dem fernen Ort war, wo jetzt Oma Lucie ist.

«Pille», sagt er, «ich wünsche mir, dass ich es jemals geschafft hätte, deiner Oma ein solches Liebesgedicht zu schreiben. Sie wäre geschmolzen. Sie hätte ...»

Ich warte, aber er sagt nichts mehr. Er seufzt nur. Und dann nimmt er mich sanft und irgendwie ehrfurchtsvoll in die Arme. Als ich endlich, endlich kapiere, was er da gerade zu mir gesagt hat, gurgelt ein gewaltiges Lachen in mir rum, als ob ein Gulli überläuft vom vielen Regen. Es steigt hoch und gluckert dann einfach so heraus, und der ganze Balkon, der ganze Park, der ganze grüne Mai wird damit überrollt. Ich überrolle mich sogar selber damit, ich kann gar nicht mehr aufhören, so gut tut das.

Opa Leo sagt gar nichts, nur seine Augen leuchten. Ich lehne mich an ihn, ganz dicht. Ich spüre sein Herz klopfen. Und meins tobt in mir rum wie ein Fohlen, das seine langen Beine übermütig in die Luft schmeißt. «Juchuuuh!», brülle ich, und dieses Jahr muss der Mai viel aushalten, ich kann mich nicht erinnern, dass ich jemals so oft in den Mai gejauchzt habe. Das muss die Liebe sein.

Opa Leo nimmt mich auf den Schoß, und obwohl ich fast zwölf bin, fühlt es sich richtig an.

«Weißt du, wer früher auch mal so wunderbare Sachen geschrieben hat?», fragt Opa Leo.

«Oma Lucie», sage ich sofort.

Opa Leo schüttelt den Kopf. «Nein, das hat sie nicht. Dafür konnte sie andere, wunderbare Sachen.»

«Du?», frage ich. «Das würde mich nämlich nicht wundern.»

«Nein.» Wieder schüttelt Opa Leo den Kopf. «Tante Berta.»

«Nie im Leben», sage ich. Ich lasse mich doch nicht veräppeln.

«Doch», nickt Opa Leo, «und es gibt noch viel mehr, was du über Tante Berta erfahren solltest.»

Ich bin so platt, dass ich immer noch glaube, gerade den besten Scherz meines Lebens zu hören. Aber Opa Leos Gesicht sieht nicht nach Scherzen aus. Tante Berta? Ich kann es nicht fassen. Diese Tante Berta mit den harten Augen, der Hüstelei, wenn ihr was peinlich ist, und dem Standardspruch mit den Tassen im Schrank, vielmehr mit den Tassen, die nicht im Schrank sind! Die hat so viel Taktgefühl hat wie ein Teppichklopfer!

«Ne, ne, ne!» Ich schüttle den Kopf.

«Doch», sagt Opa Leo. Er ist sehr ernst. «Die Menschen sind mehr als das, was wir von ihnen wahrnehmen, oder das, was sie uns wahrnehmen lassen. Viel mehr. Du bekommst immer nur ein kleines Teilchen, einen Flicken aus einem großen Teppich zu sehen. Und das kann dir ein ganz falsches Bild vorgaukeln. Wenn der Mensch nicht bereit ist, seine vielen anderen Seiten zu zeigen, dann kann man leicht glauben, er bestehe aus nichts anderem als diesem einen Flicken. Vielleicht glaubt er es irgendwann sogar selber!»

«Glaubt Tante Berta denn, dass sie so, so ...» Ich stolpere jetzt irgendwie in meiner Frage herum. Ich finde nicht das richtige Wort. Ich traue mich plötzlich nicht, das Wort *bekloppt* zu sagen, wenn sie tatsächlich mal Gedichte schreiben konnte und noch ganz anders sein kann.

Ich staune. Ja, ich staune und werde jetzt richtig neugierig. Das hätte ich niemals gedacht, dass ich Lust bekommen würde, mehr über Tante Berta zu erfahren. Ausgerechnet über Tante Berta! Aber sie steht ja sowieso auf meiner Fragenliste. Gleich nach Papa. Weil Opa Leo es so wollte. Nun ahne ich, warum. Ich setze mich wieder auf den Stuhl, Opa Leo gegenüber, aber ich ziehe ihn ganz dicht an ihn ran. Und Opa Leo beginnt.

«Meine Eltern hatten einen kleinen Klempnerbetrieb, wie du weißt. Es gab nie viel Geld. Sie wünschten sich einen kräftigen, klugen Sohn, der einmal den Betrieb vergrößern und ausbauen würde und ihnen somit ein sorgenfreies Alter schenken würde. Aber es kam alles ganz anders. Weißt du, es ist oft nicht gut, sich so genaue Vorstellungen zu machen, wie alles zu sein hat, dann ist man nämlich nicht mehr offen für die Überraschungen des Lebens.

Die erste Überraschung war, dass sie keinen Sohn bekamen, sondern eine Tochter. Und sie waren nicht in der Lage, sie freudig zu begrüßen. Tante Berta war *nur* ein Mädchen.

Sie war ein wahres Wunderding, doch deine Urgroßeltern hatten nichts weiter im Kopf als einen Sohn. Der kam drei Jahre später, und das war ich. Mich begrüßten sie wie einen jungen Gott. Ich wurde gefeiert.»

O Mist! Ich schlucke. Denn ich kriege so langsam eine Ahnung, wie das für Tante Berta gewesen sein muss.

«Und dieser Sohn war auch ein Wunderding, aber auch das konnten sie nicht erkennen», fährt Opa Leo fort. «Denn er war ganz anders, als sie sich einen Sohn vorgestellt hatten. Er träumte, wenn er helfen sollte. Er rannte fort, wenn es ihm in der Schule langweilig wurde. Er versteckte sich im Wald und sprach mit den Vögeln und Hasen. Er wohnte in den Bäumen und bestaunte die Wolken. Und nachts lag er im Gras und zählte die Sterne. Und er wusste alles über Gott. Gott war nämlich sein bester Freund. Der hatte ja schließlich alle diese Wunderdinge um ihn herum gemacht, die Sterne, die Wolken, die Bäume oder diese Libellenflügel zum Beispiel oder die kleinen, gedrehten Schneckenhäuser oder den rosavioletten Abendhimmel. Gott war sozusagen in diesen Wunderdingen mittendrin, er war also eigentlich diese Wunderdinge selber.

Aber der Pfarrer und der Religionslehrer hatten einen ganz anderen Gott, der war weit weg und streng, und er hatte die Strafe und die Hölle erfunden. So gab es Ärger in der Schule und in der Kirche. Tante Berta musste immer auf diesen Knaben aufpassen und bekam Schelte, wenn er wieder einmal Blödsinn gemacht hatte. Tante Berta war ein kluges Kind. Sie lernte mühelos alles, was sie uns in der Schule beibrachten. Ich hatte da eher so meine Schwierigkeiten, da mich die Welt draußen vor der Schultür viel mehr interessierte als die

Welt in den Schulbüchern. Und deshalb bin ich auch so oft abgehauen.

Tante Berta las Unmengen von Büchern, heimlich, und immer in der wenigen Zeit, die ihr noch blieb mit mir und dem Haushalt und der Schule. Sie liebte Musik. Sie liebte es, durchs Zimmer zu tanzen, sie ist sehr musikalisch. Und sie hätte gerne weiter gelernt und später studiert, Musik, Literatur, Tanz oder Theater. Stattdessen musste sie mit vierzehn von der Schule und in einer Wäscherei arbeiten.»

Opa Leo macht eine lange Pause.

«Das Geld wurde für mich gespart, verstehst du. Für mich, der nicht in die Schule wollte und auch nicht in diese Klempnerei. Sondern hinaus in die Welt, um sie zu entdecken. Aber mit diesem schrecklichen Krieg kam alles ganz anders. Denn ein Jahr vor Kriegsende holte man mich mit siebzehn Jahren einfach aus der Schule raus und machte einen Soldaten aus mir. Und das war die reinste Hölle. Nach dem Krieg machte ich mich aus dem Staub. Ich wollte in diesem Land nicht mehr leben. Ich war Gärtnerhilfe, war Schiffsküchenjunge, war ein Wandersmann, half den Bauern, war Zeitungsausträger, arbeitete in einer Bäckerei und war immerzu voller Sehnsucht. Immerzu sehnte ich mich nach zu Hause. Da kehrte ich um. Und schließlich wurde ich ein Ehemann. Das war das Beste, was mir jemals passiert ist.

Aber dann musste ich ernsthaft Geld verdienen, denn ich wurde Vater. Und nach dem Krieg musste man nehmen, was kam. So ging ich in die Zeche. Und wurde Bergmann, denn für die Kohle wurden nach dem Krieg viele Arbeiter gebraucht. Aber die Arbeit tief unten in der Erde machte mich krank. Nicht nur meinen Körper, auch meine Seele.

Und deine wunderbare Großmutter hat dann beschlossen, dass das aufhören musste. So wurde ich Busfahrer, und das war in Ordnung...»

«Und Tante Berta?», frage ich. Ich spüre, wie mein Hals eng wird. Ich spüre, wie Tante Bertas Leben zusammenschrumpfte auf eine harte, freudlose Winzigkeit. Und ich fühle so etwas wie Verzweiflung in mir drin, weil das wehtut.

«Tante Berta konnte mich nicht verstehen», sagt Opa Leo. «Mir hätten alle Türen offen gestanden, aber ich machte keine davon auf. In ihren Augen machte ich mich klein. Und sie gleich mit dazu. Denn sie wusste sehr genau, dass Großes in ihr schlummerte und sie es wegen mir nicht ausleben konnte.»

«Aber, aber ...» Ich suche nach Worten. «Sie hätte doch andere Wege gehen können, irgendetwas suchen oder machen, das sie da rausgeholt hätte. Vielleicht hätte sie sich wehren müssen oder abhauen, so wie du. Keine Ahnung, aber es muss doch was gegeben haben?» Ich schaue Opa Leo geradezu flehend an, aber er schüttelt den Kopf.

«Nein, es kam ganz anders», sagt er. «Der erste junge Mann, der sie lieb hatte, der ihre Besonderheit erkannte, wurde der Vater ihres Kindes.»

Ich zucke zusammen. Tante Berta und ein Kind? Wo war es, warum kannte ich es nicht?

«Der junge Mann musste in den Krieg, noch bevor er erfahren hatte, dass er Vater wurde. Und Tante Berta brachte Schande über die Familie. So hieß das bei uns zu Hause. Es wurde nämlich erst geheiratet, und dann kamen die Kinder. Punkt und Schluss! Man brachte Tante Berta aufs Land, damit bloß keiner die Schande mitbekam. Und als zwei Monate später die Nachricht eintraf, dass der junge Mann im Krieg gefallen war, verlor Tante Berta das Kind. Da durfte sie wieder nach Hause kommen. Aber das wollte sie nicht mehr.»

«Richtig so», sage ich knurrend. In mir tobt etwas herum, das ist empört, das will ein Schwert haben, einen Knüppel und auf etwas draufschlagen, will Tante Berta rächen.

«Ich wäre auch nicht zurückgegangen», sage ich, «nie im Leben!» Ich habe eine nachtschwarze Wut in mir. Und ahne, was Stolz ist. Und was das mit einem macht, wenn man verletzt wird. Ich würde jetzt auf der Stelle für Tante Berta kämpfen, aber das war ja um Jahre zu spät. «Und wo warst du?», frage ich.

Opa Leos Gesicht ist jetzt ganz zerknittert und klein. «Ich habe es erst erfahren, als alles längst passiert war. Ich war ja auch im Krieg und später irgendwo in der Welt. Ich konnte nichts machen», flüstert er.

«Auch das noch», stöhne ich. «Und dann?»

«Später kam dann Onkel Fredi in ihr Leben. Leider hat sie nie erkannt, dass er ein Geschenk des Himmels ist. Sie glaubt immer noch, dass in ihrem Herzen nur Platz ist für den Einen. Und diesen Platz hält sie hartnäckig mit diesem jungen Mann besetzt.»

«Der ist doch tot», sage ich, «der kann doch Platz machen.»

«Das ist gar nicht nötig», sagt Opa Leo. «Das Herz ist groß genug. Es ist ein Wunder, denn es kann niemals aufhören zu wachsen, es hat allen Platz der Welt. Es wächst in alle Himmelsrichtungen, nach oben, nach unten, nach rechts und links, dazwischen und drumherum ... Wenn man es lässt», fügt er nach einer kleinen Weile hinzu.

Klar, das weiß ich. In meinem Herzen sind Mama und Papa, Opa Leo, Oma Lucie und Lilli und Lilli und Lilli. Aber es hat auch Platz für Krümel und Bismarck und Elvis. Und für Frau Kirchner. Und natürlich für Marco und Simon aus meiner Klasse. Wahrscheinlich stehen irgendwo schon ein paar Leute Schlange und warten, dass ich ihnen begegne und sie reindürfen. In mein Herz. Und da ist ja auch noch Merlin, den habe ich glatt vergessen. Und alle diese Sonnenuntergänge und der Mai und diese Gitarrenmusik von Elvis und das Wäscheflattern im Morgenlicht. Und Gedichte!

Ja, ich verstehe, was Opa Leo meint. Das Herz hat allen Platz, den es braucht für alles, was einem begegnet. Es wächst praktischerweise immer auf die genau passende Größe. Wahnsinn! Es ist so spannend und aufregend, dieses Leben. Keine Ahnung, *wer* alles noch kommt. Und *was*. «Das Herz ist ein einziges Wunderding», staune ich.

Opa Leo nickt, und dann schweigen wir erst mal und denken darüber nach.

«Kann es auch schrumpfen?», frage ich plötzlich erschrocken, als mir einfällt, dass ich geglaubt habe, Papa wäre aus meinem Herzen wieder herausgefallen, als ich diese Riesenwut auf ihn hatte.

«Nein», sagt Opa Leo sehr bestimmt. «Aber du kannst es fest verschließen: alle Türen, alle Fenster und Luftlöcher und Ritzen. Und dann können draußen noch so viele daran herumrütteln und anklopfen, du lässt sie einfach nicht rein. Ja, du beschließt sogar, dieses Klopfen gar nicht zu hören oder all die Freu-Menschen und -Dinge nicht zu sehen, zu schmecken, zu riechen, zu fühlen, zu lieben ...»

Mir wird plötzlich heftig kalt. Wenn mir das passiert, könnte Papa so viel klopfen, wie er wollte, ich würde ihn glatt draußen stehen lassen.

«Aber dann ist man doch die ärmste Socke der Welt», sage ich entsetzt.

Und Tante Bertas harte Augen tun mir plötzlich weh. Aber ganz anders als sonst. Sie tun mir nicht mehr weh, weil sie mich ärgert. Sie tun mir weh, weil sie ihr selbst wehtun.

Ich stottere, als ich das Opa Leo erkläre, es hört sich ziemlich durcheinander an. Aber er hat es verstanden.

«Ja», sagt er, «das macht einen großen Unterschied. Lass sie einfach rein», sagt er. «Sie hat es verdient.»

Und ich klopfe an mein Herz, das zurzeit sehr aufgeregt ist, und sage: «Komm, sei nicht so! Mach die Tür auf für Tante Berta!»

«Und wenn sie nicht möchte?», frage ich. Ich kann mir plötzlich nicht vorstellen, dass Tante Berta dazu auch nur die Bohne von Lust hat.

«Selbst wenn nicht, so wird es ihr guttun», sagt Opa Leo. «Jemanden im Herzen zu tragen hat noch keinem geschadet, noch niemals.» Opa Leos Gesicht ist ernst und weich gleichzeitig. Er nimmt meine Hand in seine große, und ich fühle die raue Haut und seine ganze Kraft und seine Wärme. Und ich möchte, dass er immer so meine Hand hält. Immer. So ist das mit der Liebe. Ich verstehe und staune. Ich staune schon wieder.

«Die Liebe ist ein Wunderding», sage ich. Ich weiß jetzt, wovon ich spreche.

So ist das, wenn man kurz davor steht, erwachsen zu werden. In ein paar Tagen.

«Ja», nickt Opa Leo. «Sie ist das größte Wunder von allen. Mach dein Herz einfach auf und lass sie rein. Mal sehen, was passiert!»

Da fängt plötzlich ein Vogel an, laut und übermütig zu singen. Ein Triller nach dem anderen schnörkelt sich in die Frühlingsluft. Und Opa Leo und ich schauen auf und suchen ihn in der Kastanie. Unsere Herzen wachsen bis zu ihm hin, und da fliegt er schnell hinein und flattert darin rum.

So geht das mit den Herzen. Man kann sogar in mehreren gleichzeitig sein. Ich hab es kapiert. Ja, ich glaube, ich weiß jetzt wirklich Bescheid. Wahrscheinlich, weil ich so gut wie zwölf bin. Und weil es Lilli gibt. Und Opa Leo. Und weil er alles so gut erklären kann. Das sage ich ihm.

Er grinst und drückt meine Hand. Dann nickt er zum Himmel rauf und sagt: «Ich habe ja auch die beste Helferin da oben, die es gibt. Sie passt genau auf, damit ich bloß nichts mehr falsch mache in meinem Leben. Und jetzt habe ich gerade einen Punkt auf ihrer Liste abgearbeitet. Ein paar muss ich noch erledigen. Und die Zeit läuft mir davon.»

Das versteh ich jetzt nicht. Schon wieder dieser seltsame Satz. Welche Zeit? Welche Liste? Mama macht mir manchmal Listen, die arbeite ich auch immer Punkt für Punkt ab, und dabei läuft mir die Zeit auch manchmal weg, weil ich getrödelt habe. Aber was für eine Liste hat Opa Leo?

«Sagt Oma Lucie dir etwa jeden Tag, was du tun sollst? So was wie Socken wechseln und aufräumen, weil sie ja weiß, was für ein Schluri du bist?», frage ich und kneife Opa Leo in den Arm, weil ich ihn gerade ein bisschen veräppele.

Opa Leo grinst ein kleines, halbes, schiefes Grinsen und schüttelt den Kopf. «Nein», sagt er verlegen. «Meine Socken sind ihr zurzeit ziemlich egal. Da gibt es Wichtigeres. Und ich weiß nicht, ob ich es noch schaffe!»

«Sie wird dir helfen», sage ich schnell, weil mir gerade richtig mulmig wird und ich das irgendwie nicht aushalte. Mein Herz will jetzt lieber jubeln, weil es an Lilli denkt und wie sie gucken wird, wenn sie mein Gedicht kriegt. Und weil ich das dringende Gefühl habe, Opa Leo jetzt irgendwie erfreuen zu müssen, sage ich voreilig und tollkühn: «Ich werde dir auch ein Gedicht schreiben. Für den besten und klügsten Großvater der Welt. Versprochen!»

Und als er mich in die Arme nimmt und an sein Hemd mit dem Waschmittelgeruch drückt, könnte ich schon wieder losheulen. Das sitzt irgendwie in meinen Augen und im Hals und im Bauch. Das muss mit meinem weit offenen Herzen zusammenhängen. Herzen machen ja die verrücktesten Sachen, wie ich jetzt weiß. Sie können sogar veilchenblau sein. Aber ich wusste bisher nicht, dass man so glücklich und so traurig gleichzeitig sein kann.

KAPITEL 27

Eine Frage von meiner Liste haben wir gerade erledigt, und Opa Leo hat recht. Da waren schon ein paar andere Antworten mit drin, über die Liebe und das Herz und über das, was man alles falsch machen kann, wenn man einen anderen nur durch eine klitzekleine Brille beguckt. Aber meine allerwichtigste Frage, die brennt richtig, die ist heiß und brodelnd und will endlich erlöst werden. Die kocht schon so lange in mir rum, dass sie richtig verklumpt ist, zusammengeschmurgelt auf die Größe eines Brühwürfels, brennend salzig und scharf. Was machen wir mit Papa? Damit er sich nicht mehr so schämt und damit er darauf vertraut, dass wir ihn lieb haben und dass wir zusammenhalten? Immer, egal, was passiert. Und damit er endlich die Kurve kriegt und zurückkommt?

Opa Leo sieht ziemlich erschöpft aus, und ich weiß nicht, ob ich jetzt fragen soll. Aber morgen kommt Tante Berta mit Onkel Fredi, und übermorgen kommt Lilli, auch mir rennt die Zeit davon. Aber Papa ist die wichtigste Frage, die ich habe.

«Opa Leo», frage ich vorsichtig. «Ist alles okay?»

Er hat die Augen geschlossen und sich zurückgelehnt. Er ist weit weg. Und er ist ganz nah. Ich spüre ihn irgendwie um mich herum. Als hätte er gerade unendlich viele Arme und ich wäre mittendrin. Ich kann sie alle warm und fest spüren. Ich lehne mich jetzt auch zurück und mache meine Augen zu, ich fühle mich richtig eingehüllt von etwas Warmem, Hellem. Und dann sehe ich Oma Lucie. Sie hält Opa Leo im Arm, und ich bin zwischen ihnen, wie eine Salamischeibe in einem Butterbrot. Und falls sich Salamischeiben dabei jemals so fühlen sollten wie ich gerade, dann sind sie wohl eine ziemlich glückliche Wurst. Ich spüre Oma Lucies warmen, weichen Bauch hinter mir und ihre kleinen, runden Arme an der Seite und Opa Leos knochige Brust und seine langen Arme vorne um mich rum, und auf einmal bin ich nicht mehr auf dem Balkon der Villa, sondern treibe irgendwo zwischen Himmel und Erde und habe das Gefühl, zu schwimmen und zu fliegen und zu segeln, und das alles gleichzeitig. Ich will nicht mehr denken, sondern nur so sein, einfach so sein.

Irgendwann höre ich Markus unter mir rufen, und ich falle in meinen Stuhl zurück, und Opa Leo sitzt dicht vor mir und schaut mich nachdenklich an.

Jetzt fragt er: «Pille, ist alles okay?»

Und ich nicke und versuche ihm zu erklären, was gerade passiert ist.

Opa Leo sagt: «Ja, sie war da. Wir haben dich umarmt. Und jetzt werden wir den Plan für deinen Papa machen. Das gerade war sozusagen eine kleine Vorübung. Und wie immer hat Oma Lucie gewusst, wie es geht und dass es klappt. Sie ist schon eine ziemlich besondere, erstaunliche, hartnäckige Person.»

«Eine Geistperson», sage ich, «weil so richtig ist Oma Lucie ja nicht hier, ich meine, so wie damals, als sie noch komplett auf der Erde war. Jetzt ist sie meistens himmlisch oder durchsichtig oder luftig, so wie ein Nebelschleier oder eine Schäfchenwolke ...»

Opa Leo hat auch kein Wort dafür, das es ganz genau trifft.

«Vielleicht sind Engel so», sage ich, «ein bisschen Erde und ganz viel Himmel.»

«Hm», murmelt Opa Leo, «kann aber auch sein, dass das eine ganz besondere, einzigartige Oma-Lucie-Art ist und die anderen Engel ganz anders sind. Keine Ahnung, ich habe wirklich keine Ahnung. Und eigentlich sollte uns das auch egal sein, jedenfalls kann sie mal wieder die erstaunlichsten Sachen!»

Da beginnen die Blätter der Kastanie plötzlich heftig zu rascheln, als ob Oma Lucie sie übermütig schütteln würde. Irgendwie höre ich sie kichern. Und Opa Leos Augen leuchten auf.

«Aber jetzt zu deinem Papa», sagt er nach einer Weile. «Was der jetzt braucht, ist das Wissen, dass er okay ist, trotz des ganzen Schlamassels, den er angerichtet hat. Und dass ihr ihn liebt und ihn braucht und Sehnsucht nach ihm habt. Und ich selbstverständlich auch und Oma Lucie da oben natürlich ...» Und dabei nickt Opa Leo hinauf in die Zweige und den Himmel und die Wolken.

«Klar, das weiß ich doch längst. Aber weil er nicht da ist, kann ich ihm das nicht sagen. Das ist ja das Problem.»

«Doch, du kannst», sagt Opa Leo. «Das haben wir doch gerade geübt. Du schließt die Augen, dann denkst du dir einen schönen, ruhigen Ort aus. Du denkst sehr konzentriert an deinen Papa, du lädst ihn ein zu einem Gespräch, zu einer Begegnung mit dir, und dabei schaust du ihm tief in die Augen. Und dann sagst du ihm das alles. Und dabei musst du dein Herz und deine Arme ganz weit aufmachen. Es muss ihn da richtig hineinziehen. Du schaffst das. Das wissen wir. Das machst du dann immer wieder. Erzähl ihm von dir. Und von Mama. Und von Lilli. Und dass du ihm dein erstes Liebesgedicht zeigen willst. Und dass man zusammenhalten muss. Und sag ihm, er soll sich an sein Versprechen erinnern, das er Mama gegeben hat, damals in der Kirche: In guten wie in schlechten Zeiten ... Er weiß schon. Und sag ihm, ja, also sag ihm, dass er die beste Frau der Welt hat, die in diesen schlechten Zeiten an seiner Seite sein will, und sag ihm, dass ich ...»

Opa Leo schweigt. Er schweigt lange, und sein Gesicht ist ganz grau, als ob lauter Spinnweben darüberliegen, er hat die Augen geschlossen.

Ich kriege einen Mordsschreck. Ich springe auf und lege meine Arme um ihn und flüstere in sein Ohr: «Ja, ja, das mach ich, ich glaub, ich hab's kapiert. Und ich erzähle Papa von Oma Lucie und von dir, dass er die besten Eltern auf der Welt und jetzt auch im Himmel hat, die immer zu ihm halten. Das soll ich ihm doch auch sagen, oder?», frage ich. Ich weiß zwar genau, dass Opa Leo damit einverstanden ist, aber ich will ihn zurückholen mit dieser Frage. Ich will, dass er nickt und wieder ganz lebendig wird. Er sitzt zusammengesunken auf seinem Stuhl, und ich werde ganz unruhig, ich zittere und rüttle an ihm herum.

«Bitte, bitte», flüstere ich, «bitte, bitte, bitte, bitte.» Ich sage das Wort immerzu. Ich weiß gar nicht so genau, worum ich bitte, und doch weiß ich es. Nur nicht im Kopf.

Und da auf einmal zuckt Opa Leo zusammen, schüttelt sich und schaut auf. Seine Augen sind tief, tief und dunkel und fern. Sie sind weit weg, nicht hier, bei mir auf diesem Balkon. Sie sind mir fremd, und ich kriege eine Gänsehaut, weil ich sie nicht erkenne.

«Jonas», flüstert Opa Leo. «Jonas, du schaffst es. Du musst es schaffen. Und wir werden dir helfen. Kannst du mir das glauben?» Und seine Stimme ist nur so eine Ahnung von einem Hauch, und ich nicke und kann gar nichts sagen. Meine Stimme ist wieder tief unter einer Sandschicht begraben, und mein Herz zittert und flackert heftig wie eine Kerze, wenn ein kalter Luftzug sie trifft.

Ich sehe, dass Opa Leo friert, und renne ins Zimmer. Ich hole die dicke, graue Strickjacke mit den bunten Knöpfen und lege sie ihm um die Schultern. Aber er fröstelt noch immer. Auf einmal kommt es mir vor, als sei Opa Leo geschrumpft. Die lange Bohnenstange ist ein kleiner, dünner Stock. Und ich stelle mich vor ihn hin und zupfe an ihm herum, als wollte ich ihn wieder in die Länge ziehen. Ich reibe sein Gesicht, damit es nicht mehr so grau ist, ich puste warme Luft auf seinen Hals, und ich streichle ihn, aber meine Hände sind eiskalt.

Als mir nichts mehr einfällt, klettere ich auf den Stuhl, setze mich auf seinen Schoß und drücke mich eng an ihn. Meine Arme werden lang und länger und halten ihn fest. Und ich reibe meine Nase sanft an seiner, so wie er es früher bei mir immer gemacht hat, wenn er mich ins Bett gebracht hat.

Ich glaube, wir haben zweihundertunddreißig Jahre so gesessen, die Zeit wurde eine Blase um uns rum und hüllte uns ein in einer zarten, aber festen Haut. Und dann kommt ein so tiefer Seufzer aus Opa Leo, dass ich glaube, er muss ihn geradewegs aus dem Erdmittelpunkt herausgezogen haben.

Und der Seufzer ist Asche und Glut, Tod und Leben gleichzeitig, und der bringt die Blase zum Platzen. Plop! Und wir sind wieder da, alle beide. Und ich schicke einen Seufzer hinterher, der aber kommt geradewegs aus dem Himmel. Und Opa Leo schüttelt sich wie ein junger Hund, sein Gesicht ist nicht mehr grau.

«Wir werden jetzt mal ein paar Schritte gehen», sagt er. «Alle meine Knochen sind gerade eingeschlafen, die muss ich mal richtig wachklappern.»

Als wir unten ankommen, schiebt Elvis Krümel über die Wiese. Sie summt irgendetwas laut vor sich hin, und Elvis tänzelt hinter ihrem Rollstuhl her in seinen Elvis-Stiefeln, und seine Schuhcreme-Haare glänzen mit seinen Augen um die Wette. Und einen Moment lang glaube ich, dass das da oben auf dem Balkon nur eine komplette Einbildung von mir war. Aber als ich in Opa Leos ernstes Gesicht schaue, weiß ich es: Nein, alles ist da oben tatsächlich passiert, und es war etwas Besonderes und etwas Lebenswichtiges. Aber da war auch wieder dieser schreckliche, klamme, trübe Novembernebel gewesen. Um Opa Leo und um mein Herz.

Elvis und Krümel winken Opa Leo und mir zu, und Elvis ruft: «Bitte, ihr müssen kommen zu uns! Der Mai is' sich so herzlich schön!»

Opa Leo strahlt plötzlich sein altes, breites Opa-Leo-Grinsen, und wir setzen uns alle unter die Kastanie und loben den Mai. Jeder findet was anderes an ihm gut. Und plötzlich sagt Krümel etwas. Sie hat tatsächlich eine Stimme. Es ist der erste Satz, den ich von ihr höre. Und sie sagt diesen Satz klar und laut und deutlich.

«Danke», sagt sie, und sie schaut jeden von uns der Reihe

nach an. Aber am längsten schaut sie Elvis in die Augen. Und sie sagt: «Danke, Mai!» Dann schickt sie ein krümelgroßes Lächeln hoch in die Wolken und singt noch so was wie: «Love me tender, love me sweet ...»

Ich weiß genau, was sie damit meint, weil ich das auch immerzu singen könnte, seit es Lilli in meinem Leben gibt. Und dann summt sie wieder diese eine Melodie, die ich schon oft bei Mama gehört habe. Sie zwinkert Elvis zu, und der zwinkert zurück, und ich schwöre, er wird ein bisschen rot zwischen seinen hunderttausend Falten.

Als ich das abends Mama erzähle, sagt sie ganz sehnsüchtig: «Ja, ja, das kann alles passieren, besonders im Mai. Für die Liebe ist es nämlich nie zu spät!»

Da zeige ich ihr schnell mein veilchenblaues Lilli-Gedicht und erzähle ihr, dass ich jetzt alles über Papa weiß, weil Opa Leo es mir erzählt hat. Und dass ich jetzt ein Mann bin mit einer festen Freundin, der damit umgehen kann. Und ich erkläre ihr, was ich jetzt mit Papa mache. Dass es fast so wie das Beamen geht. Und dass sie das auch versuchen soll. Am besten mit einem Lieblingsort von Papa und ihr. Mamas Augen werden nachtdunkel.

«Bitte, Mama», sage ich, «wenn du es auch tust, dann wirkt es noch stärker! Denn doppelt hält besser. Und wir locken Papa gemeinsam zurück!»

Mama schweigt lange. Aber dann nickt sie und sagt: «Okay. Wird gemacht!»

Aber ich erzähle ihr nichts von Opa Leos grauem Gesicht mit den fremden Augen. Und von den ganzen Spinnweben, die über seinem Gesicht lagen, und dass er so sehr gefroren hat, mitten im Mai. Das behalte ich besser für mich.

KAPITEL 28

Als ich am nächsten Tag nach dem Mittagessen, das ich mir aufgewärmt habe, über meinen Hausaufgaben brüte und nicht so recht vorankomme wegen all dieser Lilli-Gedanken, Lilli vor und zurück, Lilli unter, zwischen, über, auf, da fällt mir plötzlich ein, dass ja heute Tante Berta und Onkel Fredi bei Opa Leo sind. Ach, du heiliges Sahnetörtchen! Wie soll das denn gehen? Ich weiß nicht, ob ich das hinkriege, also das jetzt besser hinkriege mit Tante Berta, jetzt, wo ich doch weiß, dass sie innendrin Gedichte hat und Musik und sogar tanzen kann. Und dass sie noch viel mehr und ganz anders ist als ein dicker Karpfen mit kleinen, harten Augen, keine Plumpskuh und kein blödes, gackerndes Huhn.

Na hoffentlich, hoffentlich, hoffentlich!

Und dann habe ich eine wirklich gute Idee.

Als ich an der Villa ankomme, sehe ich Onkel Fredis Auto am Wegrand stehen. Sie sind da. Ich bekomme Herzklopfen. Okay, sage ich zu meinem Herzen, du schaffst das schon. Lass sie einfach rein. Und mein Herz klopft *ja, ja, ja, ich gebe mein Bestes!* Ich werde etwas ruhiger.

Sie sitzen im Speisesaal hinten am Fenster, in der kleinen Ecke mit dem Erker. Opa Leo hat den schönsten Platz ausgesucht. Tante Berta kann mich nicht sehen, sie sitzt mit dem Rücken zu mir. Auf dem Tisch stehen Berge von Sahnetorte.

Die muss sie mitgebracht haben. In der Villa gibt es nur sonntags Torte.

Onkel Fredi sieht mich zuerst. Sein gutmütiges Gesicht ist endlich mal gut zu sehen ohne seinen Zigarrenqualm. Im Haus darf nämlich nicht geraucht werden. Er schaut zu mir herüber und nickt. Und gerade als Tante Berta sich umdrehen will, stehe ich hinter ihr und lege eine kurze Millisekunde meine Arme um ihren Hals. Ich erschrecke richtig über mich selber. Sie erschrickt ebenfalls, dreht sich um und schaut mit ihren kleinen, harten Augen misstrauisch in mein Gesicht.

«Hast du was angestellt?», sagt sie, und ihre Augen werden noch kleiner.

Rums! Mein Herz will gerade mit Schmackes seine beiden Klappen zuknallen, da sehe ich in Opa Leos Gesicht. Er sagt mir mit seinen Augen klar und deutlich und flehend: Gib nicht auf! Sei großzügig. Gib ihr Zeit!

Ich versuche ein Lächeln. Meine Stimme übt eine Freundlichkeit, die noch nicht ganz echt ist, sie sagt leise: «Schön, dass du hier bist!»

Und ich setze mich schnell auf den freien Stuhl und wage nicht hochzublicken.

Tante Berta hüstelt ihr Hüsteln, und Onkel Fredi sagt: «Guten Tag, Jonas!»

Mist! Ich habe doch glatt vergessen, ihn zu begrüßen. Ich schaue auf, und ich schwöre, irgendwas flackert da in Tante Bertas Augen, das ist Misstrauen und Erstaunen zugleich. Opa Leo lächelt zu mir rüber, und ich sage: «Guten Tag, Onkel Fredi. Guten Tag, Opa Leo. Guten Tag, Sahnetorte!»

Da muss Onkel Fredi lachen, und Tante Berta nimmt ihm den Kuchenheber aus der Hand und häuft mir zwei dicke

Stücke auf den Teller, die ich nie im Leben aufkriegen werde. Jetzt bin ich erst mal beschäftigt und habe Zeit zu überlegen, wie ich den Plan mit Tante Berta schaffe. Ich würde sie nämlich am liebsten ganz allein sprechen. Aber wie und wann? Doch später, als die ganze Sahnetorte in mir drin ist und ich das Gefühl habe, das letzte Sahnehäubchen schaut mit einem Zipfel noch aus mir raus, will Onkel Fredi in den Park. Klaro, er will seine Zigarre, dem Himmel sei Dank.

Als wir draußen sind, zündet er sie sich umständlich und lange an, dann pafft er seine Stinkewolken in die Luft, und Opa Leo bleibt neben ihm stehen und erklärt ihm irgendwas.

Tante Berta geht ein paar Schritte weiter und beschaut mit kritischem Blick das Haus. Sie schaut von oben nach unten, von rechts nach links, keine Einzelheit scheint ihr zu entgehen.

«Marode», sagt sie, «ziemlich marode, das Ganze. Eine Frechheit, dass sie dafür so viel haben wollen!»

Ich weiß nicht genau, was sie meint, aber die Gelegenheit ist günstig, und ich schleiche mich an. «Tante Berta», frage ich, «hast du mal ein bisschen Zeit?»

Sie dreht sich erstaunt um und nickt.

«Ich habe da ein Problem», sage ich, und jetzt weiß ich nicht mehr weiter.

«Wenn du deinen Papa meinst, dann bin ich dafür nicht zuständig», sagt Tante Berta, und ihre Stimme klingt schroff. Aber dann blickt sie mich etwas länger an und fügt hinzu, und ihre Stimme gibt sich alle Mühe, netter zu klingen: «Also, ich meine, das muss dir schon deine Mama erklären oder dein Großvater!»

Du heiliger Himmel, nein, nein, nein, ich will jetzt nichts

von Papa hören, schon gar nicht von Tante Berta, die dann bestimmt solche Wörter wie *Taugenichts* oder *Tunichtgut* oder *Versager* draufhat. Einmal hat sie sogar gesagt: «Der Apfel fällt nicht weit vom Stamm!» Und Opa Leo ist ganz blass geworden.

«Nein», murmle ich, «es ist nicht wegen Papa. Es ist wegen einem Gedicht!»

«Hä?», fragt Tante Berta. Ihre Augen werden einen Spalt breiter, «sagtest du *Gedicht*?»

«Ja», flüstere ich zaghaft. Ich bin mir nämlich nicht mehr sicher, ob das wirklich so eine gute Idee war, wie ich dachte.

«Hast du Schwierigkeiten in der Schule?», fragt Tante Berta. «Soll ich mit dir üben? Hat deine Mama keine Zeit?» Und das klingt so, als wollte sie sagen, sie hätte es ja immer gewusst.

Diese Fragen bringen mich ganz durcheinander. Ich muss sehr auf meine zwei Herzklappen aufpassen, damit sie nicht mit Getöse zufallen.

«Nein, nein, nein», sage ich und hole jetzt tief Luft. «Es ist nur so, Opa Leo hat gesagt, dass du dich damit auskennst, ich meine, mit Gedichten, und ich will eins schreiben. Also, es ist so, äh, also, darf ich, äh, darf ich dir was zeigen?»

Tante Bertas Augen schwanken jetzt zwischen Misstrauen und Interesse. Ich sehe deutlich, wie ein kleiner Kampf darin tobt. «Gut», sagt sie. «Setzen wir uns auf die Bank.»

Opa Leo schaut rüber, und ich glaube, er hat verstanden, dass er jetzt besser mit Onkel Fredi dort bleibt, wo er ist.

«Dein Großvater hat doch wohl nicht wieder Blödsinn erzählt?», fragt Tante Berta. «Also, was hat er damit gemeint, mit dem Auskennen?» Ihre Stimme klingt etwas spitz.

Himmel hilf und alle Engel und Oma Lucie! «Er hat doch nur gesagt, dass du Ahnung von Gedichten hast, weil du darüber bergeweise Bücher gelesen hast, und dass du weißt, was schön ist!»

Irgendwie sind das nicht genau Opa Leos Worte, aber sie kommen einfach so aus mir raus.

Tante Berta schweigt.

«Das hat er gesagt?», fragt sie nach einer Weile. Ihre harten kleinen Augen haben gerade einen Weichschimmer bekommen. Himmel und Engel, es funktioniert.

«Ja», nicke ich. «Ich weiß sonst niemanden, den ich fragen kann», sage ich. «Ich will nämlich ein gutes Gedicht schreiben, eins mit Bildern.»

«Metapher nennt man das», sagt Tante Berta.

«Ja, mit Metaphern», sage ich und habe keine Ahnung, was das ist. Aber es ist ein besonderes Wort, und ich werde es mir aufheben für mein Buch, das steht fest.

«So nennt man Bilder und Vergleiche in einem Gedicht», sagt Tante Berta, die wohl ahnt, dass ich davon keinen Schimmer habe.

«Und die müssen gut sein, oder?», frage ich. Ich frage jetzt mehr so, um sie zu locken.

Sie nickt, und ihre kleinen Augen sind wach und sehen mich aufmerksam an. Aufmerksam. Und nicht misstrauisch. Mein Herz klappt die Türen wieder ein Stück weiter auf.

«Also, ich habe eins geschrieben», sage ich, «es ist mein allererstes!»

Ich nehme meinen ganzen Mut zusammen und reiche ihr das veilchenblaue Lilli-Gedicht. Mein Herz kriegt fast einen Zitterkrampf, und während Tante Berta es liest, flüstere ich in mir drin immerzu, immerzu: *Bitte, bitte, mein armes Herz, halte das aus. Halte das aus!*

Tante Berta liest, und dann räuspert sie sich, und dann hüstelt sie, und dann liest sie noch mal von vorne, und gerade, bevor ich mit fast zwölf Jahren an einem plötzlichen Herzversagen sterbe und einfach so umkippe, nimmt sie meine Hand und sagt: «Gratulation!»

Ich bin jetzt so zitterig und so aufgeregt und so angespannt, dass Tränen aus mir rausschwappen, und ich wisch sie schnell weg.

Tante Berta gibt mir ihr weißes Taschentuch, das nach Kölnisch Wasser riecht, und sagt: «Jetzt heul nicht! Jungs tun das nicht, und außerdem bist du fast zwölf. Und wer schon Gedichte schreiben kann, ist kein Kind mehr!»

Ich finde das ziemlich bescheuert, was sie sagt, und ziemlich wunderbar gleichzeitig. Ich fass es nicht. Ich fass es nicht. Ich fass es nicht.

Als Onkel Fredi ein paar Schritte auf uns zu macht, wischt sie ihn mit einer einzigen Handbewegung aus unserer Nähe. Er hat verstanden und macht sich dünne.

«Ich werde dir ein paar Gedichte raussuchen», sagt sie. «Ein paar, die du verstehen kannst und die dir das mit den Metaphern klarmachen. Sieht so aus, als hättest du ein Gefühl dafür.» Ihre kleinen Augen haben wieder einen winzigen weichen Schimmer. Ich staune.

«Ja», sage ich, «ich will nämlich ein Opa-Leo-Gedicht schreiben, aber die Me..., die Metapher von der Bohnenstange ist nicht so gut, glaube ich.» Ich sage ihr nicht, dass Mama mir das schon erklärt hat. Ich bin jetzt mit allen Wassern gewaschen, ich will sie bezirzen.

«Ja», nickt sie, «die ist abgedroschen. Da gibt es bestimmt bessere. Ich denke darüber nach. Uns wird schon was einfallen.»

Sie hat *uns* gesagt. Ich bin platt. Und dann steht sie auf und gibt mir das Lilli-Gedicht zurück. Sie drückt meine Hand, und mein erleichtertes, höfliches Herz ist bereit, das alles als etwas Liebes anzusehen, und lässt die Türen offen.

Sie geht zu Opa Leo und Onkel Fredi, und etwas später sagen sie *Tschüss* und fahren davon.

Aber bevor sie zum Tor raus sind, dreht Tante Berta sich noch einmal um und winkt und ruft: «Macht's gut, ihr beiden!»

«Da wird ja der Hund in der Pfanne verrückt», sagt Opa Leo, als auch nicht mehr ein Fitzelchen von ihnen zu sehen ist. «Das ist doch glatt das Erstaunlichste, was ich mit meiner Schwester in den letzten Jahren erlebt habe. Hast du ihre Augen gesehen?» Und er kratzt sich am Kopf und grübelt, wie ich das geschafft habe.

Aber ich verrate ihm den Trick mit den Gedichten nicht. Ich sage nur, dass mein Herz geübt hat und dass es schwer war, aber dass es durchgehalten hat trotz kleiner Zitteranfälle und dass es mehrmals fast die Türen zuschmeißen wollte. Beide Klappen, die rechte und die linke. Aber ich habe es hingekriegt.

Und Opa Leo sagt lange nichts. Dann sagt er dasselbe Wort wie Tante Berta vorhin: «Gratulation!»

Und ich stehe auf und verbeuge mich wie ein Künstler auf einer Bühne.

Opa Leo applaudiert. Und nach einer Weile sagt er noch: «Zum Teufel noch mal, sie macht mich noch ganz kirre!»

Er meint jetzt nicht Tante Berta, sondern Oma Lucie, die das wahrscheinlich schon wieder alles gewusst hat.

Ich sage, dass das jetzt keine besonders gute Metapher ist, das mit dem Teufel, wenn er doch von Oma Lucie spricht, die gerade im Himmel ist.

Opa Leo sagt: «Hä?» Doch dann grinst er und meint: «Das hat sie auch immer gesagt. Das mit dem Teufel solle ich mir abgewöhnen, wo ich doch sowieso nicht an ihn glaube!»

«Eben!», sage ich.

Und als ich nach Hause fahre, rufe ich: »Morgen kommt Lilli!»

Und Opa Leo ruft zurück: «Und sie wird Augen machen!»

Er macht mit seinen beiden Händen einen Kreis, da passt Lillis komplettes Gesicht rein, und ich winke und radle durch den Frühlingsabend davon. Immer näher an den Donnerstag ran. Und unterwegs singe ich einen Singsang, der wickelt sich wie eine Spirale um meine Zunge:

«Geh aus, mein Herz und suche Freud,
suche Freud, suche Freud.
Geh aus, mein Herz und suche Freud,
und komm ganz voll zurück!»

KAPITEL 29

In der Nacht kommt ein gewaltiges Gewitter, dass es nur so kracht und scheppert. Ich krieche zu Mama ins Bett, weil sie dann immer Angst hat. Ich bin jetzt der Mann im Haus und muss sie beschützen. Als ein Blitz sekundenlang das Schlafzimmer in grelles Silber taucht, sehe ich, dass Mama geweint hat. Ich drücke mich an ihr warmes Nachthemd und flüstere: «Komm, wir machen das jetzt. Das mit Papa. Er soll mitkriegen, dass er jetzt eigentlich hier gebraucht wird, um uns zu beschützen. Und wir können ja unsere Gedanken und unsere Wünsche an die Blitze und den Donner dranhängen, damit sie sie zu ihm mitnehmen. So mit Wucht und Schmackes und Karacho!»

«Und mit ganz viel Licht», sagt Mama. Sie hat verstanden. Es ist wieder dunkel im Zimmer, und ich kann ihr Gesicht nicht sehen.

«Wird gemacht», sagt sie nach einer Weile. «Jeder macht es auf seine Weise, ist das okay?»

Klaro, Mama soll ihre eigenen Gedanken an Papa schicken und ich meine. Dann kriegt er die Kopf- und Herzenspost gleich zweimal, jede ein bisschen anders.

Erst ist das schwer, so mitten in dem Getöse und dem wilden Licht an Papa zu denken. Ich meine, ihn mir richtig vorzustellen und einen schönen Platz zu finden. Aber dann hab ich *die* Idee. Ich setze uns unter die Trauerweide im Schlosspark, da, wo die Enten immer liegen. Das war lange Zeit unser Lieblingsplatz. Da habe ich mit Papa sogar manchmal das Einmaleins geübt. Oder er hat mir von früher erzählt. Von sich und Mama, als sie noch frisch verliebt waren. Das wollte ich immer ganz genau wissen, und wie das war, als es mich noch nicht gab, als ich noch ein kleiner Stern oben im Weltall war zwischen den Milliarden anderen und dort rumgeschwirrt bin und geplinkert und gewartet habe. Ja, klasse, ich lade Papa ein, in den Schlosspark unter die Trauerweide zu kommen. Ich schicke diese Einladung tief ins Herz des Universums und schicke mein Zitterherz hinterher. Ich strenge mich wirklich an.

Und dann ist Papa da. Er sitzt unter dem Baum und sieht traurig aus, er sieht mich nicht richtig an. Ich setze mich ihm gegenüber und sag erst mal gar nichts. Ich werde auch ganz traurig, mein Herz tut weh und zieht sich zusammen, jetzt, wo es eigentlich ganz groß werden sollte. Ich atme tief ein und langsam aus, so wie Oma Lucie es mir beigebracht hat, immer wieder, bis sich alles in meinem Kopf zurückzieht und er ganz leer wird. Dann geschieht es: In mir wird es klarer und klarer, mein Herz breitet seine Arme aus und wird weit. Papa sieht mich an. Ich kann in seine Augen schauen, und er schaut in meine. Da ist so viel Verzweiflung und Liebe drin, und beides fließt wie ein breiter Strom zwischen uns hin und her, sodass unsere Herzen aneinanderstoßen.

Ich erzähle ihm alles, von Mama und mir und unserer Liebe zu ihm, vom Zusammenhalten und Vertrauen, vom In-Ordnung-Sein, was immer auch geschieht, von guten und von schlechten Zeiten, von Opa Leo und Oma Lucie, wie sie auf ihn warten und an ihn denken, von Lilli und dem Mai und meinem Gedicht, von dem Gewitter und dass wir einen Beschützer brauchen. Und von dem Wunder mit Elvis und Krümel, von dem Wunder seiner Gitarre, und von dem Wunder mit Oma Lucie, dass sie auftauchen kann, wann sie will, und ich erzähle ihm von dem Wunder mit Tante Berta. Und überhaupt. Eigentlich sind das alles die Wunder der Liebe.

Papa hört zu. Er hört zu und nickt. Wir schauen lange in unsere Augen, lange und lange und lange. Und dann ist Papa weg. Ich spüre richtig, wie mein Herz zuckt. Es zieht und klopft und drängt und zittert und zappelt.

Und ich bin – zack – wieder im Bett neben Mama.

Der Schlosspark ist weit weg und das Gewitter auch. Mama spricht wohl noch mit Papa, deshalb bleibe ich so unbeweglich neben ihr liegen wie mein Teddybär früher in meinem Arm.

Als ich aufwache, liege ich in meinem Bett und höre Mama das Frühstück machen. Draußen regnet es. Und es ist Donnerstag. Heute kommt Lilli! Und das mit Papa heute Nacht, das war große Klasse. Ich weiß, das findet er auch.

KAPITEL 30

Den ganzen Vormittag bin ich aufgeregt. Ich radle nach Hause und bin aufgeregt. Ich mache mir das Essen warm und bin aufgeregt. Ich mache meine Schulaufgaben und bin aufgeregt. Ich wickle hundertmal mein Gedicht wieder aus und wieder ein. Opa Leo, Mama und Tante Berta haben es gelesen. Aber Lilli noch nicht.

Ich habe Angst, dass Lilli vielleicht doch so eine dumme Schnecke ist wie die anderen Mädchen und dass sie heute vielleicht ganz anders ist als letztes Mal. Mädchen können das. Aber ich werde nicht wieder diesen Firlefanz machen und mich nicht trauen und jemand ganz anders sein. Jemand, der zu blöd ist zu sagen, dass er sie klasse findet. Ich möchte, dass Lilli das zu mir siebenhundertmal in der Minute sagt, meinetwegen auch tausendmal. Und ich werde sie fragen, ob es beschlossene Sache ist, dass wir miteinander gehen.

«Klaro», wird sie sagen und strahlen, weil ich mich getraut habe. So einfach ist das. So einfach ist das mit den Mädchen. Wenn man einen Großvater hat, der einem die Liebe erklärt, und eine Großmutter, die einen warnt, wenn man Firlefanzspielchen macht.

Und dann denke ich an Lillis Hauchkuss und weiß: Sie wird sich freuen, und wir werden ab heute ein Paar sein, denn ich werde sie fragen. Und dann werde ich einem Mädchen den ersten Kuss meines Lebens geben. Und ich werde zugeben, dass ich davon keine Ahnung habe. Falls der Kuss eine komplette Katastrophe werden sollte ... MIST! Jetzt bin ich noch aufgeregter. Draußen regnet es immer noch. Mit Lilli zum Kanal gehen und ins Wasser schauen, daraus wird wohl nix. Ich ziehe diese blöde Plastikhaut über meinen Pullover, stecke Lillis Gedichtrolle in meinen kleinen Rucksack und fahre los.

Die Villa liegt hinter einem grauen Regenschleier und sieht abgenutzt und düster aus. Kein Mensch weit und breit. Ich stelle mein Rad unter die Treppe, Lillis Fahrrad ist noch nicht da.

Als ich ins Haus trete, sehe ich durch die Milchglasscheibe Elvis im Speisesaal sitzen. Ganz allein. Und irgendetwas sagt mir, ich sollte mich mal um ihn kümmern.

Avanti, würde Oma Lucie jetzt wohl sagen, *avanti*, aber *pronto*! Sie hat nämlich mit Opa Leo einen Italienischkurs besucht, weil sie doch Italien so lieben. Und dann haben sie es nie gesehen.

Ich öffne die Glastür, und Elvis schaut hoch. Seine schwarzen Augen sind so dunkel wie drei Nächte zusammen, und etwas Schweres ist um ihn herum. Das drückt ihn ganz klein, und ich werde davon auch ein bisschen schwer. Aber er lächelt zu mir rüber, und ich mag ihn so sehr, diesen Schuhcreme-Mann mit seinen Stiefeln und seinen tausend Falten, mit seinem charmanten Deutsch und mit all diesen Liedern von Elvis. Und überhaupt, bei ihm öffnet mein Herz sofort und auf der Stelle alle seine Klappen und Fenster. Ich gehe zu ihm hin und nehme seine Hand einfach in meine. Ich sage: «Hallo! Ist es was Schlimmes? Kann ich vielleicht helfen?»

Elvis, der eigentlich lieber mit seiner Gitarre spricht, ich meine jetzt, statt mit dem Mund, flüstert: «Sie hat sich heute Geburtstag, und sie will nicht mich sehen. Du kannst verstehen?»

Nein, ich verstehe überhaupt nichts. Ich schüttle den Kopf. Aber dann dämmert es mir.

«Krümel hat Geburtstag?», frage ich und vergesse total, dass nur Opa Leo und ich den Namen Krümel benutzen. Aber das stimmt wohl nicht, denn Elvis weiß längst Bescheid und nickt.

«Hab ich erfahren aus Versehen», sagt er. «Und ich würde mit ihr feiern so sehr gern, aber nix kann ich machen ...»

«Vielleicht will sie einfach nicht älter werden, jetzt, wo sie doch ... äh, ich meine, wo Sie und sie doch ... äh, also hm ...»

Hilfe! Wie soll ich das denn erklären? Ich weiß nämlich nicht, ob ich bei den beiden von *miteinander gehen* sprechen kann, in deren Alter ... Klingt das bescheuert? Und außerdem sitzt Krümel doch im Rollstuhl, und mit Gehen ist da sowieso nix.

«Frauen sind da eigen», sage ich und klinge wie der erfahrenste Frauenkenner. Ich bin ein Angeber, stelle ich fest. Aber ich erinnere mich noch an das Getue, als Mama vierzig wurde. Letztes Jahr. Und Papa musste sich fast auf den Kopf stellen, um sie halbwegs zu beruhigen.

«Weiß sie denn, dass Sie das wissen, das mit dem Geburtstag?», frage ich.

«Ich keine Ahnung», sagt Elvis. Seine Falten ziehen sein Gesicht nach unten. «Sie will mich nix sehen heute!»

Da habe ich eine Idee. Irgendwie kommt mir das alles bekannt vor. Sie will bestimmt einfach nur gesagt bekommen, dass sie die ganz Besondere ist. Egal, was auch passiert oder was so ein blöder Kalender dazu meint. Sie will doch nur, dass er ihre Angst ein wenig streichelt. Aber sie traut sich nicht, das zu sagen.

Ich erkläre Elvis das und hoffe, dass ich jetzt nicht den größten Blödsinn meines Lebens verzapfe. Elvis' Augen werden etwas heller.

«Ja, das is' sich möglich», flüstert er.

«Ich hole Opa Leo», sage ich, «der weiß Bescheid. Und wir werden eine Lösung finden!»

Ich reihe mich jetzt einfach in die Schlange der erfahrenen Männer ein. Schließlich habe ich eine Freundin. Elvis' Falten bewegen sich etwas in die Höhe.

«Ja, Opa Leo is' gut», sagt er. «Is' sich sehr gut!»

Ich weiß, den mag er gut leiden. Der lässt ihn einfach so sein, wie er ist.

Als ich mit Opa Leo runterkomme, hat der einen Plan. Aber als ich aus dem nassen Fenster schaue, sehe ich Lilli um die Ecke biegen, und Opa Leo muss das mit Elvis allein regeln. Ich schreie: «Bis später» und rase los.

Ich springe die Stufen runter und rutsche auf den glitschigen Steinen aus. Ich stolpere, da kommt Lilli unter der Treppe hervor, und ich fliege in ihre Arme. Sie schwankt heftig, aber sie hält mich fest, standhaft, und wir stehen im Regen und wackeln noch ein bisschen, aber am meisten wackelt unser Herz.

«Junger Mann», kichert sie, und ich höre wieder alle Glockenblumen läuten, «junger Mann, Sie sind ja eine Lawine...»

Und ehe ich sie auch nur fragen kann, ob sie auch mit einem Jungen gehen will, der eine Lawine ist, oder ob sie zuerst mein Gedicht lesen möchte, da macht mein Mund, was er will, und ich küsse sie mitten ins nasse Gesicht auf ihre Lippen.

Lilli hält ganz still. Und die Welt hört auf, durchs Weltall zu rollen. Sie hält still, und die Sterne halten still, und ich schwöre, der Regen hält still, und mein Herz, mein aufgeregtes Herz, hört auf zu klopfen und sagt gar nichts mehr, so still hält es. Ich weiß nicht, wie lange alles in uns drin und um uns herum die Luft anhält, so eine Ewigkeit und vierzig Stunden, da bewegt sich Lilli in meinem Arm, und die Zeit geht weiter. Einfach so.

«Mannomann», sagt Lilli. Sie sagt das ganz atemlos. Und dann greift sie mich und zieht mich an sich ran, so nah, dass zwischen ihrem Herzen und meinem auch nicht mal ein Schnurrhaar von Merlin Platz hätte, und küsst mich zurück. Ihr Mund ist warm und weich. Und wir üben und probieren aus, wir küssen einfach drauflos und werden dabei so nass wie zwei Goldfische im Wasserglas. Aber dann brauchen wir wieder Luft und holen Atem. Bevor wir richtig durchweichen, ziehe ich sie ins Haus und sage: «Ich habe eine Überraschung für dich.»

Wir verkrümeln uns in die Ecke mit den zwei alten Korbsesseln hinten im Gang. Wir drehen sie einfach so, dass sie mit dem Rücken zum Gang zeigen und keiner reinschauen kann. Ich krame in meinem Rucksack und reiche Lilli die Rolle mit dem Gedicht. Ihre Augen sind jetzt noch blauer, weil darin unsere blauen Küsse tanzen, und ihr Gesicht ist so gerötet wie der Morgenhimmel und so feucht wie eine Wiese mit Morgentau. (Ja ja, ich weiß, das sind alles Metaphern, aber die finde ich jetzt nicht mehr blöd, jetzt, wo ich weiß, dass die Liebe selber ein Gedicht ist.) Und ich habe auf einmal keine Angst mehr, dass sie mein Gedicht nicht mag.

Lilli liest und liest und liest, und mein Warten hat alle Zeit der Welt. Dann seufzt sie und flüstert: «Das ist das erste Gedicht, das ich bekomme, und es ist bestimmt das schönste, das es gibt!»

Und ich trau mich und sage: «Und du bist meine erste Freundin, und das war mein erster Kuss, und das ist mein erstes Gedicht!»

Das erste Mal ist, glaube ich, das Besonderste. Immer. Da sind wir uns einig. Und dann erzähle ich ihr von Elvis und Krümel und dass es bei den beiden bestimmt nicht das erste Mal ist, aber dass das auch so etwas Besonderes ist, diese Wunderüberraschung hier und jetzt, so spät und plötzlich in ihrem Leben.

Da greift Lilli meine Hand, und wir rennen in den Speisesaal. Wir beschließen zu helfen, denn wir wollen, dass alle um uns herum so glücklich sind wie wir.

Dort sitzen jetzt Opa Leo und Elvis und Bismarck zusammen und bereden einen Plan. Opa Leo schlägt einen Brief vor. Bismarck will in der Küche für etwas Kuchen sorgen, er hat die besten Beziehungen zum Personal.

«Zurrr Versorrrgungseinheit», wie er sagt.

Elvis will natürlich etwas mit Musik machen. Und dann den Kuchen überreichen. Oder umgekehrt, sie beraten das noch. Und alle sind sich einig, kein großes Tamtam daraus zu machen, sondern nur eine Sache zwischen Elvis und Krümel.

Ich frage Opa Leo, ob ich mit Lilli in Oma Lucies Garten gehen und Blumen pflücken darf für einen Geburtstagsstrauß. All diese wilden Oma-Lucie-Blumen wachsen da jetzt vor sich hin, und keiner freut sich daran. Mit dem Fahrrad würden wir das schaffen. Und weil sie alle noch etwas Zeit für ihren Plan brauchen, dürfen wir.

Und Opa Leo wird Frau Kirchner Bescheid sagen. Aber da sind wir schon weg.

KAPITEL 31

Als wir in die Ziegeleistraße einbiegen, sehe ich das kleine, krumme Haus im Regen, und ich könnte heulen. Die Tränen sitzen alle im Hals, und ich schlucke sie lieber runter, sonst kriegt Lilli noch einen Schreck. Ich bin mir nicht sicher, ob Lilli auch findet, dass Jungs nicht heulen sollen, das muss ich erst noch klären. Aber ich glaube, das denkt nur Tante Berta, die noch nicht gemerkt hat, dass auch Männer Tränen haben. (Junge, Junge, und wie.)

Als ich die Haustür aufschließe, hab ich ein eigenartiges Gefühl, als ob jemand im Haus war; ich weiß nicht, ob ich Lilli mitnehmen soll, ich muss sie ja jetzt vor Gefahren beschützen, so viel steht fest. Sie ist jetzt mein Mädchen. Und Männer tun das. Aber sie will auf jeden Fall mit.

Es ist düster im Flur, und es riecht irgendwie komisch. Alles ist fremd und ein wenig unheimlich. Ich knipse das Licht an und führe Lilli in die Küche. Ich suche ein Küchenmesser und zeige ihr den Weg in den Garten. Dort ist ein furchtbares Durcheinander, ganz viel grünes Zeug ist gewachsen und gewuchert, und die Blumen dazwischen sind kaum zu sehen. Sie sind alle tropfnass und hängen nach unten. Der ganze Garten sieht traurig aus, verwahrlost, so allein gelassen. Nichts leuchtet hier mehr. Und ohne Sonne sowieso nicht.

«Kannst du schon mal anfangen?», frage ich. «Du kannst

das bestimmt besser mit den Blumen, ich will noch was nachsehen!»

Und Lilli gehört, o Wunder, nicht zu der Sorte von Mädchen, die erst mal blöde Fragen stellen und hunderttausend Erklärungen brauchen. Sie nickt, und weg ist sie. Ich schleiche nach oben. Lilli hat ein Messer, und ich nehme mir auch eins, man kann nie wissen. Oben ist es noch dunkler, ich mache überall Licht an, und dann merke ich, dass Opa Leo hier gewesen sein muss. Bestimmt damals, als er erst am Nachmittag wieder aufgetaucht ist. Auf dem Nachttischchen von Oma Lucie liegt ein Zettel mit Opa Leos krakeliger Schrift, daneben sind drei schiefe Herzchen und ein Stern:

Meine liebste Bella!
Sag Bescheid, wenn ich kommen darf.
Ich vermisse dich. Aber ich weiß, ich muss noch warten.
Bis bald! Bitte bis bald!
Kusskusskuss!
Dein Spaghetti, der furchtbar müde ist.

Ich bekomme auf der Stelle einen Mordsschreck, der Zettel ist nicht für mich, ich soll bestimmt nicht wissen, dass Opa Leo nicht mehr warten will, ich soll nicht wissen, wie müde er ist, und ich kriege Angst, eine kellerschwarze dunkle Angst und ein richtig schlechtes Gewissen, weil ich den Zettel gelesen habe, und ich schäme mich. Opa Leos Brief birgt ein Geheimnis, das ich nicht verstehe, das ich nicht wissen soll, aber ich weiß es schon lange. Und dieses Geheimnis ist so schwer wie eine Tonne nasser Erde. Die wälzt sich gerade auf mein Herz.

Mir fällt das Messer aus der Hand, und als ich es aufhebe, sehe ich etwas, das mich blass werden lässt. Ich merke richtig, wie sich das ganze Blut in gefrorene Milch verwandelt, und alle meine Härchen im Nacken stellen sich auf:

Papa war hier. Papa war hier. Papa war hier!

Unter dem Bett stehen seine weichen, grauen Schuhe, die er so mag. Und dort liegt ein kleiner Koffer, und ich weiß genau, dass das alles nicht hier war, als wir Opa Leos Sachen gepackt haben. Ich weiß auch, dass ich jetzt nicht viel Zeit habe, um am Koffer rumzufummeln, und vielleicht darf ich das auch gar nicht, so wie das mit Opa Leos Brief. Anderer Leute Sachen gehen einen nichts an. Aber es ist Papas Koffer, und ich will wissen, was da drin ist. Ich höre Lilli rufen und beschließe, noch mal wiederzukommen und erst mal nichts zu sagen. Das soll jetzt keine Geheimniskrämerei zwischen Lilli und mir werden, aber ich muss das erst selber verdauen. Ich sehe einen staubigen Notizblock auf der alten Kommode und hole den Bleistiftstummel aus der Tasche, den ich immer dabeihabe, genau wie mein Taschenmesser und meine Bindfadensammlung. Und ich schreibe, so fix es geht:

Papa, komm zurück. Du musst!
Ich hab dich lieb. Immer und ewig.
Dein Pille.

Ich lege den Zettel auf seinen Koffer und renne nach unten.

Lilli hält einen wunderbaren Blumenstrauß in der Hand, der ist eine richtige Pracht, und sie sieht mich nachdenklich an und fragt: «Hast du da oben ein Gespenst gesehen?»

Und ich sage: «Eine Million! Aber ich habe sie alle erledigt.»

Ich zeige ihr das Messer. Da muss sie lachen. Und wir flitzen raus, schließen ab und radeln zurück, so schnell es geht.

Der Regen hat aufgehört, und eine milchbleiche Sonne kämpft in den Wolken um ein Loch zum Rausschauen. Und in der Villa rennen wir in den Speisesaal – und da sitzen sie alle und warten.

Sie erklären uns ihren Plan: Opa Leo klopft an Krümels Tür und gibt ihr den Brief. Elvis hat lange an ihm geschrieben, Opa Leo und Bismarck haben geholfen wegen der schweren deutschen Rechtschreibung und der vielen schweren Wörter. Und Opa Leo spielt den *Postillion d'amour*, das ist Französisch und heißt: *der Postbote, der die Liebe bringt*. Dann spielt Elvis ein bestimmtes Lied vor ihrer Tür, er weiß genau, welches, oder er spielt noch mehr, falls sie ihn dann immer noch nicht sehen will. Und macht sie dann die Tür auf, gibt er ihr die Blumen und den Kuchen und sein Geschenk, das er uns nicht verrät. Muss er auch nicht.

«Und vergiss nicht, ihr einen Kuss zu geben», sagt Lilli tollkühn, da kann ich nur staunen.

Elvis nickt nervös, und Lilli sagt: «Ich meine, von uns allen.»

Opa Leo grinst und flüstert: «Die hat's aber drauf!» und kneift mich in die Seite. Dann verschwindet er mit Elvis, und wir drücken die Daumen, dass der Plan gelingt. Bismarck ist genauso aufgeregt wie wir. Das sehe ich an seinen zwinkernden Augen.

Opa Leo kommt zurück und sagt: «Das mit der Post ist

erledigt. Und ihre Tür hab ich einfach ein Stückchen offen gelassen!»

Etwas später hören wir ein Stockwerk höher die Wahnsinnsgitarre, und Elvis singt seine wunderbaren Lieder. Und Opa Leo sagt, er kniet dabei vor der Tür und hofft, dass Krümel das sehen kann.

Da kommt Frau Kirchner in den Speisesaal und meint, wir wären wohl die berüchtigte Altersheim-Bande, und sie hat Spaß daran, das kann man sehen. Weil die andern heute bei diesem Regen im Museum sind, um Nolde zu begucken (keine Ahnung, was das ist), kriegen wir alle Kuchen. Wir sitzen an dem runden Erkertisch und drücken die Daumen für Krümel und Elvis. Und Bismarck schnarrt: «Wirrrd schon klappen! Sie wirrrd bestimmt ganz verrrückt davon!» Dann macht er Elvis nach und sagt: «Is' sich doch die Liiiebe!» und seufzt richtig theaterreif. Zum Quietschen komisch. Und ich staune, wie perfekt er die Stimme von Elvis trifft und es hinkriegt, dass wir ihn sofort alle vor uns sehen. Dann lacht er schallend, und ich kann einen Haufen gelber Zähne bewundern. Er zwinkert Frau Kirchner zu. Und die zwinkert vergnügt zurück.

Und sie hat doch tatsächlich längst gemerkt, dass Lilli und ich jetzt fest miteinander gehen.

Opa Leo sowieso. Er schaut immer wieder aufmerksam zwischen uns hin und her und lächelt uns zu. Aber er hat auch gemerkt, dass ich ein Geheimnis mit mir trage, das über alle diese Lilli-Wunder eine dunkle Decke legt und mich stumm macht und trüb.

Ich weiß nicht, ob ich ihm das mit Papa erzählen soll. Aber wenn nicht ihm, wem dann? Mama erst mal nicht. Und Lilli erst mal auch nicht. Und allein mit diesem Geheimnis halte ich das nicht aus. Also morgen. Morgen werde ich es Opa Leo erzählen. Nachdem ich noch mal in seinem Haus war. Ich habe ein bisschen Angst davor. Da helfen selbst Lillis blaue Augen nicht und ihr Abschiedskuss. Und dass ich sie am Samstag beim Wunschkonzert wiedersehe. Da hilft gar nichts. Eigentlich hilft da nur noch ein Wunder.

KAPITEL 32

Es ist schwer, beim Abendessen Mama nichts von Papas Koffer in Opas Leos Haus zu verraten. Deshalb erzähle ich ihr in aller Länge und Breite von Elvis und Krümel und dass sie ihn schließlich ganz gerührt in ihr Zimmer gelassen hat. Nur was dann dort passiert ist, davon weiß ich nichts. Und ich erzähle ihr von Lilli und dass wir jetzt sozusagen ein Paar sind. Und dass sie mein Gedicht weltklasse fand. Von unserer gewaltigen Küsserei erzähle ich Mama nichts – nicht, weil sie das blöd oder unanständig oder peinlich fände, sondern weil das ein Liebespaargeheimnis ist, da haben Eltern nichts drin zu suchen. Davon müssen selbst Mütter nichts wissen.

Aber Opa Leo, der wusste Bescheid, ohne dass auch nur eine einzige Silbe über meine Lippen gekommen ist, über meine Kusswunderlippen. Von denen ich bis vor Kurzem, in diesem anderen Leben, als ich noch ein Junge ohne ein Mädchen an meiner Seite war, keinen blassen Schimmer hatte. Hätte Opa Leo gefragt, ob wir schon das Küssen versucht haben, dann hätte ich ihn nicht angeschwindelt. Das wäre sowieso nicht gegangen, weil alle unsere himmelblauen Küsse noch in meinem Gesicht rumtobten. Aber er hat nicht gefragt, weil er sie dort alle gesehen hat. In einem alten Fernsehfilm sagte mal so ein schniekefeiner, vornehmer Herr: *Ein Gentleman genießt und schweigt.* Na bitte!

Als ich später im Bett liege, habe ich so viele Ameisen unter meiner Haut wie Sandkörner im Sandkasten. Ich werde davon so kribbelig, dass ich aufstehe und mir literweise kaltes Wasser über meine Hände und mein Gesicht laufen lasse. Mama kommt im Nachthemd ins Badezimmer und fragt, was los ist.

«Ich bin elektrisch», sage ich. «Ich habe lauter Steckdosen in mir drin.»

Mama lacht und sagt, das sei die Liebe, und verschwindet wieder. Aber diese elektrischen Ameisen sind nicht die Liebe, sie sind das Geheimnis um Papa, das mich so unter Strom setzt. Diese Ameisen flitzen herum wie bei einer Ameisen-Olympiade, direkt unter meiner Haut. Jede will die Erste sein. Und deshalb beschließe ich, mit Papa ein ernstes Wörtchen zu reden. Ich rufe ihn unter die Trauerweide, aber *avanti!* Doch das klappt nicht. Nicht, weil Papa nicht kommt. Sondern weil die Ameisen jetzt auch meinen Kopf entdeckt haben und dort anfangen, ihre Hügel zu bauen. Mein Kopf wird immer voller statt leerer, da kann ich machen, was ich will.

Aber kurz vor dem Einschlafen, als ich gerade mit einem Bein schon im Schlafland zwischen Himmel und Erde bin, genau da setzt Papa sich vor mich hin. Ich schnappe schnell seine Hand, damit er nicht ausbüxen kann, und murmle: «Hau bloß nicht wieder ab. Du bleibst jetzt hier. Wenigstens, bis ich eingeschlafen bin!»

Papa nickt.

Ich weiß, dass ich was von ihm geträumt habe, doch mein Kopf gibt den Traum einfach nicht mehr her, als ich am Morgen aufwache. Aber er ist nicht abgehauen, so viel steht fest. Erst heute morgen.

KAPITEL 33

Das Englisch-Diktat am anderen Tag in der Schule habe ich total vermasselt. Zum einen, weil ich wegen all der gewaltigen Ereignisse in meinem Leben das Vokabelüben vergessen habe, und zum andern, weil mein Kopf leer war, als hätte man ihn ausgekippt. Und dann war er auch wieder voll, mit lauter Bildern: Ich sehe Papa, wie er barfuß, ohne seine weichen, grauen Schuhe, durchs Leben läuft, und alles, was er noch hat, trägt er in diesem kleinen Koffer mit sich rum. Und dann sind da diese Bilder von Lilli in meinem Kopf: lauter Gemälde, die könnte ich gerahmt über mein Bett hängen, ihre Veilchenaugen, ihr nasses Gesicht. Wie ein kleiner Fischotter hat sie ausgesehen, ihre Morgenrötelippen, ihre klatschnassen Haare, die sich in ihre Stirn kringelten und dunkel vom Regen waren.

Die ganze Liebe und der ganze Kummer, beides gleichzeitig, das ist zu viel für jemanden, der gerade dabei ist, erwachsen zu werden, aber es noch nicht ganz ist. Das eine zieht nämlich mein Herz nach oben, wie das Gas in einem Fesselballon, und das andere zieht das Herz nach unten mit dicken Betonklötzen. Und es fühlt sich von dieser Herumzieherei richtig zerrissen an. Dieses Auf und Ab ist wie das Sitzen auf einer gefährlichen Wippe, und ich verliere das Gleichgewicht.

Nach dem Katastrophen-Diktat fallen die letzten beiden Stunden aus, weil unsere Kunstlehrerin krank ist. Alle toben voller Freude in der Klasse herum. Und Simon und Marco wollen mit mir Fußball spielen. Ich soll ins Tor, weil ich ein ziemlich guter Fänger bin, obwohl ich so klein bin. Ich ahne immer, wo der Ball hinwill, und schon bin ich da und schnappe ihn mir. Aber ich will jetzt keinen Ball austricksen. Ich will diese Aktion starten. Diese Papa-komm-zurück-Aktion. Aber ich habe gewaltigen Schiss, ich habe keine Ahnung, warum. Die Furcht kriecht in mir hoch, von den Fußsohlen bis hinauf zu meinem Scheitel, als ob jemand eine Dunkelheit in mich reinschüttet, bis ich voll bin. Bis zum Rand.

Wenn Papa dort ist, in Opa Leos Haus, was dann? Soll ich ihn fesseln? Soll ich ihn zwingen, Mama und mir in die Augen zu schauen und dabei zu schwören, dass er bleibt, wenn ich ihn freilasse? Oder wird er mir sagen, dass er uns zwar lieb hat, aber dass das Schämen stärker ist und er wieder weg muss? Und was dann?

Oder ich finde in seinem Koffer schreckliche Dinge, keine Ahnung, was. Absolut keine Ahnung. Bestimmt keine Leichenteile. Das passiert nur im Fernsehen, nur in diesen gruseligen Filmen, wo sie eimerweise Blut über den Bildschirm kippen und Mama dann sofort ausschaltet.

Also, fahre ich jetzt los oder nicht? Ich will es hinter mir haben, ich will wieder Platz im Kopf haben für Lilli. Ich sehne mich in Lillis Arme. Sie soll sie um mich legen, sodass mein Herz nicht mehr runterkippen kann mit diesen Betonklötzen daran. Es bleibt dann einfach oben, weil Lilli der Himmel ist und mein Herz eine Wolke. Ich werde jetzt richtig sehnsuchtsmatt.

Aber dann gebe ich mir einen Ruck und reiße mich zusammen. Ein Mann muss tun, was getan werden muss! Lauter solche Kinosätze fallen mir in letzter Zeit ein. Wo kommen die bloß alle her? Ich radle los.

Die Sonne ist irgendwie bleich, als hätte sie bereits die Lust am Mai verloren, und die Ziegeleistraße sieht aus, als ob ich sie durch den Boden einer Milchflasche betrachte. Opa Leos Haus kommt mir mit jedem Mal kleiner vor, ich spinne schon wieder.

Als ich die Tür aufschließe, schicke ich vorher schnell eine Botschaft an Oma Lucie, die doch dieses Haus so sehr geliebt hat, in dem sie mit ihrem langen Lulatsch so viel himmlische Erdenzeit verbracht hat.

«Oma Lucie», sage ich inbrünstig (und ich weiß seit gerade eben, was ‹inbrünstig› heißt), «Oma Lucie, mach, dass alles gut wird. Bitte, bitte, mach, dass Papa zurückkommt. Auf dich hört er doch. Bitte!»

Das Haus atmet nicht. Das Haus ist ausgezogen. Vielleicht hat es seine Seele jetzt in Oma Lucies kleine, grün-gold gesprenkelte Glasflasche gehaucht, die aus einer Glasbläserei aus Italien ist und die jetzt bei Opa Leo in der Villa auf dem Regal steht. Darin war immer Oma Lucies Lieblingsduft. Aus Paris. Und der war teuer. Papa hat ihn ihr immer zu Weihnachten geschenkt. Oma Lucie war ganz verrückt danach. Opa Leo hat dann immer an ihr rumgeschnuppert wie ein Kaninchen, bis sie nach ihm schlug. Mit lachenden Augen.

Ich schließe die Tür, und da höre ich eine andere Tür zuknallen. Ich erschrecke so sehr, dass ich stocksteif stehe, wie eingefroren im Packeis der Arktis. Meine Luft springt aus mir heraus, und bei mir ist niemand mehr zu Hause. So ähnlich muss Sterben sein. Aber ich sterbe nicht. Nicht mit meinen fast zwölf Jahren. Nicht jetzt, wo die Liebe wie ein Krokus ihren Kopf aus meinem Herzen steckt. Ich lebe noch. Mein Gehirn bleibt völlig okay, es ist wohl der härteste Teil von mir. Das ist eine erstaunliche Entdeckung. Mein Gehirn sagt:

Cool bleiben, Jonas! Ganz cool. Da ist jemand rausgerannt und nicht rein. Keine Gefahr!

Ich bin baff, ich könnte später mal Geheimagent werden mit diesem eiskalten Gehirn in meinem Kopf. Ich renne in die Küche, ich schaue in den Garten und sehe einen Schatten am Ende durch die Hecke verschwinden: Papa!

Heiliger Bimbam. Ich könnte hinterherlaufen, aber da habe ich keine Chance. Papa war immer schon ein klasse Läufer. Olympiareif, hat Oma Lucie oft gesagt. Ich bin eher eine lahme Ente.

Ich renne nach oben, nehme zwei Stufen auf einmal, stürze in Opa Leos Schlafzimmer. Der Koffer ist weg. Aber mitten auf dem Bett liegt ein großer Zettel. Ich lese, und meine Augen brennen:

Jonas, glaube mir, ich hab dich lieb. Und Mama. Ihr seid das Liebste, was ich habe. Und Opa Leo.
Ich komme zurück. Aber ich brauche noch etwas Zeit.
Bitte lass das unser Geheimnis sein.

Dein Papa

Und dann sitze ich auf dieser gerüschten Bettdecke in diesem gestorbenen Haus und heule mir die Augen aus dem Kopf. Ich heule und heule und kann gar nicht aufhören. Aber irgendwann sind meine Augen leer. Und ich schnappe mir den

Zettel mit diesem Satz: *Ich komme zurück.* Ich stecke ihn tief in meine Hosentasche. Und Lachen und Weinen sind eine Münze. Die kann ich drehen und hochwerfen. Sie hat zwei Seiten. Aber es ist *eine* Münze.

KAPITEL 34

Ich schreibe auf den verstaubten Notizblock, der immer noch auf der Kommode liegt:

Papa, beeil dich. Wir warten auf dich. Unser Herz tut weh.

Aber dann streiche ich das Letzte wieder durch, das mit unserem Herzen, das wehtut, ich kratze mit dem Bleistiftstummel immer wieder darüber, bis es verschwunden ist und das Papier davon ganz dünn, fast durchsichtig wird. Ich streiche das durch, damit es Papa nicht noch mehr schlechtes Gewissen macht. Ein schlechtes Gewissen kann einen richtig schlapp machen und lähmen. Und das Schämen ist schon blöde genug. Da schreibe ich doch lieber noch was dazu, das Kraft gibt, und das ist die Liebe.

Papa, wir lieben dich alle, schreibe ich.

Das muss reichen. Dann schließe ich ab und radle los.

Ich will nach Hause fahren, aber mein Fahrrad fährt von ganz allein in die andere Richtung, zur Villa, zu Opa Leo. Ich rede beim Fahren in einem fort mit Papa in meinem Kopf. Ich bin so froh, dass er so nah ist und zurückkommen wird, und ich bin so schwer, weil das ein Geheimnis sein soll, wo ich es doch am liebsten in die Welt schreien würde, vom höchsten Berg, vom höchsten Aussichtsturm, direkt über alle Satelliten gesendet: Papa kommt zurück!

Papa, ich kann das nicht versprechen mit dem Geheimnis, ich kann das nicht, sage ich mit Bestimmtheit. Ich sage es sogar laut. Keiner kann mich hören, als ich in die Kanalstraße einbiege. Ich kann das auf gar keinen Fall. Ich verspreche dir gar nichts, weil das nicht geht. Und es ist ja auch nur eine Bitte von dir, noch kein Versprechen, das ich versprochen habe und jetzt halten muss, weil man niemals sein Versprechen brechen soll.

«Nein!», sage ich laut und deutlich, ich recke den Kopf nach oben, schaue kurz in die Wolken, und Oma Lucie nickt von dort oben runter und sagt: *Richtig so, Jonas!* Ich hab sie zwar nicht gesehen, aber ich weiß ganz genau, dass sie das sagen würde.

In dem müden Mittagslicht sieht die Villa schläfrig aus. Ich höre Gemurmel und Geschirrgeklapper, als ich ins Haus trete, und Küchengeruch hängt im Gang. Auweia, es gibt gerade Mittagessen. Das ist hier eine sehr wichtige Angelegenheit. Ich hätte eigentlich auch Hunger haben müssen, aber Papas Brief hat mir den Appetit geraubt.

Ich schleiche rauf in Opa Leos Zimmer, und tatsächlich, die Tür ist nicht abgeschlossen. Ich setze mich auf sein Bett und sehe mich um. Lauter Krimskrams liegt auf Oma Lucies kleinem Schreibtisch. Aber sie haben eine heilige Ordnung. Opa Leo hat sie alle in einem Kreis um das Foto von Oma Lucie gelegt, auf dem sie wie eine Zauberfee aussieht. Und eine Kerze steht neben dem Foto. Ich sehe das kleine, türkisfarbene Vogelei, einen verschlungenen, dünnen Ast, eine hauchzarte, weiße Vogelfeder wie von einem Engelbaby, runde, rosafarbene Kiesel, einen zerknitterten Zettel, den ich auf keinen Fall lesen werde, und das grün-gold gesprenkelte kostbare Glasfläschchen aus Italien. In dem der Duft von Oma Lucie und jetzt die Seele ihres Hauses ist.

Und es geht so viel Sehnsucht, Liebe und Schmerz von diesen kleinen Dingen und ihrer Anordnung aus, dass ich es nicht aushalte. Ich schleiche wieder raus, und mein Herz schlingt sich so fest um Opa Leo und Oma Lucie und um diese heiligen Freusachen, dass es mir wie ein einziges, dichtes, verknotetes Knäuel vorkommt. Und man kann weder den Anfang noch das Ende vom Knäuel finden.

Ich setze mich auf die Treppe zur Terrasse und warte.

Dieser Mai ist der seltsamste Mai in meinem Leben. Er hat so viele Überraschungen, wie er Knospen hat. Und er hat Wunder und Kummer und Freude gleichzeitig. In ein paar Tagen werde ich zwölf, und ich bin jetzt ein Junge mit einem Mädchen an seiner Seite. Ein Junge mit einem Großvater, der ihm die Liebe erklärt und der müde ist und nicht mehr warten will. Und ich bin ein Junge ohne Papa, aber nicht mehr lange, weil er versprochen hat zurückzukommen. Ich glaube, dass in diesem Mai das ganze Leben gleichzeitig ist. Vielleicht sage ich später einmal:

Das war damals in diesem Mai, als ich noch jung war. Und er war ein blühender, üppiger, wuchernder Garten. Mit einem schiefen und kaputten Zaun.

Ich werde Schriftsteller, denke ich jetzt aufgeregt, ich werde Schriftsteller und schreibe das alles auf. Plötzlich weiß ich es mit klarer Bestimmtheit: Ich schreibe sie auf, diese ganze verworrene Geschichte. Und vielleicht nenne ich sie nur *maiengrün* oder *veilchenblau* oder so was in der Art. Obwohl, na ja, es klingt schon ziemlich bescheuert und kitschig. Aber da sehe ich plötzlich Oma Lucie, wie sie lächelt. (Eigentlich wollte ich doch immer Ufo-Entdecker werden.)

Jetzt kommen die Ersten aus dem Speisesaal, und ich suche Opa Leo. Der sitzt noch mit Frau Kirchner, Markus und Bismarck hinten am Ecktisch. Sie haben eine Beratung, und sie sehen fröhlich aus. Als sie mich sehen, winken sie, aber Markus ruft: «Nicht kommen, wir planen eine Überraschung!» und hält sich dann erschrocken die Hand vor den Mund, weil das mit der Überraschung eine Überraschung sein sollte. Opa Leo lacht schallend, Bismarck zeigt seine gelben Zähne, und Frau Kirchner beugt sich zu Markus und klopft ihm liebevoll auf die Schulter.

Mist, ich werde ganz zappelig, ich will Opa Leo sprechen. Ich will dieses Gewicht, das auf meinen Schultern liegt, loswerden. Ich will es mit Opa Leo in den Kanal kippen, denn es drückt mich tief in die Erde.

Opa Leo sieht mir von Weitem an, dass ich ihn brauche, dass etwas passiert ist. Er sagt was zu Frau Kirchner, die nickt, und Opa Leo kommt zu mir. Ich laufe ihm entgegen und springe in seine großen, starken Arme. Ich beschließe, dass man das auch mit elf noch darf, am besten so lange, wie man es braucht. Genauso lange!!

Und Opa Leo trägt mich raus zur Kastanie und setzt mich dort ins Gras. Er setzt sich hinter mich, ich lehne mich an ihn, und er lehnt sich an den Kastanienstamm. In seinen Armen bin ich sicher bis in den Tod.

Wir sagen lange nichts, dann krame ich in meiner Tasche und hole Papas Zettel heraus und reiche ihn Opa Leo. Ich kann sein Gesicht hinter mir nicht sehen, aber ich spüre, dass dieser Zettel seinen Augen, seinem Herzen, ja seinem ganzen Körper guttut.

«Hm ...», räuspert sich Opa Leo nach einer langen Weile, und dann drehe ich mich um und schaue ihn an. Wir tun nichts weiter, als uns in die Augen zu schauen, so lange, bis ich glaube, unten am tiefsten Grund angekommen zu sein. Dann schlingt Opa Leo seine Arme um mich und flüstert mir ins Ohr: «Ich danke dir. Ich danke dir, Jonas. Du ahnst gar nicht, was dieser Zettel für mich bedeutet!»

Und einen Moment lang glaube ich, dass sich alle seine Falten in Luft aufgelöst haben, so jung sieht er plötzlich aus. Ein glimmerndes Leuchten ist in seinen Augen, und er sagt: «Hab jetzt bloß kein schlechtes Gewissen wegen dem Versprechen, Pille. Auf gar keinen Fall, hörst du? Mir den Zettel zu zeigen ist das Wunderbarste, was du machen konntest, und irgendwann wirst du es verstehen, warum!»

«Oma Lucie meint auch, dass es richtig ist», sage ich.

Opa Leo nickt. «Sie tobt jetzt bestimmt da oben in den Wolken herum und wirbelt sie ziemlich durcheinander, so froh ist sie jetzt.»

Ich erzähle Opa Leo, dass ich diese Übung mit Papa gemacht habe, und vielleicht ist ja die Botschaft angekommen.

«Diese Botschaften kommen immer an», sagt Opa Leo. «Das ist so sicher, wie Berge Täler haben. Aber der andere muss auch bereit sein, die Botschaft anzunehmen. Und dein Papa hat nur darauf gewartet, das kannst du mir glauben.»

Ja, ja, ja, ich glaube ihm, ich glaube ihm, ich glaube ihm.

«Und jetzt?», frage ich. «Was sollen wir jetzt tun?»

«Wir lassen ihn in Ruhe und schicken ihm weiter

Botschaften», sagt Opa Leo. «Aber ein klein wenig beeilen soll er sich schon, sag ihm das!»

«Das kannst du doch auch selber», schlage ich vor.

Und Opa Leo nickt. «Ja, mach ich auch, aber du bist schließlich sein Sohn. Und ich muss noch so einiges mit Oma Lucie besprechen. Und sag ihm das von Lukas 15, Vers 11–21, dann weiß er Bescheid.»

«Lukas 15, das ist doch etwas aus der Bibel», sage ich. «Kennt Papa denn die Bibel?»

«Ne, glaube ich nicht», grinst Opa Leo, «nur das bisschen aus der Schule, wenn überhaupt. Aber er wird neugierig sein und nachschlagen. Kann er ruhig mal tun, in der Bibel blättern!»

Ich glaub, ich spinne, soll das jetzt so was wie eine Schatzsuche oder eine Schnitzeljagd werden? Opa Leo hat wirklich die seltsamsten Ideen. Und ob ich will oder nicht, ich kriege jetzt selber Spaß an dieser Rätselsache und werde mir auch so was für Papa ausdenken, mal sehen.

«Euer altes Haus wird jetzt eine geheime Postzentrale», sage ich, «so eine Geheimdienststelle. Und ich bin der Geheimagent!» Ich muss dabei an meinen obercoolen Kopf denken.

Opa Leo schlägt mir auf die Schulter. «Bond», sagt er, «James Bond. Geben Sie Ihr Bestes!»

«Für Sie Null Null Sieben», sage ich. «Mister Monneypenny, ich bin bereit!»

Da schaukelt Opa Leo mich vor Vergnügen in seinen Armen hin und her, denn die James-Bond-Filme liebt er, besonders die alten, und das Gewicht plumpst von meinen Schultern.

Jetzt muss ich aber nach Hause, ich muss so viel erledigen und nachdenken und Geheimpost schreiben und die Papa-Übung machen. Und dazwischen treibt Lilli wie eine kleine blaue Feder auf und ab, sie fliegt immerzu vor meinen Augen herum und kitzelt mir die Nase.

Opa Leo und ich beschließen, Mama erst mal da rauszuhalten.

«Und morgen Abend gibt's ein Fest», sagt Opa Leo. «Mach dich schön für deine Liebste und denk an deinen Musikwunsch. Und bring deine Mama mit. Du wirst Augen machen, ihr werdet alle Augen machen, wir haben uns etwas Großartiges ausgedacht. Du wirst dich wundern!» Opa Leo grinst sein wildestes Grinsen. Er ist wahrhaftig zum Knutschen!

Ich radle durch den Mai zurück. Mein Herz erholt sich wieder. Und dann erinnert es sich an Lillis weiche Lippen und kriegt veilchenblaue Tupfen.

(Ich weiß, ich weiß, schon wieder eine Metapher, aber ich übe schon mal, weil ich doch jetzt Schriftsteller werde ...)

Ich frage mich: Würde das Tante Berta gefallen? Würde sie meine Gedichte lesen wollen? Was würde Papa dazu sagen? Und die in meiner Klasse, die würden grinsen. Sie meinen ja sowieso immer alle, ich hätte einen Wörtertick. Und will Lilli wohl die Frau eines Schriftstellers werden?

Und ich freue mich auf morgen, auf morgen, auf morgen.

KAPITEL 35

Der Samstag bringt erst Regen, dann Sonne und dann wieder Regen. Der wird zwar immer dünner, aber er hängt hartnäckig zwischen Himmel und Erde fest. Mist! Ich hatte so gehofft, dass das Wunschkonzert im Park unter der Kastanie stattfindet. Dort, wo alles mit Elvis und den ganzen Wundern begonnen hat. Ich musste Lilli alles, jedes Fitzelchen, von dieser Elvis-Geschichte erzählen, sie war ja an diesem Sonntag erst abends gekommen, an diesem Wunderabend, als wir beinahe zusammengekracht waren und unsere Herzen erst auseinander und dann ineinander fielen.

Mama lässt sich Zeit im Bad, und als sie herauskommt, ist sie so schön wie eine Pfirsichblüte. Sie hat ein hauchzartes Kleid an mit einer Blume am Träger. Und sie duftet wie ein Rosengarten. Ich pfeife durch die Zähne, und wenn Papa jetzt hier wäre, fielen ihm die Augen aus dem Kopf und würden Mama bis vor ihre Stöckelschuhe rollen. Aber das sage ich jetzt besser nicht.

Ich verschwinde im Bad, dusche und ziehe meine Sachen an. Ich habe Stunden gebraucht, bis ich wusste, was ich anziehen sollte. Bisher dachte ich immer, dass nur Mädchen so bescheuert sind. Irrtum, jetzt weiß ich, Jungs sind ganz genauso.

Ich stehe vor dem Spiegel und schaue mir mein Gesicht an. Ich kenne es doch jetzt schon ziemlich genau zwölf Jahre, aber ich sehe irgendwie neu aus. Meine Augen sind okay. Sie sind rund und honigbraun, mit einem schwarzen Rand drumrum, das betont Mama immer, weil sie das so besonders findet. Und weil ihre Mama das auch hatte, die ist aber schon lange tot, die kenn ich nur von Fotos. Und Wimpern hat er wie ein Mädchen, prahlte Oma Lucie früher, aber die wollte ich nie haben, niemals, wer will schon Wimpern wie ein Mädchen? Meine Haare sind struppig, ich sehe aus wie ein Wirbelmeerschweinchen. Kämmen und Bürsten helfen da nicht viel. Aber sie sind klasse braun mit einigen hellen Streifen. Wie bei Papa. Und das Blond in den Streifen hab ich wohl von Mama. Dann gibt es da noch so ein, zwei Sommersprossen, sie sind aber so blass, dass nur ich selber sie sehe. Und eigentlich mag ich die ganz gut leiden. Im Sommer werden sie dunkler und vermehren sich immerzu. Dass ich so mopsig bin, hab ich von Oma Lucie. Und auch meine Größe. Aber Lilli ist kleiner, und wachsen werde ich ja wohl noch. Meine Zähne sind klein und spitz, wie bei einer jungen Katze, und der linke obere Eckzahn ist ein bisschen schief geraten. Aber das find ich in Ordnung. Segelohren hab ich nicht und keine Pickel, also bin ich eigentlich ganz okay. Und trotzdem weiß ich nicht, was Lilli an mir findet. Ich beschließe, sie zu fragen.

Ich klaue eine winzige Spur von Papas Rasierwasser, das klatsche ich mir aber nicht ins Gesicht, weil ich ja dort noch keinen Bart habe, sondern tupfe davon so einen Hauch hinter jedes Ohr, wie das Mama immer tut. So, jetzt bin ich fertig! Und meine neuen Sneakers sind weiß mit einem rattenscharfen roten Streifen an der Seite.

«Vielleicht wirst du ja mit Lilli das Tanzbein schwingen», sagt Mama.

Ich fass es nicht! Soll dort in der Villa heute Abend etwa getanzt werden? Diese alten Leute können doch kaum noch kraxeln. Ich fass es wirklich nicht. Und wie soll das erst mal aussehen?

Aber dann stelle ich erschrocken fest, dass ich eine wirklich oberblöde Stinkmorchel bin. Ein bescheuerter, eingebildeter Giftzwerg. Oma Lucie würde mich jetzt am Genick packen und ordentlich durchschütteln. Das konnte sie ziemlich gut, wenn ich mal voll danebenlag. Warum sollen die alten Leute nicht tanzen? Dann tanzen sie eben langsam und so, wie es eben geht. Sogar im Rollstuhl kann man tanzen, das hab ich im Fernsehen gesehen. Und Opa Leo und Elvis und Bismarck und noch ein paar andere haben noch ziemlich bewegliche Beine. Geradezu unglaublich, wenn ich jetzt an Elvis und seine Gitarrennummer denke und was er auf dieser kleinen Bühne alles angestellt hat. *Entschuldigung*, sage ich schnell innendrin. Vielleicht hört das ja jetzt einer. Entschuldigung. Ich bin zwölf und blöd.

«Hast du deinen Musikwunschzettel?», frage ich Mama. Sie nickt, und meiner ist in der Hosentasche, in meiner wunderbar verwaschenen Sommer-Jeans. Und mein T-Shirt ist blaugelbweiß geringelt, ich liebe Ringel. Wenn man länger daraufschaut, tanzen und flirren sie. Und das Gelb ist so honiggelb wie meine Augen, sagt Mama. Na ja, als ob das einer merkt. Und ob das überhaupt stimmt: *gelbe Augen*! Mütter sind komisch mit solchen Sachen. Sie können daraus eine riesige Wichtigkeit machen.

Als wir in der Villa ankommen, nieselt es noch immer, und das Fest wird dann wohl im Haus stattfinden. Mist, blöd, oberdoof!

Ich halte Ausschau nach Lilli, denn ich will sie Mama vorstellen. Aber noch mehr möchte ich sie endlich wiedersehen.

Opa Leo steht im Flur vor dem Speisesaal und ist so voller Freude und Bewunderung, als er uns sieht, dass ich fast für eine halbe Sekunde Lilli vergesse. Mama dreht eine Runde um Opa Leo und wippt mit ihrem Kleid, und Opa Leo pfeift durch die Zähne, so wie ich vorhin. Mama strahlt.

Da mache ich ihr den bescheuerten Modenschaugang vor, den die Mädels im Fernsehen immer üben müssen, wenn sie Germanys Next Top Model werden wollen. Wenn wir das bei Marco sehen, weil seine Schwester völlig durchdreht bei dieser Sendung, müssen wir uns immer schlapplachen, bis wir fast Bauchschmerzen kriegen, so plemplem sieht das aus. Und Mama findet das auch. Ich hab das mal ausprobiert, das mit dem Hinternwackeln kann ich richtig gut, und jetzt stöckle ich los und lege eine Hand dabei, so affig es geht, an meine Hüfte. Voll bescheuert, aber es gelingt sogar, ohne dass ich stolpere und mir die Nase breche.

Und ich kriege Applaus. Einige alte Leute stehen im Flur und klatschen. Am lautesten natürlich Opa Leo, mit seinem breitesten Lachen, das fast an die Wände stößt. Ich werde rot.

Aber als alle lachen, muss ich es auch. Und alle haben sich irgendwie rausgeputzt, ihre Gesichter sind wach und lebendig, und wir warten, dass man uns endlich reinlässt. Es ist fast wie an Heiligabend vor der Bescherung, wenn ich auf das Glöckchen warte.

Ich schaue mich um. Es sind auch ein paar Gäste gekommen. Aber Bismarck, Elvis und Krümel und Markus sind nirgendwo zu sehen.

Da kommt Lilli. Sie hat eine Bluse an, die exakt so blau

wie ihre Veilchenwunderaugen ist, und dazu trägt sie einen weiten, weißen Rock mit dicken Erdbeeren darauf, das sieht aus, als würde der Himmel über einem duftenden Erdbeerfeld leuchten. Und man will nichts weiter tun als die süßen Erdbeeren pflücken und naschen. (Ich bin am Durchknallen. Aber Schriftsteller dürfen das! Oder?)

Neben Lilli geht eine junge Frau, die muss Lillis Mutter sein, sie ist die Lilli in der größeren und älteren Fassung. Ich wusste gar nicht, dass es so etwas gibt. Das nennt man Klonen, das stand mal in der Apothekenzeitschrift.

Da sieht Lilli mich und kommt angerannt. Und obwohl uns eine Million neugierige Augen beobachten, schlingt sie ihre Arme um mich und gibt mir einen Kuss. Erst finde ich das peinlich, dann finde ich es super und dann obercool. Meine Freundin ist klasse, stelle ich fest. Gut, dass sie so ein tollkühnes Mädchen ist, ich hätte mich das nicht getraut. Nie im Leben!

Unsere beiden Mütter kriegen den Mund nicht mehr zu, aber dann sagen sie sich höflich ihre Namen und fangen an, lauter Mütterzeug zu reden. Da hauen Lilli und ich lieber ab. Aber Opa Leo packt sich einen Zipfel von Lillis Rock und hält sie fest, als sie an ihm vorbeiwirbelt. Sie hat ihn nicht gesehen. Sie strahlt ihn an, ja, sie leuchtet in seine Augen, und Opa Leo leuchtet zurück.

«Genau so habe ich mir den Mai immer vorgestellt», sagt er. «Ein blühendes Mädchen in einem duftenden Erdbeerfeld, süß wie der Kuss der Morgensonne!»

Mir wackeln die Ohren. Ich weiß nicht, ob ich das jetzt bescheuert finden soll oder einfach als dieses Männerzeug wegstecke, das sie so draufhaben bei schönen Frauen. Aber ich merke, Opa Leo ist einfach nur entzückt, und Lilli kichert und ist begeistert. Also, das muss ich mir merken: Komplimente sind eine Sache, die Frauen mit Freude füllen können, bis oben hin. Aber sie müssen stimmen, beschließe ich, sonst ist es einfach nur Gesülze.

Von Opa Leo kann man allerhand lernen, so viel steht fest. Und eigentlich war das so was wie eine Gedichtzeile, was er zu Lilli gesagt hat. So sollten gute Komplimente vielleicht sein. So wie eine Gedichtzeile. Ich glaub, ich hab's kapiert.

Es kommen noch ein paar Gäste, und dazwischen taucht so ein Knilch auf, den ich hier noch nie gesehen habe, und ich habe keine Ahnung, von wem er der Besuch ist. Er ist mindestens dreizehn, eine Spur größer als ich, na ja, vielleicht so elf Zentimeter, höchstens. Er hat eine Menge Gel in den Haaren und macht auf obercool. Und: Er hat ein Hemd an. Ich fass es nicht. Ein *Oberhemd*. Er schaut gelangweilt in die Runde, nur als er Lilli erblickt, werden seine Augen interessiert. So interessiert, dass sie einen Starrkrampf kriegen und ich ihn auf der Stelle zu dem blödesten Oberaffen von ganz Deutschland, nein von ganz Europa und Afrika und der Schweiz erkläre. Lilli schaut zurück. Aber da wird Gott sei Dank die Tür zum Speisesaal geöffnet, und wir dürfen eintreten.

KAPITEL 36

Ja, wir wollen endlich in den geheimnisvollen Saal. Wir drängeln nach vorn, aber die ganze Menge stockt vor der großen Flügeltür, als müsse sie erst mal tief Luft holen vor dem Betreten des Raumes. Und als ich dann mit Lilli vorne bin, versteh ich, warum.

Irgendwer hat hier ein Wunderwerk getan. Alle Tische sind an den Rand gestellt, vor den großen Fenstern mit dem Regen dahinter stehen Stühle und Bänke wie in einem Kino. Vor der rechten Wand sehe ich eine Musikanlage vom Feinsten und ein Podest, auf der anderen Seite ist so eine Art Bar, da stehen Getränke und Gläser und eine Menge Knabberzeug darauf. Und die ganze Mitte ist frei, wie in einer Arena. Auf allen Tischen stehen Kerzen und kleine Sträußchen Butterblumen. Ich ahne, wer die gepflückt hat. Und auf der Bar steht ein riesiger wilder, bunter Strauß, und es ist exakt der aus Oma Lucies Garten. Krümel hat ihn wohl zur Dekoration spendiert. Aber das Tollste sind all die tausend Lichterketten und Lampions, die über dem Ganzen schaukeln und glühen. Und jetzt bin ich fast froh über diesen Regen, denn er macht alles schon um sieben Uhr abends so schön schummrig, dass die Lichter wie ein bunter, märchenhafter Sternenhimmel aussehen.

Ein Ooooh wächst durch den Raum, und ich sehe die ganze

Lichterpracht in unseren Augen schimmern. Opa Leo hat für Mama und mich und für Lillis Mama und Lilli einen Tisch reserviert, und wir setzen uns alle so, dass wir in die Mitte schauen können. Und dieser blöde Knilch setzt sich einen Tisch weiter, er gehört wohl zu Schönordentlich, die ihre tausend Königinnenkämme heute besonders sorgfältig gesteckt hat. Und er hat wieder diese Saugnapfaugen, wenn er rüberschaut. Wie eine dusselige Makrele sieht er aus.

Frau Kirchner schiebt Krümel in den Saal bis an unseren Tisch, wir rücken etwas mit den Stühlen, und Krümel hat noch Platz. Weit und breit kein Elvis, kein Bismarck, kein Markus.

Aber dann geht es los: Jemand geht zur Bühne, der sieht aus wie ein einziger Farbklecks. Ich erkenne ihn ein paar Sekunden lang nicht. Und alle anderen auch nicht, wie ich merke.

Er hat eine pinkfarbene, glitzernde Baseballkappe auf, mit dem Schild keck zur Seite, und eine mordsmäßig schräge Sonnenbrille. Er trägt ein schreiend wildes T-Shirt mit allen, wirklich allen Farbnuancen der Welt und eine knallenge, neongrün-gestreifte Jeans. *Neongrün!!* Ich schwöre! Aber die Sonnenbrille ist das Schärfste überhaupt. Wie bei einem Mafia-Boss im Kino oder einem Rockstar im ausverkauften Stadion. Ziemlich durchgeknallt. Und endlich kapieren wir, wer diese schrille Augenweide ist: MARKUS!!

Nachdem wir das Farbenrätsel gelöst haben, beginnt ein Gepfeife und Gejohle, das hätte ich den alten Leuten gar nicht zugetraut. Und ich muss es Mama erklären, und Lilli erklärt es gerade ihrer Mama. Aber Opa Leo hat natürlich davon gewusst. Allerdings nicht von diesem völlig abgefahrenen

Styling. Er beteuert, dass er davon keinen blassen Schimmer hatte.

«Mannomann», haucht Lilli, «das soll wirklich Markus sein, unser Markus, der Wir-wollen-doch-jetzt-alle-ganz-lieb-sein-Markus? Voll cool!»

Frau Kirchner steht am Mikrofon, sie begrüßt uns und besonders die Gäste, sie stellt Markus vor und erklärt das mit den Musikwünschen. Wir mussten die Lieder nämlich bis spätestens gestern Mittag einreichen, damit Markus alles hinkriegt mit der Zusammenstellung und dem Internet. Jetzt haben wir alle unsere Musikwünsche noch einmal auf kleinen Zetteln, die werden eingesammelt, und die Wünsche werden dann gezogen. Und falls wir nicht alle Wünsche schaffen, bleibt der Rest für ein nächstes Mal. Falls wir Spaß hätten, heute Abend, sagt Frau Kirchner. Was für eine Frage! Es ist noch nicht viel passiert, aber Spaß haben wir jetzt schon alle, ohne Ende.

Und dann verbeugt sich Markus und legt los. Er spielt einen richtigen Tusch und eine kleine fröhliche Melodie wie aus einem Zirkusprogramm, aber dann bricht er ab, nimmt einen großen Strohhut und bittet darum, dass jemand die Wünsche einsammelt und später wie die Lottofee aus dem Hut zieht. Dann kommt er schnurstracks auf Lilli zu, und das ist natürlich eine erstklassige Wahl. Aber etwas später merke ich, dass ich damit ein Problem kriege, weil Lilli andauernd fort ist. Aber sie macht einen Knicks wie die Mädels beim Ballett, und schon rennt sie mit dem Hut durch den Saal, die Augen von dem Knilch am Tisch nebenan rennen hinterher, und ich würde ihnen gerne ein Beinchen stellen.

Während Lilli die Zettel einsammelt, beuge ich mich zu Krümel und frage: «Wo ist Elvis, ich meine, Herr Schaschlick?» (Ach, du Hühnerkacke, er heißt ja nicht wirklich so, nur so ähnlich.)

Aber sie haucht geheimnisvoll: «Das werden wir noch sehen ...» Und dann kommt keine einzige Silbe mehr über ihre Lippen. Zu mehr ist sie nicht bereit. Doch ihr Lächeln verrät, dass etwas Wunderbares auf uns wartet.

Während Lilli umherschwebt wie eine Fee, die Frühlingskräuter für einen Zaubertrank sammelt, gehen Frau Kirchner und Frau Sturm aus der Küche mit Tabletts durch den Saal.

Opa Leo hat Frau Sturm in einem kecken Moment *Leckerbraten* getauft, wegen ihrer Kochkünste, wie er betont. Aber Bismarck fand, das passe herrrvorrragend, weil sie irgendwie so leckerrr aussehe. Sagt er jedenfalls ... Und noch ein paar andere von den alten Herren hier im Haus meinen das auch. Jedenfalls wird Leckerbraten eine Menge Gläser mehr los als Frau Kirchner, besonders bei den Männern. Es gibt sogar Maibowle und für die Kinder eine ohne Alkohol, die hat kleine Bläschen, die irgendwie auf der Zunge bitzeln, und schmeckt ein wenig wie der Geruch der Knospen an den Wegrändern zurzeit. Besonders abends und nach einem Regenschauer. Ganz würzig und irgendwie geheimnisvoll. So etwa könnte man sich einen Liebestrank vorstellen. (Ich weiß ich weiß, ich bin schon wieder am Durchknallen.)

Dann gibt es einen lauten Tusch. Lilli darf den ersten Zettel ziehen. Sie will ihn vorlesen, aber weil die alten Leute oft so eine ganz eigene Schrift haben, muss Markus ihr helfen, und er macht das richtig gut.

«Galant», sagt Opa Leo, «wer hätte das gedacht.»

Galant werde ich mir merken. Lilli wiederholt jetzt den Wunsch, und dann kommt sie schnell zu mir zurückgerannt, ihre blauen Augen sind weit geöffnete Blüten, und sie hat schon wieder diesen Morgenrötenhauch auf ihrem Gesicht. Mannomann. Und der blöde Knilch nebenan hat das auch entdeckt, und seine blöden Makrelenaugen werden noch makreliger. Voll eklig.

Da beugt sich Opa Leo zu Lilli und mir und sagt: «Ratet mal, wer sich dieses Musikstück ausgesucht hat.» Woher sollen wir das wissen?

Aber er sagt: «Schaut euch um und seht euch die Gesichter an.» Und dann weiß ich, was er meint. Derjenige, der gerade seinen Wunsch erfüllt bekommt, ist aufgeregt, er steht halb auf in der frohen Erwartung, er ist gespannt, er ist neugierig und hofft, dass sein Wunsch auch den anderen so viel Freude macht wie ihm.

Opa Leo meint, fast immer hängen irgendwelche Erinnerungen an diesem Stück Musik, und sie ist bestimmt voller Bedeutung. Meistens kann sie uns sogar einiges über den verraten, der sie gewählt hat. Na, ich weiß nicht, ob er da nicht ein bisschen übertreibt, aber Lilli nickt.

Und dann machen wir drei ein Spiel daraus, und Lilli ist die schnellste, sie deutet mit dem Kopf zu dem alten Herrn Carl hin, der fast keine Haare mehr hat, aber viele braune Flecken überall, sogar mitten auf dem kahlen Kopf. Eigentlich ist sein Gesicht immer total verriegelt, aber jetzt hat er dort alle Türen auf und strahlt.

Und dann springt eine Frauenstimme aus den Lautsprecherboxen, die beginnt zu jauchzen, ziemlich hoch und etwas schrill, aber viele strahlen plötzlich, und manche singen sogar mit:

Ich brauche keine Millionen, ich brauch kein' Pfennig zum Glück, ich brauch Musik, Musik, Musik.

Oh, oh, oh! (Irgendwie scheppert das ganz schön in meinen Ohren.) Diese Musik ist so altmodisch wie aus einem alten Schwarz-Weiß-Film im Fernsehen. Und an diese Stimme muss ich mich wirklich gewöhnen. Aber auch Mama singt dieses Lied mit. Kein Wunder, alte Filme schaut sie oft und gerne. Als die Frau verstummt, gibt's Applaus, und meine Ohren können sich erholen. Und sowohl Markus als auch Herr Carl, der das Lied gewählt hat, verbeugen sich. Und Lilli huscht wieder nach vorne.

So geht das ein paar Mal hin und her, aber die Mitte im Raum bleibt hartnäckig frei. Und ich kenne kein einziges Lied oder Musikstück von den Wunschzetteln. Aber immer haben Lilli und ich erraten, wer diesen Wunsch hatte. Natürlich warte ich jedes Mal, dass mein Wunsch drankommt oder Lillis. Sie hat mir nicht verraten, was sie sich ausgesucht hat.

Und Mamas und Opa Leos Wunsch kenn ich auch nicht. Aber die werde ich bestimmt sofort erkennen. Da bin ich sicher.

Dann sagt Frau Kirchner, dass es jetzt eine kleine Pause gebe und jeder sich an der Bar selbst bedienen solle, und danach gehe es weiter. Und sie zieht mit Markus einen Vorhang an einer Schnur vor das Podest.

Und ich werde aufgeregt. Ich ahne, dass gleich was Besonderes geschieht. Ich hole für Lilli und mich noch schnell ein Glas von dieser Bitzelbowle, und als ich zurückkomme, hat doch dieser Knilch die Gelegenheit genutzt und sich an meine Freundin rangeschlichen. Ich fass es nicht. Und ich höre, wie er sagt: «... verstaubter Blödsinn. Das muss man ganz anders aufziehen ...» und Lilli sagt: «Kannst du ja auch. Aber bitte woanders!» Und sie dreht sich um und nimmt ihr Glas, und wir stoßen mit unseren Gläsern an und schauen uns dabei in die Augen, so tief, dass dem Knilch seine blassen Fischaugen aus dem Kopf fallen. Platsch! Mitten rein in die Bowle. Klasse!

Dann spielt Markus wieder einen Tusch wie im Zirkus, der macht sofort gute Laune, und alle strömen auf ihre Plätze zurück.

Opa Leo hat für Krümel und für sich was zu trinken besorgt, und Mama und Lillis Mutter waren mal weg, wahrscheinlich auf dem Klo. Frauen machen das ja immer zu zweit, keine Ahnung, warum. Der Makrelenknilch sitzt jetzt wieder neben Schönordentlich und schaut woanders hin.

Als alle sitzen, geht das Licht aus, und eine Sekunde schnappen alle nach Luft, aber dann kreist über unseren Köpfen eine Discokugel, die hab ich zwischen den ganzen Lampions gar nicht bemerkt. Sie wirft Sternenmuster auf unsere Gesichter und tanzt an den Wänden rauf und runter und ringsherum. Man wird auf der Stelle ganz schwindelig davon im Kopf, als schwirre man selber als kleiner Lichtpunkt durch den Raum.

Lilli greift meine Hand, und ich sehe, wie Krümel Opa Leos Hand nimmt, einfach so, und ich weiß, dass das okay ist. Wenn Elvis jetzt hier wäre, hätte er bestimmt nix dagegen, aber dann hätte sie ja auch Elvis' Hand genommen. Die Kugel kreist eine Weile, und dann gehen Schweinwerfer an – wo kommen die denn plötzlich her? –, und sie beleuchten den tiefblauen Vorhang. Dann erklingen ein paar Töne, und ich schwöre, alle im Saal richten sich auf, und alle Augen starren nach vorne.

Und dann kommt das Ereignis.

Der Vorhang geht auf. Eine mächtige Frau mit wilden, schwarzen Locken, einem mächtigen Busen und einem mächtigen feuerroten Mund steht dort in einem langen, schwarzen Kleid mit Spitze über den Schultern, und es hängt irgendetwas hinten dran, das aussieht wie ein Fischschwanz, aber Mama sagt *Schleppe* dazu. Sie steht oben auf dem Podest und hat Handschuhe bis zu den Ellenbogen und eine Zigarettenspitze in der einen Hand, und mit der anderen spielt sie lässig mit einer langen Perlenkette.

Ich bin völlig platt. Ich finde sie nicht die Bohne hübsch oder schön, sie ist schon richtig alt, aber sie ist beeindruckend und mächtig, man könnte sogar sagen, dass sie mächtig viel Eindruck macht. Alle haben den Mund ein bisschen offen. Als ich sehe, wie bekloppt der Knilch am Nebentisch damit aussieht, klappe ich meinen schnell wieder zu. Und dann schnappt sich diese kolossale Dame mit dem riesigen, feuerroten Mund das Mikrofon und legt los. Ich schwöre, erst nach dem tausendsten Wort mit lauter Rrrs kapiere ich, wer da oben steht. Und ich falle fast ins Koma. Ich japse richtig und kneife Lilli, die nicht aufhören kann, mit weit offenen Augen nach vorne zu schauen. Mama singt mit, und Lillis Mutter beugt sich weit vor, und Krümel hat jetzt Opa Leos Arm um ihre Schultern, und beide singen ebenfalls mit, ja ja, wirklich und tatsächlich, auch Krümel singt mit. Sie hat eine dünne Vogelpiepsstimme. Und Opa Leo krächzt wie eine Krähe auf dem Feld.

Dann singt der ganze Saal:

Errr heißt Waldemarrr und hat schwarrrzes Haarrr und ist wunderrrbarrr oder so ähnlich.

Die mächtige Frau vorne gibt alles, sie wiegt sich heftig in den Hüften, sie wirft ihre langen Locken kühn nach hinten und wackelt verwegen mit ihrem Busen und ihrem Hinterteil, und wir kreischen jetzt und johlen und klatschen. Und immer mehr wissen mittlerweile, wer da oben steht, es geht so etwas Übermütiges von Tisch zu Tisch, es schwappt richtig durch den Saal wie eine Riesenwelle. Alle, ich schwöre, alle reiten voller Vergnügen auf dieser Welle, breiten die Arme aus und umarmen das Leben.

Die mächtige Frau singt noch zwei Lieder, und das letzte heißt: *Davon geht die Welt nicht unter, ist sie auch noch so grau.* Das kann ich sofort mitsingen, so gut geht das rein. Und dann steht Schönordentlich als Erste auf und ruft: «Bravo!»

Plötzlich stehen alle und singen mit, bis auch die letzte Note verklungen ist, und rufen: «Bravo. Bravo. Zugabe!» Nur der Knilch hält die Klappe, aber er hat kugelrunde Augen.

Der Saal tobt so heftig, dass ich Angst habe, wir sinken gleich mit Mann und Maus in den Erdboden wie ein kaputter Fahrstuhl, weil der das ganze Getrampel nicht aushält. Bismarck steht vorne und nimmt die Perücke ab, und Lilli läuft zu ihm hin, wirft sich in seine Arme und küsst ihn ab. Ich bin empört, ich finde, das geht zu weit, ich bin stocksauer. Ich finde sie ehrlich gesagt zu stürmisch, denn eigentlich hätte ich die Küsserei lieber selber, weil sie doch meine Freundin ist. Aber dann merke ich, dass ich schon wieder ziemlich blöd werde und gerade dabei bin, mit diesem ganzen bescheuerten Jungs-und-Mädchen-Firlefanz von vorne anzufangen. Da springe ich doch auch lieber durch die tobenden Menschen und schiebe mich bis zu Bismarck durch und umarme ihn. Nie hätte ich gedacht, dass ich diesen Mann mal umarmen würde. Nie im Leben. Und dass er das zuließe. Dieser *Oberrrgenerral*, dieser *Feldmarrrschall*. Aber Bismarck mit seinem mächtigen, angemalten roten Mund strahlt und hebt keck seinen Busen in die Höhe, zwei gewaltige Berge, und wir kreischen und kreischen.

Er hat sogar extra für diese Nummer seinen Schnurrbart entsorgt.

«Und das war das Schwerste für ihn», sagt Opa Leo später. «Wir mussten ihn lange überreden, aber Zarah Leander mit Schnurrbart wäre einfach nicht gegangen!»

«Zarah Leander?», fragt Lilli.

«Die ist schon lange, lange tot, sie war mal richtig berühmt», sagt Opa Leo, «damals im Krieg! Und schön war sie auch. Bismarck soll dir mal seine Fotosammlung zeigen!»

«Wieso kann er so was?», frage ich voller Erstaunen. «Ausgerechnet Bismarck!» Mein Erstaunen ist so groß wie ein Überraschungsei für Riesen.

«Ach, irgend so einen Blödsinn hat doch früher jeder mal gemacht», sagt Opa Leo. «Und Bismarck war mit seiner Frau immer in einer Theatergruppe der Volkshochschule, da hatten sie auch solche Nummern drauf, Männer als Frauen und umgekehrt. Und Zarah Leander ist Bismarcks große Liebe. Er kennt alle Filme und alle Lieder, er hat alle alten Schallplatten von ihr, wirklich jede. Und als Elvis das erfahren hat, hat er so lange gedrängelt, bis er Bismarck rumgekriegt hat. Junge, Junge, das war Schwerstarbeit. Frau Kirchner hat die ganzen Sachen besorgt und Markus die Musik für das Playback. Wir haben Bismarck alle zusammen so lange und hartnäckig bekniet, dass er irgendwann so weich war wie Pudding in der Kurve!»

Wir staunen und staunen.

Da kommt wieder der Tusch, und es geht weiter. Jetzt ist so viel Schwung in der Bude, dass plötzlich ein paar Leute in der Saalmitte einen Wiener Walzer tanzen, den hatte Lilli nämlich aus dem Hut gezogen wie ein weißes Kaninchen, und es passt feenmäßig gut. Das war der Wunsch des kleinen Herrn Sauerbruch, der ganz krumm gehen muss, immer mit dem Kopf zum Boden geneigt. Aber dann packt ihn die Begeisterung, dass jetzt sein Wunsch dran ist. Er schnappt sich seine Nachbarin, die eine ganze Ecke größer ist, und die kichert entzückt, und sie legen los. Und es geht. Er schaut zu Boden, sie schaut über ihn weg, aber beide haben eine Menge Spaß. Dieser Walzer klingt richtig gut, er passt so genau zu dieser Welle des Vergnügens, dass noch viele andere Mut fassen und zu tanzen beginnen.

«Wiener Blut», singt Opa Leo, «Wiener Blut», und er wiegt den Rollstuhl von Krümel im Takt hin und her. Schließlich bittet er Mama zum Tanz, und los geht's! Der ganze Saal scheint sich zu drehen. Lilli hüpft unruhig auf ihrem Stuhl rum, dann nimmt sie meine Hand und zieht mich auf die Tanzfläche.

«Ich kann keinen Walzer», stottere ich und möchte am liebsten wegrennen. Und peinlich, peinlich, die blöde Makrele schaut rüber und wird gleich ihr Fischmaul öffnen und Lachblasen im Raum verteilen.

Aber Lilli lässt nicht locker. «Nix da», sagt sie. «Mach nur immer Einszweidrei und Einszweidrei, und ab geht die Post!»

Und wie die abgeht. Nach ein paar Takten hab ich's voll kapiert, da machen meine Füße wunderbare Walzerschritte, exakt mit Lillis Feenfüßen zusammen. Wir drehen uns rum und rum und rum, und die Lichter über uns werden schlingernde, glitzernde, unendliche Lichtstreifen, die über unseren Köpfen an den Wänden entlang sausen und meinen Verstand einwickeln. Dieser Wiener Walzer ist wunderbar lang, und als er plötzlich zu Ende ist, schwanken wir stark und kippen in unsere Arme. Und unsere Herzen kullern wild in uns rum.

Danach kommen ein paar weitere Wünsche, doch wir brauchen jetzt eine Pause.

Aber dann. Dann zieht Lilli einen Zettel und schreit Juchuuu, dass einem davon die Ohren wackeln. Markus grinst, und dann kommt die oberbescheuerte, total durchgeknallte, grandios abgefahrene Lady Gaga mit ihrem Hit: *Poker Face,* den finden selbst die Jungs in unserer Klasse cool, weil wir selber mal gerne so total durchgeknallt wären, so voll *gaga* bis oben hin, uns das aber niemals, nie im Leben trauen würden.

Lilli rast mit Lichtgeschwindigkeit auf mich zu, und wir legen los. Wir können das grandios, wir haben uns das wahrscheinlich so oft im Fernsehen angeschaut, dass wir jeden Schritt, jeden Hüftschwung, jede Hand- und Armbewegung nachmachen können. Wir singen laut mit (na ja, keine Ahnung, was wir da wirklich singen, jedenfalls was mit Romanze, das passt gut ...), wir schütteln wild den Kopf, und nicht nur ich kann gut mit dem Hintern wackeln, Lilli auch. Und ein neues, komplettes Wunder passiert gerade, denn das wäre beinahe auch mein Musikwunsch geworden.

Als das Stück zu Ende ist, merken wir, dass wir die Einzigen auf der Tanzfläche waren. Diese Musik ist hier bestimmt so was wie ein Meteorit aus einer fernen Galaxis gewesen, der kurz die Erdatmosphäre gestreift hat. Doch die alten Leute lachen uns zu, und Herr Carl zieht Lilli sogar am Rock, als sie vorbeihüpft, und er kichert entzückt.

Opa Leo sagt nur: «Bravo! Als hättet ihr das schon immer gekonnt!» Und wir nicken atemlos und müssen selber staunen.

Dann macht Markus wieder die Lichter aus und die Scheinwerfer an. Ich ahne: Jetzt kommt Elvis! Opa Leo hat Krümel ganz nah an den Rand der kleinen Bühne geschoben, er steht hinter ihr im Dunkeln. Ich fasse nach Lillis Hand und flüstere Mama zu: «Jetzt musst du aufpassen, jetzt geschieht ein Wunder!»

Mama nickt, sie hat rote Backen vom Wiener Walzer mit Opa Leo, und ich habe sie schon lange nicht mehr so schön und leicht gesehen. Die ersten Gitarrenklänge heben mich sofort von diesem Platz hoch an einen anderen Ort, dahin will ich Lilli mitnehmen, und ich lege ganz dicht meine Arme um sie, damit sie ganz genau dort ist, mit mir zusammen. Lilli zieht heftig die Luft ein, und dann hält sie ganz still.

Wir treiben zusammen durch diese Musik, sie ist ein starkes, sehnsüchtiges Ziehen im Bauch, sie ist süß und weich, und sie ist der Tag und sie ist die Nacht. Hell und dunkel. Winter und Sommer. Und dann ist sie ist ein frohes, jubelndes Herz. Diese Musik ist jetzt bestimmt keine Musik von Elvis, glaube ich jedenfalls, keine Ahnung, von wem sie ist, aber sie ist mit das Schönste, was ich je gehört habe.

Vorne steht dieser uralte Mann, und er zaubert mit seiner glitzernden elektrischen Gitarre die schönsten Plätze in uns frei, prachtvolle Gärten und Landschaften, die wir in uns tragen und in denen unsere Seele zu Hause ist. Und dann, ohne Übergang, als ich schon glaube, wegzuschmelzen wie ein Schneemann in der Sonne, da haut er einen Rhythmus in den Saal, dass alle Knochen scheppern, aber die Beine sofort zu hüpfen anfangen. Das ist der gute alte *Rock 'n Roll Elvis*, so viel steht fest. Und los geht's.

Ich bin mit Lilli auf der Tanzfläche, noch ehe sie Piep sagen kann, und jetzt kriege ich doch glatt den Koller mit meinem Pille-Freudentanz, bei dem meine Beine und die Arme immer machen, was sie wollen, und ich rumtobe wie ein ausgeflipptes, von einer Mücke gestochenes Erdmännchen. Die Lichter kreisen in meinem Kopf, und meine Füße und Arme toben sich durch die Musik, und als es plötzlich ruhig ist, drehe ich noch ein, zwei Runden, weil ich nicht mehr weiß, wo ich bin und wie ich heiße und wie ich wieder in mich zurückfinde.

Aber da hält mich Lilli plötzlich fest, ich lehne mich an sie, und mein Kopf ist wieder zu Hause. Sie drückt mich ganz fest an ihre Bluse, und unsere Herzen klopfen noch immer diesen wilden Rhythmus. Und wir dampfen wie zwei Ponys nach einem langen Ritt im Morgennebel. (Ha! Das werde ich aufschreiben!)

Zurück am Tisch schaut mich Lillis Mutter ganz seltsam an, aber Mama strahlt, und Opa Leo winkt mir vom Bühnenrand zu. Lilli und ich ruhen uns erst mal aus. Wir trinken unsere Gläser leer, und als ich aufstehen und neue holen will, sagt Elvis etwas. Er, der so gut wie nie was sagt, spricht tatsächlich ins Mikrofon, und ich bleibe sitzen.

«Meine liebensreichen Damen und Herren, ihr alle Jung

und Alt», holpert seine Stimme mit dem Kratzen hinter den Worten, und das Mikrofon pfeift etwas. «Dieses Lied werde ich jetzt gespielen für Frau Murr, die is' sich wie eine kleine Schnuppe von die Sterne direkt vom Himmel in mein Leben gefallt!»

Und dieses holprige Deutsch selber klingt schon wie Musik. Dann greift er schnell in die Saiten, ich sehe richtig, wie nervös ihn dieser eine Satz gemacht hat und wie schwer es war, ihn zu sagen.

Dann spielt er dieses *Love me tender, love me sweet,* und ich kapiere, dass Krümel Frau Murr ist und dass das jetzt eine komplette Liebeserklärung ist mit diesem *Love me sweet* in seiner Gitarre – und das alles auch noch übers Mikrofon.

Schlagartig sind alle meine Ameisen wieder da. Sie kribbeln wie verrückt unter meiner Haut und schwingen liebestoll ihre sechs Beinchen. Und ich kapiere noch was. Ich merke gerade, dass auch die Liebeserklärung von Elvis wie eine Gedichtzeile geklungen hat. Also, Gedichte bringen mich immer mehr zum Staunen. Ich weiß jetzt, für die Liebe ist so ein Gedicht der beste Platz. Gleich nach dem Herzen.

Ich halte Lilli ganz fest, und wir summen mit. Als Elvis fertig ist und wir glühende Hände vom Klatschen haben, schnappt er sich Krümels Rollstuhl und schiebt ihn an unseren Tisch, und ich muss zu ihm laufen und Danke sagen. Mehr kriege ich nicht raus. Aber viel lieber würde ich seine vielen tiefen Falten streicheln, bis sie wieder glatt sind. Und Krümel ist wirklich wie eine Sternschnuppe in seine Augen gefallen und schwirrt und glüht immer noch darin herum.

«Noch drei Wünsche», sagt Markus. «Die anderen machen wir das nächste Mal, in einem Monat, versprochen!»

Alle nicken zufrieden, wir sind nämlich ganz satt von dieser seltsamen Musikmischung, die ein ganz eigenartiges, ungewöhnliches Wunschkonzert war. Sieben Sterne für Markus. Und das Dessert steht noch aus. Aber vorher gibt's noch eine kleine Pause. Ich schaue zum Nebentisch und freue mich. Der Knilch ist verschwunden. Und Schönordentlich steht dicht neben Bismarck, der sich umgezogen hat. Und der beugt sich zu ihr runter, und sie lächeln sich an. Himmel und Engel und Maienduft, hier im Altersheim ist die Liebe ausgebrochen!

Aber als ich zu Mama schaue, sehe ich, wie allein sie sich fühlt unter all diesen aufgekratzten Leuten ohne Papa. Der ist ja dieser begnadete, leidenschaftliche Tänzer, von ihm hab ich bestimmt den Pille-Freudentanzkoller, und er hätte sie ohne Ende durch die Musik gewirbelt. *O Papa, es wird Zeit. Es wird Zeit, dass du die Kurve kriegst. Avanti! Mach voran! Pronto!* Denn Mamas Herz ist bestimmt gerade ein zusammengekrümmtes kleines Tier, das zurückgelassen in einer Höhle darauf wartet, gefunden zu werden.

Da renne ich schnell zu ihr hin. Ich umarme sie, und dann halte ich es nicht länger aus und sage: «Mama, ich weiß es. Ich schwöre, ich weiß es. Papa kommt bald zurück!» Und sie schaut mich lange an und stellt keine Fragen, aber ich glaube, dass sie mir glaubt. Ich spüre das.

Dann kommt der letzte Teil des Abends. Lilli zieht einen Marsch aus dem Hut, und ich sehe, dass das der Wunsch von Bismarck war, der klatscht ganz begeistert mit und sieht jetzt so richtig zackig aus, als würde er gleich eine Schlacht gewinnen. Und Schönordentlich schaut zu ihm hoch und himmelt ihn an.

Aber dann. Beim nächsten Stück höre ich nur die ersten zwei Klänge, da zuckt mein Herz bis zum Hals hoch, es ist von Opa Leo, das Lieblingsstück von ihm und Oma Lucie. Und ich kenne jede Note, jede einzelne Note. Opa Leo springt auf und läuft in die Mitte des Raumes. Aber noch einer springt auf, als hätte er Hummeln in den Schuhen, und das ist Elvis. Haben sie den gleichen Wunsch gehabt?

Sie stehen jetzt beide dort in der Mitte und schauen sich an. Und Markus hat einen sehr wachen Moment, er stoppt die Musik und beginnt noch mal von vorn. Die gewaltigen, freudigen Klänge des fünften Ungarischen Tanzes von Johannes Brahms jubeln durch den Raum. Opa Leo und Elvis stellen sich gegenüber, sehr gerade und voller Würde. Und sie beginnen zu tanzen. Ihre Freude muss so gewaltig und so genau die gleiche sein, dass ihre Beine exakt wissen, was die Beine des anderen machen. Sie fliegen durch diesen Tanz, der sich anhört, als ob jauchzende Reiter über eine blühende Wiese jagen und dabei den Himmel berühren. Dann kommt die Stelle, wo sich das Gras und die Erde leicht im Wind wiegen, dann geht es im vollen Galopp weiter. Und die Reiter jauchzen, die Pferde wiehern, der Wind jagt die Wolken, und schöne Mädchen haben Blumenkränze im Haar und bunte Bänder. Man könnte immerzu *juchu* schreien.

Opa Leo und Elvis tanzen so selbstversunken, mal untergehakt, mal umeinander kreisend, mal wild, mal wiegend, sie wohnen in dieser Musik, sie tanzen zusammen, als ob sie jede einzelne Note selber wären. Wo haben sie all die komplizierten Schritte her? Mal werfen sie die Beine nach hinten, mal springen sie wild in die Luft, sie klatschen in die Hände, drehen sich den Rücken zu und bewegen sich voneinander weg, dann wieder zurück, und wir halten alle die Luft an. Die beiden sehen aus wie ein altes, weises, wundersames Paar, als sie sich atemlos verbeugen. Ihre Arme haben sie einander um die Schultern gelegt, und der Applaus will einfach nicht aufhören.

Und dann ist Schluss. Da kann man einfach nichts mehr hintendranhängen, und Markus hat heute alles Feingefühl der Welt und sagt übers Mikrofon: «Tschüss! Das war's für heute. An der Musikbox war euer Markus. Danke für eure Wünsche. Bis nächstes Mal. Und ich hoffe, ihr hattet so viel Spaß wie ich!» Und auch er bekommt einen langen, verdienten Applaus.

Wir bleiben noch alle eine Weile sitzen. Und ich schwöre, jede einzelne Zelle in unserem Körper summt noch lange wie ein Telegrafenmast. Wir sind alle ganz atemlos. Und voll mit Freude und Verwundern und Staunen. Einer nach dem anderen macht sich leise davon, aber alle haben noch die Musik in ihren Augen. Und ich hoffe, dass ich diesen Abend in meinem ganzen Leben nicht vergessen werde.

Später, zu Hause im Bett, als meine Augen immer schwerer und schwerer werden, sehe ich Opa Leo und Elvis, Elvis und Opa Leo, wie sie kreisen und kreisen ... Und weg bin ich.

KAPITEL 37

Der Sonntag ist voller Sonne, aber in meinem Kopf ist ganz anderes Wetter, irgendwie Föhn oder April oder sonst was, ich weiß auch nicht. Mein Kopf ist ein einziger Kreisel, er hat totale Schieflage und eiert und brummt in den schrägsten Tönen. Und obwohl in dieser Bowle sicher nicht mehr Alkohol war als in einer Regenpfütze, hab ich, glaube ich, einen Kater. Mein Herz brummt auch irgendwie, aber ich glaube, eigentlich ist es nur brummig, weil Lilli heute keine Zeit hat. Sie muss ihren Vater besuchen. Ihr Vater lebt nicht mehr bei ihr und ihrer Mutter, der hat jetzt eine andere Frau. Lilli kommt damit klar, sagt sie. Sie findet, dass es gehen muss mit dieser neuen Ordnung, weil es eben so ist. Aber dabei hat sie ein komisches Gesicht gemacht, und ihre Augen haben gezittert.

Ich habe ihr gesagt, dass mein Papa zurzeit ganz weg ist, aber dass er wiederkommt, und sie hat meine Hand gedrückt und geflüstert: «Bestimmt, er wird doch nicht so ein Döspaddel sein und dich und deine Mama in Stich lassen!» Erst bei diesem Satz habe ich richtig gemerkt, was bei ihr los ist. Manchmal bin ich im Kapieren nämlich eine gehbehinderte Schnecke. Und ich konnte kein einziges Trostwort sagen, nur meine Arme um sie legen. Lilli ist einfach das tapferste Mädchen, das ich kenne.

Also, Mädchen sind schon erstaunliche Wesen, wenn man den richtigen Blick für sie hat. Und dafür muss man erst zwölf werden, vorher scheint das nicht zu gehen, man ist so blind dafür wie ein Maulwurf. Oder aber die Mädchen sind vorher eben nur blöde Mädchen, bis sie anders werden, so mit zwölf, so wie Lilli. Und das kann dann selbst ein Maulwurf nicht mehr übersehen.

Jetzt, am Sonntag, hat Mama Zeit, und wir wollen heute über meinen Geburtstag reden. Freitag werde ich zwölf. Und wenn Papa dabei wäre, würde ich gar nichts weiter haben wollen, keine Geschenke, kein Fest, nur Mama, Papa, Opa Leo, Lilli und ich. Und Kuchen. Aber ich bin mir da nicht sicher, ganz und gar nicht. Ich bin mir nicht sicher, ob Papa bis dahin bereit ist, kein Blödmann mehr zu sein. Mama meint, wir könnten bei schönem Wetter nachmittags irgendwo ein Picknick machen. Sie nimmt sich frei und will alles vorbereiten. Ich will das Picknick am liebsten am Kanal bei der Villa machen, unter der alten Weide. Und abends vielleicht einen Fahrradausflug mit Lilli, mit Lilli allein, einfach so ins Blaue rein und in das Maiengrün, einfach so um den Pudding rum. Und dann vielleicht noch eine kleine Küsserei. Aber das sage ich Mama besser nicht.

Mama kennt den Platz am Kanal noch nicht, aber sie sagt: «Mal sehen!»

Nach dem Frühstück klingelt das Telefon, und Mama kommt in die Küche zurück und sagt mit ziemlich verwunderten Augen: «Tante Berta! Sie will dich sprechen!»

Ach, du dicker Hefeklops, ich bekomme erst mal einen Schrecken. Tante Berta, was kann die schon wollen, bestimmt nichts Gutes! Oh, oh, oh, ich fange schon wieder damit an, Tante Berta durch ein winziges Loch in meiner Tante-Berta-Brille zu begucken, das wollte ich doch lassen. Ich renne zum Telefon und rufe: «Tante Berta, ist das nicht ein schöner Sonntag?» Etwas anderes fällt mir im Moment nicht ein, das Nettsein muss ich einfach noch üben.

Tante Berta hüstelt, sie sagt erst mal gar nichts und dann: «Ja, Pille, es ist ein schöner Sonntag.»

Pause.

Mannomann, was soll ich bloß sagen? Mist, Mist, Mist! Was sage ich bloß?

Tante Berta sagt dann aber etwas, das haut mich um. Sie sagt: «Pille, was hältst du von einem Leuchtturm als Metapher?»

Ich frage: «Hä?» und denke einen kurzen Moment, dass sie gerade am Durchknallen ist, wahrscheinlich so eine Alterserscheinung. Aber dann, dann macht mein Gehirn irgendeinen Schalter an, eine ganze Scheinwerferflut erleuchtet meinen Kopf, und ich weiß, was sie meint.

«Mensch, Tante Berta», sage ich völlig beeindruckt, «das ist echt cool!»

Tante Berta hüstelt.

«Ich meine, äh, also, wirklich», stottere ich, «das ist die beste Metapher für Opa Leo, die es gibt!»

Tante Bertas Hüsteln wird freundlicher. «Ich dachte», sagt sie, «mehr brauche ich dir nicht zu sagen. Diese Metapher kannst du abklopfen in viele Richtungen, dir wird schon was einfallen. Aber pass auf, Jonas, bleib immer im Bild. Und ich, hm, ich denke, du wirst das schaffen!»

Wieder ihr Hüsteln.

Ich bin schon kurz davor, ihr zu sagen, dass ich später Schriftsteller werden will und dass das eine gute Vorübung sein könnte. Aber dann habe ich Angst, dass sie was Blödes sagt oder nur hüstelt, und deshalb hauche ich ein *Danke* durchs Telefon, das ist so spinnfädenzart, dass ich nicht weiß, ob es überhaupt angekommen ist.

Aber Tante Berta sagt: «Nichts zu danken, Pille, ich habe gerne darüber nachgedacht!»

Und ich bin so von den Socken, dass mir erst mal überhaupt nichts mehr einfällt. Aber Tante Berta will jetzt Mama sprechen, und ich reiche sie weiter.

Da Mama heute Besuch von ihrer Freundin Sabine bekommt, werde ich das verhauene Englisch-Diktat üben und mein Zimmer aufräumen, das aussieht, als wäre es eine Lotterbude. Alle meine Sachen aus meinem Kleiderschrank liegen irgendwo rum, kreuz und quer. Mein Zimmer ist rappelvoll und mein Schrank gähnend leer, nach der Anziehaktion gestern, als ich diesen Tick von den Mädchen kapiert hab. Und dann werde ich irgendwann zu Opa Leo radeln. Und über diese Leuchtturm-Metapher will ich auch noch nachdenken. Oder umgekehrt. Aber erst mal schreib ich sie in mein besonderes Heft, das ist mein Schriftstellerheft und enthält schon jede Menge Metaphern, die vielleicht mal ein Gedicht werden. Für Lilli. Für Opa Leo oder Mama. Oder einfach so.

Aber der Sonntag schleicht sich durch die Zeit, und ich werde einfach nicht fertig. Das Üben fällt mir schwer und das Aufräumen sowieso. Ich höre Mama mit Sabine draußen im Hof leise reden, ich rieche Kaffeeduft, ich setze mich in einen Sonnenfleck auf dem Teppich und döse vor mich hin.

Ich bin träge und gleichzeitig voller Unruhe, das eine will nichts machen, das andere will mit irgendwas so richtig loslegen. Und dann macht es *pling*, und ich lasse alles liegen, was noch so rumliegt. Ich nehme meinen Schreibblock und einen Stift, schnappe mir zwei Äpfel, schwinge mich aufs Fahrrad, rufe: «Tschüss, bis nachher!» und bin weg.

Geheimagent Null-Null-Sieben mit dem Decknamen Jonas muss einen Auftrag erfüllen, einen dringenden Auftrag. Er muss zu dem geheimen Treffpunkt mit dem geheimen Postfach, er muss es wagen und aufs Ganze gehen. Die Sonderanfertigung meines Superporsches legt sich in die Kurven, die Reifen quietschen, das ganze Chromzeug glänzt und blendet die Fußgänger an der Ampel, der Motor brummt mit fünfhundert PS, und hinter meiner coolen Sonnenbrille verstecke ich meine obercoolen Augen.

Angekommen. Ich parke dieses Wunderwerk der Technik ein paar Blocks weiter, ich bin gewieft, ich habe eine erstklassige Ausbildung, ich bin der Meister aller Geheimagenten und Spione, ich bin sozusagen das große, unerreichte Vorbild. Ich schleiche mich an. Ich benutze den Hintereingang, schlage den Mantelkragen meines Trenchcoats hoch, schaue blitzschnell und unauffällig über meine Schulter und öffne geräuschlos die Tür. Der Sonntag hält den Atem an, und ich schleiche durch die Küche nach oben, ich weiß natürlich genau, welche Diele und welche Stufe knarrt, aber meine sündhaft teuren italienischen Lederschuhe haben ausnahmsweise Gummisohlen, und ich komme ohne einen Laut oben an.

Die Schlafzimmertür steht offen. Sonnenlicht fällt in schrägen Bahnen in den Flur, und Staubkörner tanzen im Licht.

Ich sichere meinen Revolver, greife ihn mit beiden Händen (keine Ahnung, warum man das tut), schiebe mit meiner italienischen Schuhspitze die Zimmertür millimeterweise auf, und dann springe ich mit einem Satz todeskühn in den Raum. Der Feind nimmt sofort völlig überrumpelt die Arme hoch. Aber: Kein Feind weit und breit.

Und ganz davon abgesehen, wäre Papa das sowieso nicht, ich meine, mein Feind, aber immerhin, so was wie ein Gegenspieler von der anderen Seite schon. So was in der Art. Er gehört ja noch nicht ganz wieder auf unsere Seite, auf Mamas und meine. Aber von ihm ist keine Spur zu sehen. Auch kein Koffer und keine grauen Schuhe. Was jetzt? Da sehe ich plötzlich die Geheimpost. Sie liegt nicht an ihrem gewohnten Ort auf dem Bett, sondern auf der Kommode, der Gegner ist nachlässig geworden. *Pille,* steht da, *bitte hab Geduld. In Liebe, Dein Papa.*

Nein, schreie ich plötzlich wütend. Ich reiße den Zettel in tausend Schnipsel, ich pfeffere sie durch die Gegend, ich stampfe heftig mit dem Fuß auf, immer wieder, und schreie: «Nein, nein, nein!» Ich werde ganz heiß innendrin, ich werde ein Vulkan und spucke Feuer und Asche und glühende Lava, Millionen sonnenheißer Funken stieben durchs Zimmer, sie zischen aus mir heraus wie Fontänen, bis die Luft kocht, verdampft und nichts mehr von ihr übrig bleibt.

Ich werfe mich aufs Bett und japse und keuche, bis ich ein klitzekleines Luftloch finde, das ich leer sauge. Ich sauge verzweifelt wie durch einen verstopften Strohhalm an der kleinen Menge Luft, und dann, endlich, löst sich die Verstopfung, und *plopp,* die Luft kann fließen, sie ist zurück, und ich richte mich auf und heule vor Wut. Ja, ich heule vor Wut. Weil ich mich so beschissen klein fühle. So ausgeliefert. So total unfähig, auch nur eine Winzigkeit in diesem Schlamassel zu bewegen. Und weil Papa so ein Blödmann ist. Völlig bescheuert und hirnvermurkst.

Obwohl ich weiß, dass man aus solch einer Wut heraus nicht sofort reagieren soll, sondern lieber einen Moment wartet, bis der Kopf wieder klarer ist, so hat mir das Oma Lucie beigebracht, Opa Leo natürlich auch, also, obwohl ich weiß, dass diese Wut jetzt meinen Kopf total vernebelt, reiße ich ein Blatt von meinem Schreibblock und schreibe:

Papa, jetzt reicht's! Meine Geduld ist zu Ende. Ich will nicht mehr warten! Ich will einfach nicht mehr. Ich habe Freitag Geburtstag! Ich werde ZWÖLF! Also mach voran! Komm zurück!

Pille.

Mehr kann ich aus dieser Wut nicht herausquetschen, ich meine mehr Zurückhaltung und Verständnis. Zu mehr bin ich nicht bereit. Und schon gar nicht zu schreiben, *dein Pille*. Das wäre gelogen. Wenn ich nämlich *sein* Pille wäre, dann wäre er gar nicht weg. So ist das nämlich!

Ich lege diesen Zornesbrief mitten aufs Bett, ich lasse die Zettelfetzen von Papa liegen, wo sie sind, irgendwo auf dem Boden verstreut. Ich renne die Treppe runter, knalle die Tür zu, suche mein Rad und fahre los. Dann dreh ich wieder um, schließe die Tür ordentlich ab und gebe Gas. Ich will auch Opa Leo jetzt nicht sehen. Ich will allein sein mit meiner Wut. Ich will keine friedlichen Botschaften mehr an Papa schicken. Ich will, dass er kapiert, was für ein bekloppter Blödmann er ist. Und wie weh das tut.

Ich fahre ohne Umwege zum Kanal und setze mich dort unter die Weide und schaue aufs Wasser. Wasser ist immer gut, besonders wenn es fließt. Ich betrachte die Sonnenstreifen, die auf den Wellen gleiten. Das Wasser sieht aus wie geschmolzenes, dickflüssiges Silber. Ich höre, wie es seufzt und manchmal auch kichert, ich schaue und schaue und lasse meine Wut wie ein Schiffchen auf dem Wasser tanzen. Irgendwann schnappt sich eine Welle meine Wut und trägt sie davon.

Aber das alles hat mich so erschöpft, dass ich mich zurücklehne, mich lang ausstrecke und von unten in den Baum schaue. Da sind grüne und goldene und blaue Flecken, die sich ineinander verschieben und zittern. Dann schlafe ich ein.

Irgendwann tippt mich Opa Leo an. Er hat mich gefunden. Und ich erschrecke, weil ich keine Ahnung habe, wie spät es ist. Er schaut mich nachdenklich und aufmerksam an.

«Was ist passiert?», fragt er. Und er setzt sich wieder hinter mich, er lehnt an der Weide, ich lehne an seinem Bauch, und er hält mich fest.

Ich berichte. Selbst jetzt noch, wo die ganze Wut den Kanal runtergeflossen ist, merke ich, dass es wirklich Zeit war, Papa die Meinung zu sagen.

Das meint Opa Leo auch. «Ja, das muss er jetzt endlich kapieren», sagt er. «Sein wunderbarer Sohn wird zwölf. Sein Vater ist ein alter Knabe, dem die Zeit davonläuft. Und seine Frau ist ein richtiges Geschenk mit einem großen Herzen, das sich aber gerade ganz klein zusammenkrumpelt von dieser Warterei. Also kann er jetzt mal in die Puschen kommen, da hast du ganz recht!»

«Spielschulden!», sage ich, «Mensch Papa, dafür lässt man doch nicht seine Familie im Stich!»

Meine Wut will gerade schon wieder zu kochen anfangen, aber Opa Leo wiegt mich ein wenig hin und her, und ich atme tief durch. Wir bleiben noch eine Weile so sitzen und denken an Papa. Wo immer der gerade ist, das soll er, verflixt noch mal, endlich begreifen.

Und dann gehen wir zur Villa. Dort sitzen alle im Park, und es gibt Kuchen auf der Wiese. Ich mache meine Runde und begrüße jeden Einzelnen, sogar die fremden Leute, die zu Besuch sind. Und von dem vielen Händeschütteln und den vielen lieben Gesichtern wird mein Herz etwas leichter. Und als ich mich zu ihnen setze und sehe, wie sie sich freuen, beschließt dieser Sonntag endlich, ein Sonntag zu sein.

Heute bleibe ich nicht so lange. Mein wirres Zimmer wartet und Mama wartet, und in meinem Hinterkopf wartet diese Leuchtturm-Metapher. Sie schleicht dort herum und durchforstet mein angehendes Schriftstellergehirn. Ich erkläre Opa Leo noch schnell, wie das am Freitag mit meinem Geburtstag werden soll, und dann mache ich mich davon. Aber als ich fast zu Hause bin, drehe ich noch mal um. Ich fahre mit hundertachtzig Sachen in die Ziegeleistraße und renne nach oben. Ich will jetzt doch *Dein Pille* unter den Zettel schreiben.

Aber der Zettel ist weg.

KAPITEL 38

Heute werde ich mit Opa Leo nur telefonieren. Ich habe ein wichtiges Fußballspiel und werde gebraucht. Und obwohl mein Kopf nicht so ganz bei der Sache ist, weiß doch das besondere Fußball-Gen von mir immer noch sehr genau, wo der Ball hinwill. Und ich schnappe ihn mir, und nicht ein Tor fällt. Wir gewinnen tatsächlich, und Rudi, unser Trainer, lädt uns alle zum Eis ein. Ich sitze zwischen den anderen, wir quatschen wie alle Jungs der Welt über Fußball, Autos und Mädchen. Ich allerdings halte mich da raus, sage nur manchmal «Finde ich auch» oder «Ne, so kann man das nicht sagen», und damit sind alle zufrieden. Keiner kriegt mit, dass ich in Gedanken überhaupt nicht hier in dieser Eisdiele bin, sondern bei Papa. Ich merke, wie ich unentwegt mit ihm rede. Ich rede lieb mit ihm, ich rede enttäuscht mit ihm, ich rede sachlich mit ihm. Und alle Argumente, die dafür sprechen, dass er Vernunft annimmt und zurückkommt, habe ich schon tausendmal hin und her bewegt und sie ihm in meiner offenen Hand hingehalten, wie einem Pony ein Stück Zucker.

Nach dem Eisessen radle ich noch mal in die Ziegeleistraße. Vor dem krummen Haus von Opa Leo klopft mein Herz einen wilden Trommelwirbel, denn ich könnte dort auf Papa treffen. Ich schließe die Tür auf, aber mein Gefühl sagt mir, dass das Haus leer ist. Keine Menschenseele ist hier. Nur meine, und die kommt mir gerade vor wie ein Schneeglöckchen, das lieber wieder unter den Schnee zurückwill.

Im Schlafzimmer liegt Post. Ein großer, dicker, zugeklebter Umschlag. Und da steht mit Opa Leos Schrift drauf: *Für meinen Sohn Michael*. Ringsherum tanzen Opa Leos krakelige Sterne. Und auf der Rückseite ist ein Herz, das ist groß und schief, hat eine lange Spitze und sieht ein wenig so aus wie eine umgedrehte Träne. Und ich weiß, dass ich diesen Umschlag auf keinen Fall öffnen darf. Genauso sicher weiß ich, dass er was ganz Wichtiges enthält, wenn Opa Leo extra hergekommen ist, obwohl dieses leere, verwaiste Haus mit all den Erinnerungen doch so heftig an seinem Herzen kratzt, dass schmerzende Spuren zurückbleiben.

Ich lege noch einen kleinen Zettel daneben:

Papa, ich will nie wieder Geburtstags- und Weihnachtsgeschenke, wenn du zurückkommst.
Dein Pille

Und obwohl ich nicht sicher bin, ob das nicht ein sehr gewagtes Versprechen ist, das ich vielleicht schon am nächsten Weihnachtsfest heftig bereue, weiß ich doch: Ich werde dann immerhin so erwachsen sein, dass ich es durchstehen kann. Keine Geschenke zu kriegen – das ist ja wohl ein Klacks gegen das, was wir jetzt alle durchmachen. (Oh, oh, hoffentlich nehme ich meinen Mund jetzt nicht zu voll ...)

In der Küche sehe ich, dass Opa Leo auch im Garten war, denn das Küchenmesser liegt auf dem Tisch, obwohl ich es weggeräumt hatte. Er hat sicher ein paar Blumen mitgenommen. Und ich überlege, ob ich Mama noch schnell einen Strauß pflücken soll, aber ich muss viel dringender Mathe üben, die Arbeit morgen wird kein Zuckerschlecken. Sie rumpelt jetzt schon in meinem Bauch wie ein paar Wackersteine. Und Mittwoch kommt Lilli, und ich will mit ihr zusammen diese Leuchtturm-Metapher abklopfen, so wie Tante Berta es vorgeschlagen hat. Mein Opa-Leo-Gedicht soll ja auch mal fertig werden. Und ich habe Lilli versprochen, ihr zu zeigen, wie das mit dem Stufengedicht funktioniert. Außerdem will ich sie zu meinem Geburtstag einladen und ihr von meinem Plan erzählen, dem mit der Fahrradtour nur mit ihr allein. Bei dem Gedanken werde ich zartrosa, innen und außen, was ich komisch finde. Es ist schon ziemlich verrückt, dass Jungs auch so Zeugs draufhaben mit Sehnsucht und Rotwerden und Gedichten und Küssen ... Also mit diesem ganzen Mädchen-Getue! Bis vor Kurzem hatte ich noch nicht eine Spur der leisesten Ahnung davon. Von dieser Sache mit den Mädchen. Und dass sie das Leben komplett umkrempeln können. Von rechts auf links und von oben nach unten. Ehe man sich versieht.

KAPITEL 39

Du musst näherrücken», sagt Lilli, und ich rutsche so nah an sie ran, dass sie plötzlich drei Augen oder noch mehr oder sogar nur ein einziges großes kriegt, als wir unsere Gesichter untersuchen. Wir sitzen uns gegenüber, unter dem Blätterdach der Weide am Kanal. Die Sonne ist eine verwaschene Scheibe, der Kanal sieht trübe und schmutzig aus, aber um uns herum ist es ganz hell. Wir haben uns verkrümelt. Opa Leo musste in der Stadt was erledigen. Er hat geschworen, spätestens um sechs zurück zu sein, und ich hab total vergessen zu fragen, was er zu besorgen hat. Weil Lilli da ist und wir so viel zu besprechen und zu küssen haben, ist das irgendwie an mir vorbeigerutscht.

Wir wollen unsere Gesichter ganz genau erkunden, das ist ein Vorschlag von Lilli, sie will es nämlich in ihr Tagebuch schreiben, damit sie immer, wenn sie die Augen schließt, mein Gesicht ganz genau sehen kann. Ich staune – auf so eine klasse Idee können doch nur Mädchen kommen. Und ich bin plötzlich mutig und sage ihr, dass ich später Schriftsteller werde, und erzähle von meinem Heft, in das ich die besonderen Wörter schreibe und jetzt all die Metaphern und Gedichtzeilen, die ich erfinde oder gehört habe. Lilli stupst mich an, kichert und will jetzt schon eine Widmung in meinem ersten Buch. Na bitte!

«Aber jetzt halt still», sagt sie und betrachtet sehr konzentriert mein Gesicht, und es fühlt sich erst mal komisch an, aber sie betrachtet es nicht voller Misstrauen, wie Tante Berta manchmal, sondern sehr aufmerksam, liebevoll und staunend.

«Du hast King-Willi-Augen», sagt sie, und ich fass es nicht.

Ich habe immer gedacht, dass nur ich diese eigenartigen Augen habe, und wer ist überhaupt dieser King Willi? Ich weiß nicht, ob ich den leiden kann, ich glaube, eher nicht. Nicht wirklich.

«Das war das Erste, was mir an dir aufgefallen ist», sagt Lilli, «und das hat mich fast umgehauen. Und dann noch diese Löwenhaare!»

Hä? Ich und Löwenhaare? Ich bin doch ein Wirbelmeerschweinchen.

Lilli sagt: «Zeig ich dir später, was ich meine.» Und dann schaut sie weiter angestrengt in mein Gesicht, und ich beschließe, ihres danach zu erforschen, gleichzeitig geht das nicht, jetzt sind mir ihre Augen zu dicht, und ich kann nicht denken.

«Oh, oh», sagt Lilli mit einer überraschten, richtig aufgeregten Stimme. «Der Große Wagen, ist es denn zu glauben?»

Der Große Wagen? Ich verstehe nur Bahnhof und mache wohl ein ziemlich bescheuertes Gesicht.

Lilli klappt meinen Mund wieder zu und sagt: «Später, warte noch. Was ist mit deinen Augenbrauen?»

Ja, was ist mit meinen Augenbrauen? Außer dass ich zwei davon habe, sind sie mir nie aufgefallen. Wer guckt sich schon länger als eine halbe Sekunde beim Zähneputzen, wenn überhaupt, seine Augenbrauen an?

«Eine ist etwas höher als die andere», stellt Lilli fest. Sie schreibt jede Einzelheit in ein kleines Notizbuch. «Und sie haben die Farbe von Haselnüssen.»

Na ja, okay, das kann schon sein.

«Und jetzt die Zähne!»

Ich öffne gehorsam meinen Mund.

Lilli stößt einen kleinen Schrei aus. «Voll cool», sagt sie. «Löwenzähne, leider nur mit einem spitzen Hackezahn oben. Denselben habe ich unten. Ist das nicht klasse?»

«Nix verraten», sage ich empört. Das will ich ja selber erkunden, wenn ich dran bin. Aber es war mir sowieso schon an ihr aufgefallen.

Zum Schluss betrachtet Lilli die Ohren (die *Ohren*!). Fast hätten wir die vergessen. Und o Wunder, Lilli entdeckt, dass ich zwei komplett verschiedene Ohren habe. Sie notiert sich das und macht sogar von jedem Ohr eine kleine Zeichnung. Aber wenn ich wirklich solche Ohren habe, na dann Prost Mahlzeit! Doch ich sage besser nichts, Zeichnen ist wohl nicht Lillis Stärke.

«Punkt», sagt Lilli, klappt ihr Notizheft zu und sagt: «So, und jetzt der Beweis!» Sie holt aus ihrem Rucksack ein Bilderbuch. Ein *Bilderbuch*, für Babys von vier oder fünf Jahren. *King Willi* steht da drauf, und ich falle fast um, als sie es aufschlägt.

Da sitzt auf der ersten Seite ein starker, stolzer Löwe mit einer wilden Mähne und einem wahnsinnig breiten Grinsen im Gesicht. Und er hat, ich schwöre, genau meine Augen! Dieser Löwe ist natürlich nur gemalt, aber er gefällt mir auf der Stelle. Lilli sagt, es sei immer ihr Lieblingsbuch gewesen. Eigentlich ist es das auch noch jetzt, denn obwohl sie doch schon ein paar Tage zwölf ist, ist der Löwe einfach zu süß. Hm, mit diesen Augen, bin ich da etwa auch süß? Lilli kichert und nickt.

«Und was war das mit dem Großen Wagen?», frage ich. Ich habe mir alles genau gemerkt, denn noch nie bin ich so gründlich und liebevoll mit den Augen eines anderen betrachtet worden, und dazu noch mit Veilchenaugen. (Na ja, wahrscheinlich von Mama, als ich ein Baby war ...) Lilli kramt in ihrem Rucksack und holt einen kleinen Taschenspiegel heraus. Ha, ich wusste doch, dass Mädchen so was immer dabeihaben.

Sie sagt: «Hier, hier an dieser Stelle», und dabei tippt sie in meinem Gesicht herum, «genau hier hast du ein paar Sommersprossen, die sehen aus wie der Große Wagen!» Sie hält zum Beweis den Spiegel vor meine Augen.

Ich kenne den Großen Wagen gut, ich kenne sogar noch viel mehr Sternbilder, weil Opa Leo sie mir gezeigt hat. Oft haben wir sie lange betrachtet und angestaunt. Lilli hat recht. Ich trage den Großen Wagen in meinem Gesicht, und keiner hat's je bemerkt. Da muss erst so ein Feenmädchen kommen und es entdecken. Und weil Lilli gerade so nahe vor mir sitzt, möchte ich sie unbedingt küssen.

Aber sie schiebt mich zurück und sagt: «Nix da! Jetzt du! Was ist in meinem Gesicht?» Und sie schließt die Augen und wartet.

Ich beschreibe ihr alle wunderbaren Einzelheiten. Zuerst natürlich die Blütenblätter ihrer Augen, die reißt sie daraufhin sofort weit auf. Und dann sehe ich zum ersten Mal all die winzigen goldenen Härchen über ihrer Lippe. Ich beschreibe ihr den schiefen, kleinen Eckzahn unten, wo ich meinen oben habe, das Morgenhauchrot auf ihren Wangen und dann diese Rosenblätterlippen.

Lilli kichert. «Rosenblätterlippen, voll cool», flüstert sie begeistert.

«Und Kupferhaare», sage ich. Und dann entdecke ich, dass die Innenseite ihrer Lippen feucht und zart ist und blassrot, und außen sind die Lippen ganz anders, dunkler und fest, wie eine saftige Kirsche. Lilli kichert jetzt immerzu dieses Glockenblumengeläut. Sie hat keine Sommersprossen, und ihre kleinen Ohren sind exakt gleich. Und wenn dieser rosa Hauch nicht über ihrem Gesicht liegt, ist es so weiß und zart wie Wölkchen am Himmel.

Ich merke, dass ich dabei bin, lauter Metaphern für Lillis Gesicht zu finden. Und als ich fertig bin, sagt Lilli, die soll ich alle in mein besonderes Heft schreiben, vielleicht könnte ich ihr dann noch ein Gedicht schenken. Da fühle ich mich wie King Willi höchstpersönlich, kraftvoll, mächtig und klasse. Lilli meint, mein besonderes Heft wird bestimmt mal ganz wichtig und ich müsse es immer behalten. Na klar. Sowieso. Und dann erzähle ich ihr von Tante Berta und dem Leuchtturm und dass das eine Metapher für Opa Leo sein soll. Sie kapiert auf der Stelle, dass Tante Berta, meine Tante Berta, eine geradezu grandiose Metapher gefunden hat. Das Wort *grandios* muss ich später aufschreiben, es klingt so, wie es ist: GRANDIOS!!

Wir nehmen einen großen Zettel, und Lilli malt einen Leuchtturm darauf.

(Also Zeichnen ist wirklich nicht ihre Stärke, aber da ich

weiß, dass es ein Leuchtturm sein soll, bin ich zufrieden und sag besser nichts, das nennt man Taktgefühl ...) Dann schreiben wir alles, was uns dazu einfällt, drumherum. Sofort und ohne groß nachzudenken oder zu beurteilen, einfach so drauflos.

Lilli sagt, das macht ihre Mama immer, wenn sie Ideen braucht für ihre Schaufenstergestaltung. Und ich bin fix und fertig, als ich sehe, was da alles zusammenkommt. Licht, steht da. Gefahr, Schutz, Wind und Wetter, Klippen, Nacht, Sturm, Brandung, Gischt, Schwärze, Einsamkeit, Schiffe, Not, Dankbarkeit, Hilfe, Segen, Flehen, Gebet, Gott, Teufel, Untiefe, Gewitter, Matrosen, Kapitän, Leuchtturmwärter, Möwen, Küste, Hafen, Bucht, Anker, Verzweiflung, Untergang, Hoffnung und Rettung.

Und dann hören wir auf, weil der Zettel voll ist. Also, wenn das mal kein Futter für ein Gedicht ist. Ich schreibe die Wörter sorgfältig ab, denn Lilli will ihren Leuchtturmzettel mit dem undefinierbaren, krummen Ding behalten. Und ich erkläre Lilli das mit dem Stufengedicht. Sie hört sehr aufmerksam zu und macht sich eine Skizze in ihr Notizbuch. Und weil sie für jedes Wort nur einen Strich macht und das dann untereinander setzt, wie eine Treppe und zurück, kann sie das nicht vergurken, denn es ist ja keine Zeichnung, sondern nur ein Haufen Striche. Im Großen und Ganzen ist es in Ordnung.

Aber dann, o Schreck, ist es kurz vor sechs, und wir müssen los. Wenn Opa Leo wieder Blödsinn gemacht hat mit der Zeit und nicht pünktlich ist, werde ich wahnsinnig. Aber er ist da. Er sitzt mit Elvis und Krümel unter der Kastanie, und sie tuscheln. Tuscheln hasse ich. Ich merke, dass sie über mich geredet haben, weil sie jetzt richtig betreten schweigen, als sie mich sehen und so unauffällig in die Luft starren. Wahrscheinlich wegen meiner Liebe, weil die so in meinem Gesicht rumfunkelt. Ich merke, wie so ein giftgrüner Ärger in mir hochkriechen will, aber ich schicke ihn doch lieber zurück. Ich bringe Lilli zu ihrem Fahrrad. Unter der Treppe kann uns keiner sehen, und wir können noch eine winzige Küsserei starten. Dann muss sie los. Aber übermorgen, an meinem Geburtstag, ist sie wieder da.

«Um Punkt vier hier!», rufe ich ihr hinterher.

Und Lilli winkt und winkt und ruft: «Ja, Punkt vier. Zu Befehl, King Willi. Deine Queen wird kommen!» Und der Wind schnappt sich ihr Glockenblumengekicher und schüttet es über mein Herz. (Hiiiilfe!! Ich kriege gerade einen Metaphernfimmel.)

Das muss ich jetzt erst mal Opa Leo erklären, das mit King Willi und seinen, ich meine, meinen Augen, aber ohne das Bilderbuch zum Beweis ist es nicht halb so gut wie vorhin.

Opa Leo drückt meine Hand und sagt: «Weißt du überhaupt, dass du ein ganz besonderes Mädchen hast? Sie ist eine ganz Große. Und versuch niemals, sie kleiner zu machen!»

«Kleiner?», frage ich und habe nur so eine Ahnung, was er meint.

«Na, durch Eifersucht oder irgendwelche Einschränkungen. Sie hat ein großes Herz, das musst du ihr gestatten, das ist ihre Besonderheit. Aber du bist ihre Nummer eins, das sieht doch jeder.»

Ich schlucke. Da war ich schon auf dem besten Weg, auf einen gelben Bilderbuchlöwen namens King Willi eifersüchtig zu werden. Na ja, ansatzweise.

«Weißt du», sagt Opa Leo und schaut mich dabei eindringlich an, «Lilli ist eines dieser Mädchen, die innendrin reich sind. Sie braucht Platz für diesen Reichtum, also mach ihn nicht kleiner. Lass ihn ihr, verstehst du?»

Ja ja, ich nicke, ich hab das mit dem Kleinermachen jetzt wirklich kapiert.

Ich denke an diesen Makrelenknilch mit seinem Fischaugenblick vom letzten Samstag beim Wunschkonzert und daran, wie Lilli Bismarck geknutscht hat (vor lauter stürmischer Begeisterung) und wie ich mich dabei gefühlt habe. Und ich schäme mich, dass ich genau da ihre Großartigkeit nicht gesehen habe, weil ich Angst hatte, dass sie mich nicht mehr sehen würde: mich, Pille, klein und mopsig. Schließlich hat Lilli doch die besten Augen der Welt. Die entdecken sogar den Großen Wagen in meinen Sommersprossen. Da wird sie doch mit genau diesen Augen auch sehen, dass ich, Pille (oder ab sofort King Willi genannt), ihr Freund bin, mit dem sie geht, weil der sie total klasse findet. Und sie ihn. (Ich muss noch über eine richtig gute Metapher oder bessere Wörter dafür nachdenken. *Total klasse* trifft es irgendwie nicht.)

Als ich etwas später nach Hause muss und mich von allen verabschiede, nimmt Elvis meine Hand, und seine Kohlenaugen glühen zwischen seinen hunderttausend Falten, als er sagt: «King Willi is' sich ein königlicher Name für eine königliche Knaben. Und is' sich wie eine wundergute Zeile aus einem Gedicht: King Willi liebt sich mit Queen Lilli!»

Ich bin platt. Ich brülle begeistert: «Da wird Lilli aber Augen machen, das haben wir beide glatt übersehen. Also wirklich. Klasse! Es reimt sich, jawoll, es reimt sich!»

Krümel nickt und Opa Leo nickt, der ja auch einen Löwennamen trägt. Da tanzen Elvis' Kohleaugen vor lauter Freude über meine Begeisterung einen Rock 'n Roll. Und jetzt bin ich richtig aus dem Häuschen. Und übermorgen wird King Willi zwölf! (Keine Ahnung, ob Löwen überhaupt so alt werden.)

«Bis übermorgen», rufe ich. Und alle winken. Übermorgen kommt geradewegs nach morgen. Und dazwischen liegen noch zwei Nächte. Aber dann!

KAPITEL 40

Am Donnerstag muss ich mit Mama in der Stadt einige Dinge erledigen. Ich rufe Opa Leo abends an, und wir reden über meinen Geburtstag und ob die Sonne mitmachen wird und über das Picknick am Kanal und überhaupt. Seine Stimme klingt müde, als hätte ich ihn mitten in der Nacht geweckt. Es ist erst halb sieben abends, das ist bestimmt noch keine Zeit zum Schlafengehen, aber ich spüre deutlich, wie Opa Leo sich sehr anstrengt, mir nicht zu zeigen, dass er gerade ganz ohne Kraft ist. So ohne Schmackes, würde er selber sagen. Ohne Saft und Kraft, würde Oma Lucie es nennen. Und ohne Freude.

«Ist was passiert heute?», frage ich. Mein Herz beginnt wild zu klopfen, und es fühlt sich an, als ob es sich in die Länge zieht und immer dünner wird. Aber Opa Leo druckst nur herum. Als ich aufgelegt habe, hallt noch eine Zeit lang diese müde Stimme in meinem Kopf nach, und wenn ich die Augen schließe, kann ich Opa Leos müdes Gesicht vor mir sehen mit den vielen, tiefen, sternförmigen Falten um seine Augen, nachdenklich und in sich gekehrt. Irgendwie abwesend. Am Telefon höre ich das ganz deutlich, ganz klar. Da hört man alles viel genauer, weil man nur die Stimme hört, ohne das Gesicht. Ich überlege kurz, ob ich mich noch mal aufs Rad schwingen soll, aber Mama will gerade den

Kuchen backen, und meine Hausaufgaben sind noch nicht fertig, und morgen sehe ich Opa Leo sowieso. Denn morgen werde ich zwölf!

Als ich im Bett liege und Mamas Geräusche aus der Küche höre, ihre Schritte, das Schranktürenklappen, das Schließen und Öffnen der Schubladen, das Schlagen der Sahne, das Verrühren anderer Köstlichkeiten und die leisen Radioklänge, bestelle ich drei Dinge:

Erstens: Papa soll mitfeiern.

Zweitens: Schönes, warmes Wetter.

Drittens: Opa Leo ist guter Dinge.

«Bitte, bitte», sage ich hinein in die Unendlichkeit des Universums und, «vielen Dank für die prompte Erfüllung.» Doch dann ändere ich die Bestellung noch mal: Das mit Papa bleibt die Nummer eins, und das mit Opa Leo wird die Nummer zwei. Denn auf einmal ist mir das Wetter fast egal, weil die beiden anderen Wünsche so dringend sind. Und in der Nacht träume ich wildes Zeug, das wie ein dicker, klebriger Klumpen in meinem Bauch drückt, als ich aufwache.

Und jetzt bin ich zwölf. Und alles ist gleich. So wie zuvor. Ich fass es nicht.

Aber draußen scheint die Sonne, und der Himmel ist blau. Das ist das Geburtstagsgeschenk vom Mai. Und auf meinem Oberbett krabbeln siebzigtausend Maikäfer aus Schokolade, die eigentlich Marienkäfer sind und mich alle mit ihren Schokoladenaugen anstarren und mit ihren schwarzen Pappbeinchen auf mich zustürmen und darauf warten, dass ich mich freue.

Ich starre erst mal zurück. Das mit dem Freuen dauert noch.

Mama strahlt, als sie sieht, dass ihr diese Überraschung gelungen ist. Die siebzigtausend Käfer sind genau zwölf Stück, und in der Küche brennen zwölf Kerzen, und ein richtiges Geburtstagsfrühstück wartet dort mit Blumen und allem Schnick und Schnack. Mit Pomp und Plunder, das würde Lilli jetzt sagen.

Und bei dem Gedanken an Lilli, die jetzt meine Freundin ist, macht sich der dicke Klumpen in meinem Bauch dünne, und meine Luft kriegt wieder Platz in meiner Brust. Jetzt kann ich Mama umarmen und mich wirklich freuen. Jetzt beginne ich zu ahnen, dass dies noch ein echt guter Tag werden wird. Und die Freude wächst und breitet sich aus und schlingt ihre Arme um mich herum. Und ich lasse mich von Mama knutschen. Aber die Geschenke gibt es erst am Nachmittag. Das ist okay.

KAPITEL 41

In der Schule singen sie mir alle ein Geburtstagslied auf Englisch, das hat einer aus Neuseeland komponiert, das rockt richtig, und ich kriege natürlich keine Hausaufgaben auf. Aber die gibt es am Freitag sowieso fast nie.

Mama hat für die ganze Klasse ihren leckeren Bananenkuchen gebacken, dick mit Schokolade überzogen, und dazu gibt es Limo. Alle stürzen sich drauf und finden das cool. Ich hatte schon Angst, dass so ein Kuchen voll peinlich ist, doch Mama hatte wie immer recht. Aber eigentlich ist mir dieser ganze Rummel in der Schule nicht so wichtig. Ich will nach Hause, ich will mein Picknick, ich will zu Lilli und Mama und Opa Leo.

Und ich will zu Papa, aber mein Herz glaubt nur ganz zaghaft, dass er kommt. Es lässt sich noch nicht wirklich auf diesen Gedanken ein. Es hat die große Angst, dass es dann vielleicht die Mega-Enttäuschung erlebt. Es ist ein vorsichtiges Füchslein, das nur ganz kurz seine Nase aus dem Fuchsbau streckt, um an diesem Wunsch herumzuschnuppern, aber dabei eine Gefahr wittert. Und schwupps, ist es wieder drin in der Höhle.

Zu Hause ist Mama voll *in action*, wie wir in der Schule immer sagen. Sie hat ein rotes Gesicht, ihre Frisur ist zerrupft, kleine Schweißperlen wachsen auf ihrer Stirn. Sie packt und räumt, aber dabei summt sie etwas, und das bedeutet, es ist alles okay mit ihr, trotz dieser Unruhe.

Unsere Fahrräder sind voll beladen, als wir in den Weg zur Villa einbiegen und über die holprige Strecke Richtung Tor schaukeln. Kein Mensch weit und breit. Ich ziehe enttäuscht die Luft ein, es gibt einen richtigen Zischton.

Aber dann! Dann sehe ich das Wunder mitten auf der Wiese. Es leuchtet, es weht und bewegt sich auf und ab. Wenn ich nicht genau wüsste, dass mitten auf der Wiese sonst eine Kastanie steht, würde ich glatt an eine Wunderpflanze aus Alices Wunderland glauben. Dort steht ein riesiger, bunter, flatternder Kastanienbaum, der zwischen all seinen weißen Kerzen, die jedes Jahr pünktlich zu meinem Geburtstag blühen, bunte Zauberfähnchen trägt. Und alle winken sie mir zu, als riefen sie: «Schau her, wir gratulieren!»

Ich stehe mit offenem Mund da, ich bin richtig starr vor Staunen. Ich würde am liebsten mein Rad ins Gras pfeffern und hinrennen, aber so voll beladen geht das nicht. Ich schiebe es zur Treppe, lehne es dort an und überlasse das Abladen Mama. Ich renne zurück zu diesem Wundergeschenk und stelle mich unter die bunt leuchtende, sich wiegende, glitzernde Baumkrone. Sie passt zwar nicht auf meinen Kopf, aber irgendwie doch. Ich kriege so ein Gefühl, als wachse ich zu der exakt passenden Größe, ich breite mich aus, und zack, senkt sich die Krone auf mein Haupt. Jetzt trage ich die schönste, kostbarste Krone der Schöpfung. Eine Paradieskrone für King Willi, gekrönt im stolzen Alter von zwölf Jahren. (Oder so ähnlich.)

Ich breite die Arme aus, will gerade losjubeln, da geht ganz woanders ein Höllenlärm los. Alle alten Leute stehen dicht gedrängt auf der Terrasse. Sie winken und rufen, und mittendrin steht Opa Leo. Er ragt weit heraus aus dieser leicht schwankenden Menge, und dann gibt er ein Zeichen. Alles wird ruhig, und Elvis legt los. Mit Verstärker und dem ganzen Drumherum. Er spielt eine Zaubermelodie, sie breitet sich aus in alle Himmelsrichtungen und darüber hinaus, und dann wechselt plötzlich die Melodie, und alle singen: *Viel Glück und viel Segen, auf all deinen Wegen, Gesundheit und Frohsinn sei ahauch mit dabei.*

Dann stellt sich Bismarck vor die Menge, er hat einen richtigen Dirigentenstock, er steht kerzengerade und dirigiert zackig und konzentriert seine Truppe. Ein Kanon wächst über die Wiese bis in mein Herz, und sie singen GRANDIOS!! Mama hat Tränen in den Augen, und gerade als ich auch so ein bisschen heulen könnte, zwängt sich Lilli zwischen den alten Leuten hervor. Sie rast auf mich zu, und sie ist so schnell, dass ich nur so ein zuckerrosabonbonfarbenes Leuchten sehen kann. Und dann ist sie da und umarmt mich so heftig, dass wir umfallen.

Es wird mucksmäuschenstill, aber dann bricht ein Getöse los, dass uns die Ohren wackeln und wir wieder zur Besinnung kommen. Ziemlich durcheinander lassen wir los, zupfen verlegen an unseren Klamotten herum, und dann müssen wir so kichern, dass ich einen Schluckauf kriege. Mist! Mist! Obermist! Ich und Schluckauf, das ist die perfekte Katastrophe.

Mama kommt angerannt, Opa Leo spurtet los und holt ein Glas Wasser, Frau Kirchner bringt Zucker, ein paar Löffelchen sollen helfen, und alles ist plötzlich in Bewegung. Und ich hickse und hülpse und hickse, aber das ist eigentlich so komisch, dass Lilli und ich immer wieder von vorne anfangen mit dem Gegiggel. Und endlich, keiner weiß wieso, ist es vorbei.

Dann kommt das Händeschütteln, einige wollen mich *busserln*, so nennt das hier die alte Frau Schirm aus München, und ich traue mich und lasse es geschehen. Und als das vorbei ist, hat man doch, rappzapp, auf der Wiese lauter kleine Tischen mit kunterbunten Decken aufgestellt. Wir rücken nahe zusammen, und Frau Kirchner, Schönordentlich, Markus und Leckerbraten tragen Berge von Kuchen heraus und Saft und Kaffee und Tee. Aber Mamas Geburtstagskuchen mit den zwölf Kerzen steht bei mir, und ich blase alle Kerzen auf einmal aus. Was ich mir wünsche, ist ja wohl klar!

Danach steht Opa Leo auf. Er will wohl eine Rede halten. Da wird mir ganz mulmig, weil ich dann der komplette Mittelpunkt werde, auf den sie alle so draufstarren, dass es mir peinlich wird. Lilli drückt meine Hand. Mama lächelt mich an. Und Opa Leo zeigt in die geschmückte Kastanie und sagt: «Lieber Jonas, vielleicht willst du ab heute, wo du fast erwachsen bist, nicht mehr Pille genannt werden. Und Jonas ist ein sehr schöner Name. Du weißt ja, dass wir diesen Namen sehr lieben. Wir alle hier in diesem Haus wollten dir ein Geschenk machen, weil *du* für uns alle ein Geschenk bist!»

(Hilfe! Ich werde rot. Und Lilli kichert. Hoffentlich fasst Opa Leo sich kurz!)

«Also haben wir uns was ausgedacht, das machen die Menschen in Tibet, das wissen wir von Frau Drechsel!» Er deutet auf die kräftige, alte Frau, die immer, ich schwöre *immer*, die verrücktesten Hüte trägt, selbst beim Essen und ganz sicher in der Badewanne und vielleicht auch beim

Schlafen. Jetzt hat sie etwas auf dem Kopf, das könnte glatt ein Obstkorb sein ... riesengroß und üppig gefüllt.

«Also, Frau Drechsel ist früher durch die ganze Welt gereist», sagt Opa Leo.

(Aha, daher hat sie alle diese Hüte mitgebracht.)

«Und sie hat erlebt, dass dort in Tibet in den Bergen des Himalaja die Menschen Gebetsfahnen in den Wind hängen. Der trägt ihre Wünsche und Gebete durch die Luft zu den Göttern oder den weisen Kräften des Universums, dass sie diese lesen und erfüllen. Und wenn wir ganz still sind, können wir hören, wie alle diese Gebete und Wünsche für Jonas gerade im Wind flüstern und zum Schöpfer des Universums getragen werden!»

Lilli nickt und drückt meine Hand. Wir halten prompt alle für eine Weile die Luft an. Und tatsächlich, jeder, wirklich jeder, kann dort zwischen den Zweigen und diesen kunterbunten Zetteln und Fähnchen ein Gewisper hören, vielleicht sogar einen Gesang. Aber das ist bestimmt der bunte Wunsch von Elvis, der dort als kleines Lied herumflattert.

Und dann sehe ich *sie*! Ich kneife die Augen zusammen, damit es noch klarer wird, aber *sie* ist wirklich da. Zwischen all diesen Wunschfähnchen sitzt Oma Lucie und winkt. Sie sitzt mitten im Baum. Sie ist selber ein prächtiger, schwankender Wunsch. Sie lacht und ist ein bisschen golden und ein bisschen grün, so wie die Kastanienblätter, und fast durchsichtig, aber putzmunter und rund und lustig wie eh und je. Ich winke ihr zu, sie winkt zurück, und weg ist sie. Sie hat den Bogen raus mit ihrem Kommen und Gehen. Sie ist klasse. Sie ist grandios. Irgendwann werde ich das auch mal können, beschließe ich.

Opa Leo blinzelt ebenfalls in das Blättergezappel mit den bunten Wimpeln und schaut ganz entrückt und mit einem besonderen Lächeln in das Licht. Alles klar, wir beide haben's kapiert: Das war Oma Lucies Geburtstagsgeschenk.

Opa Leo sagt: «Du kannst nachher im Baum herumklettern und alle diese Wünsche lesen, wenn du willst, oder aber du überlässt sie dem Wind, der weiß immer den richtigen Weg zu dem Ort, wo Wünsche wahr werden!»

Ich springe zu Frau Drechsel und umarme sie, diese Super-Tibet-Idee ist einfach wunderbar. Dabei rutscht ihr Hut runter, ich habe einfach zu viel Schwung drauf. Sie lacht, und ich hebe ihn auf, da drückt sie ihn mir auf den Kopf, und es gibt Applaus.

Ich werde tollkühn und stolziere in diesem bekloppten Modenschau-Gang über die Wiese zu Lilli, während ich wie verrückt mit meinem Hinterteil wackle. Lilli quietscht wie ein Ferkelchen. Und dann setze ich diesen Obstkorb auf ihren Kopf. Und sie ahmt mich nach und wackelt davon. Erst jetzt bemerke ich: Lilli ist ein einziges, zuckersüßes rosa Creme-Schnittchen, mit Schleifen und dem ganzen gerüschten Tamtam. Eigentlich finde ich so ein Zeug an Mädchen immer bescheuert, sozusagen grauenhaft, aber Lilli möchte man sofort und auf der Stelle anknabbern. Sie reicht den Hut Markus, und der ist, seit er dieses Kindergartengetue abgelegt hat, ein richtig helles Bürschchen. Er trägt jetzt voller Würde dieses Früchtewunder auf dem Kopf, stöckelt eine Runde und gibt den Hut weiter, und so weiter und so fort. Die meisten spielen mit, und es ist zum Schreien. Am Besten kann das natürlich Bismarck, der sofort wieder ganz Zarah Leander wird und seinen Busen keck anhebt. Er schwenkt die Hüften und das Hinterteil sehr damenhaft und gekonnt und wirft die nicht vorhandenen schwarzen Locken mit Schwung nach hinten. Und die Zigarettenspitze, die wir uns alle denken, hält er galant und kokett zwischen seinen dicken Fingern. Frau Kirchner macht von jedem ein Foto, und wir werden uns in ein paar Tagen noch vor Lachen in die Hose machen.

Dann kommt Elvis an meinen Tisch. Er trägt ein kleines buntes Päckchen, das ist genauso schön bunt wie dieser besondere Tag. Ich habe nämlich die ganze Zeit das Gefühl, als hätte jemand den kompletten Geburtstag in Geschenkpapier gewickelt. Ich stehe schnell auf, damit er nicht auf mich runtergucken muss. Es wird jetzt ganz still.

Elvis sieht verwegen aus. Er hat einen grasgrünen Glitzeranzug an und dazu die passenden Stiefel, vorne hellgrüne Spitzen, der Rest ist eine Nummer dunkler. Seine Schuhcreme-Haare glänzen wie ein lackierter Nachthimmel, und genauso glänzen seine Augen.

«Wir haben uns das alle gespart», sagt er. «Is' sich eine warmherzliche Geschenk von uns alle hier. Is' sich für deine Getanzerei. Wir wünschen, dass dich sehr gefällt!»

Dieses warmherzliche Geholper seiner Sätze holpert sich direkt in mein Herz, dass es nur so scheppert wie sein heftiges Blechtöpfe-Lachen, das er so draufhat. Dann habe ich das Päckchen in der Hand und muss es auspacken. Keiner sagt einen Ton, nur ein Vogel juchzt plötzlich sein Mai-Getriller, als wüsste er schon, was jetzt kommt. Und dann muss ich doch noch heulen: Alle, alle hier haben zusammengelegt, damit ich genauso einen kleinen MP3-Player habe wie Elvis. Und Lieder sind auch schon aufgespielt. Lauter Elvis-Songs natürlich. Klasse, klasse, klasse!

Als ich mir die Tränen abwische und mich bei jedem bedanke, geht es gleich weiter mit den Wundern dieses Tages. Mama hatte sich verkrümelt und schiebt da etwas über die Wiese, das sieht doch wirklich haargenau so aus wie das Fahrrad, das ich in der Stadt immer bestaunt habe. Sie hat eine riesige, rote Krepppapierschleife drumgewickelt, und mein Herz hört ein paar Sekunden auf zu schlagen. Da renne ich los, und Mama stellt das Fahrrad ordentlich hin, und dann schlingen wir unsere Arme um uns rum. Und ich muss jetzt sehr auf meine Luft aufpassen, weil die sich vor lauter Freude in Luft auflösen will.

Das Fahrrad ist von Mama und Opa Leo. Und der flüstert mir ins Ohr:

«Und von deinem Papa!»

Da springt mein Herz heftig in meiner Brust ein paar Sätze nach rechts und nach links, und ich schlucke und schlucke, und eigentlich wollen meine Tränen sofort loslaufen und meine Luft gleich hinterher, aber ich will nicht ständig heulen. Und so japse ich ein bisschen und schaue Opa Leo fragend und erwartungsvoll an, und mein Herz kriegt Herzschmerzen, aber mehr sagt Opa Leo nicht. Und weil jetzt Lilli mit einem Geschenk zu mir kommt, packe ich Papa schnell in die hinterste Ecke in meinen Kopf, sonst tut es zu sehr weh.

Da gibt mir Lilli ein kleines Päckchen und eine Rolle. In dem Päckchen ist eine CD, die hat Markus für mich gebrannt mit dem kompletten Wunschkonzertabend – ein Wahnsinnsgeschenk, denn da ist ja unser Walzer drauf, bei dem wir doch glatt an den Rand des Himmels getanzt sind, und die Lieder von Zarah Leander und der Ungarische Tanz von Opa Leo und Elvis und all die anderen Glanznummern.

Aber das schärfste ist die Rolle. Ich kriege das erste Gedicht meines Lebens. Von meiner allerersten Freundin, der besten der Welt.

Für Pille mit den Löwenaugen

Du bist ein Vogel in meinem Baum
Du bist ein Stern in meinem Traum
Du bist ein Löwe in meinem Herz
Und das ist kein Scherz:
Es klopft wie verrückt
Denn du machst mich ganz entzückt!
             Deine (Queen) Lilli

Ringsherum sind Herzen und ein Baum mit einem bunten Vogel, und darunter sitzt ein Löwe und grinst, und am Himmel hängt eine schiefe Sonne. Ich sehe Lillis ganze Mühe, denn ich kann alles erkennen, na ja, so gut wie. Aber am allerbesten ist das Gedicht. Sie hat sogar gereimt, das hätte ich mich nie getraut. Mannomann! Sie ist jetzt schon eine richtig gute Schriftstellerin, und ich werde später ihr Schriftstellermann.

Da nehme ich sie einfach in die Arme und gebe ihr vor allen Augen einen Kuss. Sie hält still, und ich schwöre, ihre ganze rosa Zuckerglasur hat gezittert.

Mama ist völlig platt von diesen ganzen Überraschungen, sie hat von allem so wenig gewusst wie ich. Das haben sich alle hier in der Villa zusammen ausgedacht, und es sieht so aus, als hätten sie dabei genauso viel Freude wie ich. Und jetzt kapier ich auch ihr Getuschel in den letzten Tagen.

Opa Leo sitzt mitten zwischen ihnen wie ein langes, dürres Klappergestell und hat ein müdes Gesicht, so müde, dass mein Herz sofort zu stolpern beginnt, aber seine Augen sind hell und lächeln mich voller Liebe an. Und wieder muss ich denken: Er leuchtet. Tante Bertas grandiose Leuchtturm-Metapher fällt mir wieder ein, und ich bin beeindruckt, wie gut sie ist.

Als es etwas ruhiger wird, nimmt Opa Leo mich zur Seite, wir setzen uns etwas abseits, und man lässt uns allein. Er drückt mir ein kleines Päckchen in die Hand, und ich fühle etwas Hartes darin. Als ich es auswickle, erkenne ich Oma Lucie, sie ist eine kleine, runde, wunderbar komische Holzfigur. Aber es gibt auch Opa Leo dazu, spindeldürr und sehr viel größer. Sie stehen nebeneinander, aneinandergelehnt und haben ihre Arme umeinandergeschlungen. Sie sind ein Teil, aber beide sind gut zu erkennen, dabei haben sie nur wenige Einzelheiten. Wie macht Opa Leo das bloß? Dann liegen da noch zwei kleine Teile dabei, die kann ich nicht erkennen, das sind keine Figuren. Ich rätsle herum, ich will nicht zugeben, dass Opa Leos Künste hier versagt haben. Opa Leo schaut mich erwartungsvoll an. Und endlich, endlich, weiß ich, was das ist. Ich hab's kapiert. Das sind zwei Flügel. Und hinten am Rücken hat Oma Lucie zwei kleine Löcher, da passen die kleinen Holzteilchen hinein. Man kann sie nämlich wie mit einem Stecker dort reinstöpseln. Oma Lucie als Engel! Ich strahle.

Aber dann sehe ich, dass auch Opa Leo hinten am Rücken zwei kleine Löcher hat. Aber das zweite Paar Flügel fehlt.

Opa Leo grinst, zieht einen Flügel aus Oma Lucie raus und steckt ihn bei sich auf dem Rücken rein. Jetzt sind sie ein Paar mit einem Paar Flügeln. Opa Leos Flügel sitzt ziemlich weit oben, Oma Lucies ziemlich weit unten. Wenn sie fliegen wollen, wird das bestimmt eine tollkühne Angelegenheit, sie werden lauter schiefe und krumme Kreise drehen. Aber genau das ist es, was Opa Leo mir voller Vergnügen zeigen will.

Ich bin platt. Ich bin so platt, dass ich keine Worte habe. Und irgendetwas tief in mir drin ist schrecklich erschrocken, und mir wird einen Moment so eiskalt, dass es mich schüttelt.

Aber da umarmt Opa Leo mich, und wir halten uns lange, lange so fest, mein Herz liegt direkt an seinem, und sie klopfen sich an, tocktocktocktock, das ist deutlich zu hören.

Und ich schwöre bei mir und meinen Wunderengeln, dass ich morgen mit Opa Leos Gedicht anfangen werde. Oder spätestens am Sonntag, wenn Lilli da ist, da sie das mit den Gedichten ja voll raushat. Und wir werden bestimmt zusammen ein ganz besonderes Werk dichten, so ein richtig herzergreifendes Ding, dass Opa Leo nur so staunen wird. An Opa Leos Brust wird mir wieder warm, und sein Geschenk ist das schönste und traurigste, das ich jemals in meinem ganzen zwölfjährigen Leben bekommen habe.

Abends wird gegrillt, wir sitzen alle auf der Wiese, und jeder hat mindestens einen Freitag neben sich, wo doch heute tatsächlich Freitag ist. Aber wir wechseln unsere Freitage auch aus, wir gehen hin und her mit ihnen durch diesen Mai, der uns mit seiner blauen, warmen, weichen Luft umhüllt. Und den kompletten Geburtstag dazu. Und wir treiben darin wie Fische in einem Goldfischteich mit lauter Seerosen.

(Ja, ich könnte immerzu Gedichte schreiben, vielleicht sind Schriftsteller ja so ... Vielleicht haben die eine andere

Mischung von Wörtern im Kopf, vielleicht weiß Tante Berta so was, die kann ich jetzt nämlich immer besser verstehen. Dazu musste ich erst zwölf werden. Und einen Großvater haben, der mir die Welt erklärt.)

Als es ganz dämmrig ist, kommt Opa Leo zu Mama und Lilli und mir. Und wir vier verkrümeln uns jetzt an den Kanal, wir wollen allein sein. Aber ich merke, wie ich warte und warte und mir manchmal fast schlecht davon wird. Und immer wieder sehe ich mich um, immer wieder erschrecke ich bei jedem Schatten, weil ich denke, Papa kommt. Und trotz aller Freude tut mir alles weh. Hier im Dämmern am Kanal will ich mit der blöden Warterei aufhören, die wie eine stachelige Brombeerranke mein Herz zerkratzt, ich will das nicht mehr. Ich halte das nicht mehr aus, dieses Warten. Und dass mein Papa eine einzige kolossale Enttäuschung ist.

Und Opa Leo hat doch tatsächlich noch eine Überraschung, auch das ist eine Idee von Frau Drechsel. Das hat sie mal in Indien erlebt, so ein ganz besonderes, heiliges Lichterfest am Ganges, das ist ein großer Fluss dort. Opa Leo hat mit Markus und ihr und einigen anderen aus festem Transparentpapier in allen Farben lauter kleine Schiffchen gebastelt, da hinein setzt er jetzt ein Teelicht. Ich darf sie alle anzünden, es sind genau zwölf, sie flackern im Wind, aber im Schiffchen sind sie geschützt.

Wir hocken uns auf die Steine am Ufer, und ich setze die Schiffchen aufs Wasser. Jedes trägt ein Danke über die Wellen, mit den Wünschen reicht es jetzt nämlich, und sie schimmern und leuchten, als sie wie seltene Nachtblüten davontreiben. Schöner geht es einfach nicht mehr.

Wir sitzen ganz still nebeneinander, Opa Leo hat einen

Arm um Mama gelegt und den anderen um mich. Und ich halte natürlich Lilli im Arm. Der Mond über uns ist eine schmale Sichel zwischen den Wolken, aus denen er zu uns runterblinzelt. Und Lilli ist warm und dicht neben mir, und den einen Gedanken, der immer wieder hochdrängt, diesen einen Gedanken, diesen sehnsüchtigen Gedanken an Papa, den schiebe ich mit meiner letzten Kraft in die Dunkelheit, und ich beiße die Zähne fest zusammen.

Irgendwann ist alles vorbei. Bei der Villa ist aufgeräumt. Alle sind im Haus, ich kann mich gar nicht mehr verabschieden und nochmals bedanken, aber ich bin fast froh darüber.

Nur den Abschied von Opa Leo und Lillis Kusslippen, das kriegt mein überquellendes, neues, zwölf Jahre altes Herz gerade noch geregelt. Und mein Kopf ist seltsam heiß und irgendwie wattig. Aber ich weiß ja, dass morgen ein Samstag auf uns wartet und dann ein Sonntag, an dem Lilli in die Villa darf.

Als ich mit Mama zu Hause ankomme, bin ich hundemüde, und tief in meinem Herzen hockt Papa, er hat sich gut versteckt.

Und ich will ihn auch gar nicht sehen. Eine bittere, schwarze Traurigkeit schlängelt sich durch all die Kostbarkeiten des Tages wie eine dünne, züngelnde Schlange und beißt mit ihren Giftzähnen in die Freude. Ich kriege Fieber. Ich falle ins Bett.

Mir ist heiß und mir ist kalt, Mama läuft aufgeregt um mich herum, und in meinem prallen, schwebenden Wattekopf treibt nur ein Wort: Papa! Und das Wort teilt sich in tausend spitze Wörter, die stechen immerzu in meinen Kopf und tun weh.

Dann höre ich das Telefon. Sein Läuten schrillt in meinen Ohren, dass es schmerzt. Ich höre Mama mit einer hohen, aufgeregten Stimme reden, hin und her treiben die Worte, sie klingen flehend und froh gleichzeitig. Wellen schwappen durch meinen heißen Kopf, auf und ab, auf und ab. Ich treibe durch Licht- und Schattenbilder, ich tauche in kaltes Wasser, das über mir zusammenschlägt, und ich brenne unter einer bleichen Sonne. Ich glühe und fröstle. Und ich weiß nicht, ob ich träume oder ob mein Fieberkopf mir irgendwelche Flimmerbilder schickt, so wie die, die es nur in der Wüste gibt. Denn ich sehe Papa. Papa ist ein unscharfes Foto, verwackelt und undeutlich. Ich bin nicht sicher, ob das Papa ist.

«Papa?», frage ich. Meine Zunge ist dick und träge.

Papa beugt sich zu mir.

«Ich bin da», sagt er. Er streicht mir die klebrigen Haare aus der Stirn.

«Du kommst zu spät», flüstere ich. «Mein Geburtstag ist vorbei!»

«Wir haben noch siebzehn Minuten», sagt Papa. «Herzlichen Glückwunsch, mein großer, zwölfjähriger Sohn!»

Und ich spüre Papas Lippen auf meinen, die sich anfühlen wie ein aufgerissener Briefumschlag.

«Papa», flüstere ich. «Ich glaube, ich bin krank.»

«Ich pass auf dich auf», flüstert Papa.

«Immer?», frage ich, und mein Herz zuckt wild und unruhig.

«Immer», sagt Papa. Er nimmt meine heiße Hand in seine, die ist groß und kühl. «Versprochen!»

Da weiß ich, dass dies der wunderbarste Geburtstag in meinem ganzen Leben geworden ist.

Ich tauche in eine tiefe, samtige, weiche Nacht. Und ich weiß, egal wie tief ich sinke, ich komme gut unten an. Denn Papa hält meine Hand.

KAPITEL 42

Als ich auftauche aus einer langen, verworrenen Reise zu fremden, eigenartigen Orten, habe ich ein dumpfes Gefühl im Kopf. Das Licht in meinem Zimmer fällt durch den zugezogenen Vorhang. Es ist weich und kratzt trotzdem in meinen Augen. Mein Schlafanzug ist klamm und mein Bettzeug auch. Sogar meine Haare. Ich höre in der Küche Mama hantieren. Und dann höre ich Papas Stimme. *Es ist Papa!* Es war kein Traum. Ich setze mich auf und lausche. Sie bereden etwas, und ihre Stimmen liebkosen sich. Das kann ich ganz deutlich hören, ihre Worte gehen immer nur ein kleines Stückchen voneinander weg und sind schnell wieder ganz nah, sie berühren sich dabei immerzu mit den Fingerspitzen. Und mit der Spitze ihrer Herzen.

Das soll nie aufhören. Das soll nie aufhören. Das soll nie aufhören.

Dann kommen die beiden in mein Zimmer. Ich ahne, wie sie auf Zehenspitzen hereinkommen und um die Ecke lugen, ob ich wohl noch schlafe. Ich schließe die Augen, ich lasse sie nur einen winzigen Spalt auf. Mama hat ihren langen, geblümten Morgenmantel an, und Papa ist noch im Schlafanzug. Papa hat hier übernachtet.

Da halte ich es nicht mehr aus, ich reiße die Augen auf und schreie: «*Juchuuu!*»

Aber in Wirklichkeit ist es nur ein Krähengekrächze, so wie Opa Leos Krähengesang. Mama bleibt stehen, wo sie ist, aber Papa setzt sich auf mein Bett und nimmt mich in die Arme. Er sagt in einem fort *Jonas, Jonas,* manchmal auch *Pille,* und ich sage immerzu *Papa,* und wir weinen, was das Zeug hält, bis Mama sagt:

«So, jetzt ist genug. Es gibt Frühstück!»

Sie hat ganz rote Augen, aber die strahlen wie ein einziges Feuerwerk.

Ich kriege keinen Bissen runter, aber Mama und Papa schieben sich kleine Bissen in den Mund, mal Papa ein Stück Käse in Mamas Mund, mal Mama ein Stück Brötchen mit Marmelade in Papas. Ich weiß, warum sie das tun, obwohl es fast irgendwie albern ist, aber nicht wirklich. Sie machen das wie bei einem Vogeljungen, auf das man aufpassen muss und für das man Sorge trägt. Und deswegen ist es auch nicht albern. Eher so wie bei Lilli und mir.

Ich werde ganz schläfrig im Kopf vom Zuschauen, und Mama meint, heute müsse ich im Bett bleiben, das müsse ich erst mal alles verdauen und auskurieren.

«Und Opa Leo?», frage ich, «weiß der schon, dass Papa hier ist?»

Papa blickt zu Boden.

Ich fass es nicht. Er soll jetzt bloß nicht wieder mit dieser blöden Schämerei anfangen.

«Ja», flüstert er. Aber dann holt er tief Luft und sagt mit fester Stimme: «Er hat mich doch dazu gebracht, dass ich meinen ganzen Mut zusammengenommen und meine ganze Verzweiflung über Bord geschmissen habe, um wieder bei euch zu sein. Er hat mir die Hölle heiß gemacht und mir das mit dem Himmel erklärt: Lukas 15. Das Gleichnis vom verlorenen Sohn! Er hat mit mir gekämpft und gekämpft. Er ist stark wie ein Löwe und zäh.»

«Ein zäher, alter Knochen», grinst Mama.

Ich sehe die beiden in einem Ringkampf, Papa und Opa Leo. Opa Leo gibt nicht auf, weil er Gott sei Dank ein zäher, alter Knochen ist. Und ich bin stolz, dass Papa sich besiegen ließ. Und ich bin stolz, dass Opa Leo gesiegt hat. Und froh. Aber das ist eigentlich nur ein ganz schlappes Wort dafür, wie ich mich jetzt fühle.

«Papa», will ich sagen, «ich werde mal Schriftsteller», aber da gleite ich auch schon wieder in das Schlafland. Und immer, wenn ich daraus kurz auftauche, höre ich Stimmen in der Küche. Ich höre Opa Leos Stimme, dann Tante Bertas, und ich höre Onkel Fredis Bass, ich höre Mama und Papa und alle durcheinander. Ich höre was von Geld auf der Bank und Hausverkauf und dass alles geregelt ist. Ich höre sie laut und mal leise, ich höre sie ernst sprechen und wichtiges Zeug bereden, aber immer wohnt die Freude in ihren Stimmen. Sie ist dorthin zurückgekehrt.

Abends geht es mir viel besser, ich darf aufstehen, aber da sind alle weg. Ich habe sie doch glatt verschlafen. Mama sagt, Opa Leo habe lange meine Hand gehalten. Und sogar Tante Berta. Und Onkel Fredi und Tante Berta haben mir eine rattenscharfe Hupe für mein neues Fahrrad geschenkt, die hat Papa schon an meinen Lenker geschraubt. Mama wickelt mich in eine Decke. Wir sitzen im Abendlicht im Hof, alles hat einen violetten Schimmer, und auf den Dachspitzen liegt ein goldener Hauch. Das ist genau passend zu diesem goldenen Tag.

Opa Leo hat mir einen Brief dagelassen:

Lieber Jonas, oder noch besser, King Willi (denn es ist ein königlicher Tag)!
Wir haben es geschafft. Du und ich und der geheime Briefkasten. Und Oma Lucie, die wie immer alles gewusst hat. Dein Papa ist darüber genauso froh wie wir alle.
Werde schnell gesund. Wir vermissen dich in der Villa. Besonders aber dein Großvater, der dich sehr lieb hat. Sehr! Bis zu den Sternen des Großen Wagens und dem Rest dahinter.

Und um diese Zeilen herum wimmelt es nur so von schiefen Herzen und krummen Sternen und von Liebe und Erleichterung. Dieser Zettel kommt in meine Schatzdose, das steht fest.

KAPITEL 43

Am anderen Morgen habe ich butterweiche Knie und wackle wie ein Baby durch die Gegend, aber im Bett halte ich es nicht mehr aus. Es ist Sonntag, und wir frühstücken im Hof, der Mai strengt sich noch mal so richtig an, bevor er dem Juni Platz macht, die Vögel toben in der Luft und werfen ihre Lieder in alle vier Winde. Wir reden gar nicht viel, wir sind viel zu sehr damit beschäftigt, glücklich zu sein. Aber ich würde zu gerne in die Villa, heute ist Sonntag, und Lilli kommt. Und ich will Papa doch meine Freundin zeigen.

Als ich ihm mein Gedicht für Lilli und dann ihr Geburtstagsgedicht für mich zeige, wird er fast ein bisschen rot. «Mannomann», flüstert er, «da hat's euch aber voll erwischt. Und das im Mai. Herzlichen Glückwunsch, du bist gerade mit Volldampf dabei, erwachsen zu werden. Und ich Oberdussel hätte das beinahe alles versäumt. Und deine Mama muss sich tierisch allein gefühlt haben, so mitten im Mai mit der ganzen knospenden Liebe um sie herum ...»

Er schaut auf seine Schuhe.

Ich sage gar nix. Papa soll das ruhig alles aushalten und genau erkennen, was bei uns los war, damit er das für immer kapiert.

«Ich bin, hm, hm ..., also ich war ein richtiger, bescheuerter Blödmann», sagt Papa. Aber er grinst ein bisschen, und ein wenig sieht er dabei so aus wie Opa Leo. Na ja, er ist ja auch sein Sohn.

«Bescheuert und total plemplem», sage ich. Und ich meine es ernst. Kein Grinsen ist in meinem Gesicht. Ich schaue Papa lange in die Augen.

«Du warst ein oberdoofer Affenkopp», sage ich, «die blödeste Oberpflaume im ganzen Universum!»

Papas Augen flattern. Ha, sollen sie doch!

«Aber», sage ich und hole tief Luft (die lernt gerade wieder, sich im Leben zurechtzufinden), «aber du hast die Kurve gekriegt. Und das ist die Hauptsache!»

Und ich nehme Papa schnell in die Arme, weil er ziemlich beträppelt in den Sonntag schaut.

«Und», sage ich, «jetzt bist du zurück. Und du wirst das nie wieder machen, so viel steht fest!»

Ich schaue ihm eindringlich in die Augen.

«Nie wieder», sagt Papa.

Ich reiche ihm meine Hand, und wir schlagen sie wie zwei Männer durch. Es ist versprochen und besiegelt.

Am Nachmittag wollen wir zu Opa Leo. Ich soll noch nicht mit dem Rad fahren, das ist natürlich Mist, weil mein neues Fahrrad auf mich wartet und schon mit den Füßen scharrt, aber ich bin wirklich noch so schlapp wie ein ausgeleiertes Gummiband.

Papa nimmt mich auf sein Rad. Das ist gar nicht so einfach, weil ich, wie er sagt, ganz schön gewachsen bin. (Leider habe ich den Verdacht, dass er da ein bisschen übertreibt ...) Wir schaukeln gemeinsam zur Villa. Mama radelt hinter uns her, und ihr neues Gesicht leuchtet wie eine Blüte, die sich gerade geöffnet hat und voller Verwunderung die Sonne bestaunt. Das sage ich Papa, und der grinst und zwickt mich und murmelt was von Schriftstellersohn und so. Das findet er nämlich klasse, und er will alle meine Bücher kaufen, ich soll mich beeilen, sagt er, und ist schon im Voraus stolz.

Opa Leo steht am Tor, er breitet weit seine Arme aus und läuft uns entgegen. Ich springe mit meinem Hundesprung hinein, aber meine schlappen Beine machen nicht so richtig mit, und Opa Leo fängt mich gerade noch auf. Wir umarmen uns alle und können irgendwie gar nicht aufhören damit. Aber dann schnappt sich Opa Leo seinen verlorenen Sohn und stellt ihn stolz der kompletten Hausbelegschaft vor, die nach und nach alle verlegen und neugierig eintrudeln. Und alle, wirklich alle, freuen sich mit ihm. Elvis schaut Papa von oben bis unten an, immer wieder, wenn es keiner merkt, und seine Kohlenaugen funkeln. Irgendwann verschwindet er und kommt mit einer alten, wunderschönen honigbraunen Holzgitarre zurück. Er geht zu Papa und umarmt ihn. Ohne viel Getue. Einfach so.

Papa ist einen ganzen Kopf größer als Elvis und völlig verdattert.

Aber Elvis lässt ihn einfach nicht los und drückt ihn an sich. Dann richtet er sich auf und sagt: «Ich jetzt spielen nur für Sohn, der is' sich zurück. Ein kleines Lied, is' sich für Herz, das werden gesund! Wir singen viel in mein Heimatland ...»

Er stellt sich neben Krümels Rollstuhl, die schaut zu ihm hoch und leuchtet in sein Gesicht, und es kommen immer mehr von den alten Leuten hinzu. Elvis schlägt ein paar Akkorde an und singt dann ein Lied in einer anderen Sprache, das ist wohl Ungarisch, und es ist seltsam schwermütig, schön und tröstend. Es legt ein heilendes Pflaster auf alle unsere Wunden. Und ich glaube, dass jeder Einzelne von uns ein kleines oder auch ein großes Pflaster gut gebrauchen kann.

Die Melodie mit den vielen Wiederholungen ist so einprägsam, dass wir mitsummen. Papa sitzt zwischen uns allen, und von nun an gehört er zu uns. Genau an diesen Ort. Zu Opa Leo, zu Mama, zu mir und all den lieben Leuten hier. Er ist aufgenommen in diese wunderbare, neue, große, ganz besondere Familie. Auch Markus hat das mit der *besonderen Familie* irgendwie kapiert und fühlt sich darin pudelwohl. Er gefällt mir sowieso immer besser. Ich wollte ihn noch fragen, wo er diese obercoole Sonnenbrille her hat, da zwinkert Opa Leo mir zu und deutet mit dem Kopf nach hinten:

Lilli kommt.

Und ich schnappe sie mir, und Papa kriegt große Augen, weil Lilli wirklich aussieht wie eine Zuckerblüte aus dem Paradies. Sie stellt sich direkt vor ihn, starrt ihn an und sagt kein Wort. Sie schaut ihn durchdringend und lange an, aber dann holt sie tief Luft und verkündet mit ihrer glasklaren Glockenstimme mitten hinein in die Menge:

«Ich wusste doch, dass Pille keinen Blödmann zum Vater hat!»

Es verschlägt uns allen die Sprache. Papa guckt erst betreten, dann beeindruckt. Aus Opa Leo gurgelt ein tiefes, gewaltiges Lachen. Elvis' Blechtöpfe scheppern in seinem Hals, er krümmt sich geradezu vor Vergnügen. Bismarck klatscht in die Hände und schlägt sich auf die Schenkel. Und Krümel zerkrümelt so ein klitzekleines Lächeln in ihrem Gesicht.

Da schnappt sich Papa Lilli, hebt sie hoch in die Luft

und ruft begeistert: «Mein Sohn hat sich natürlich in die bezauberndste Elfenfee auf der ganzen Welt verschossen!»

Und er wirbelt Lilli herum, bis sie quietscht und um Gnade bettelt. Papa ist manchmal dieselbe komische Nummer wie Opa Leo. Und Lilli ist entzückt. Aber jetzt will ich mich mit Lilli verkrümeln. Die Erwachsenen sind sowieso gerade alle dabei, Kuchen zu essen und Erwachsenenzeug zu besprechen, da können wir ohne großes Tamtam verschwinden. Ich sage nur Mama Bescheid, damit hier keiner auf komische Gedanken kommt und einen Suchtrupp losschickt.

Am Kanal, im Schatten der Weide, müssen wir erst mal in Ruhe erkunden, ob unsere Lippen noch Bescheid wissen, doch sie haben nichts vergessen, und wir küssen drauflos. Aber dann muss ich Lilli alles erzählen. Von Papas Rückkehr und von meiner sonderbaren Krankheit.

«Du siehst immer noch aus wie ein Holländer Käse», sagt sie.

Lilli ist wirklich ziemlich ehrlich, Mannomann. Ich schlucke. Obwohl ich natürlich nicht wie ein Käskopp aussehen will, ist das aber immer noch besser als bescheuert drumherumzureden. Bei Lilli weiß ich eben immer genau, woran ich bin. Das muss ich selbst aber noch lernen. Das ist echt gut. Und ich beschließe zu üben. Ich bin schließlich zwölf!

Ich fühle mich wirklich noch recht wackelig, sogar in mir drin, und so bleiben wir einfach sitzen und lehnen uns aneinander und an diesen Sonntag, den letzten in diesem besonderen Mai. Wir brauchen nicht immerzu Worte, und das tut gut. Aber dann fällt mir wieder der Leuchtturm ein, dieses grandiose Bild von Tante Berta für Opa Leo. Und mein Versprechen, ihm ein Gedicht zu schreiben.

Lilli holt den Zettel mit unserer Ideensammlung heraus, sie will sogar versuchen zu reimen, aber ich habe ein Loch im Kopf, aus dem alle meine Gedanken nur so herausflutschen wie kleine, glitschige Fische. Sobald ich einen gedacht habe, schlupp, ist er auch schon weg.

Mein übervoller Kopf will heute nichts weiter tun als wieder ganz leer werden für die neuen Wunderdinge des Lebens. Er muss sich einfach mal ausruhen. Und ich kapiere: Heute wird das nichts. Und so gönnen wir uns eine *kreative Pause*, wie Lilli sagt. Das hat sie von ihrer Mama.

Als wir uns am frühen Abend voneinander verabschieden, weiß ich, alles ist in Ordnung, so wie es ist. Und am Mittwoch sehe ich Lilli wieder. Bis dahin haben wir vielleicht ein paar gute Ideen für ein warmherziges Gedicht für Opa Leo (wie Elvis sagen würde). Opa Leo sieht bei unserer Umarmung unter der Kastanie genauso müde aus, wie ich mich fühle.

Zu Hause gehe ich sofort ins Bett. Diese große Müdigkeit ist wie ein feuchtes, schweres Laken, das träge auf der Leine hängt. Im Hof höre ich Mama und Papa flüstern. Windlichter leuchten auf dem Campingtischchen, sie haben eine Flasche Wein geöffnet, und ich höre ihre Herzen bis zu mir rüber klopfen. Und dann schlafe ich ein. Aber meine Träume sind wirres Zeug, düster und klebrig und zäh.

KAPITEL 44

Als ich am nächsten Nachmittag in der Villa eintreffe, regnet es aus tiefen, dunklen Wolken. Richtiges Montagswetter. Alles ist still in dem großen Haus. Ich vergesse fast zu atmen aus Angst, jemanden zu stören. Im Speisesaal sehe ich die Küchenhilfe den Abendbrottisch decken. Wo stecken bloß die anderen alle, was tun sie gerade? Die Kaffeestunde ist schon vorüber, und die Stille hängt in den Gängen wie ein dichter, schwerer Vorhang,

Ich kriege auf der Stelle ein seltsames Gefühl im Bauch, alle grauen Wolken von draußen schlüpfen hinein und treiben sich jetzt in mir herum, dunkel, dickbäuchig und klamm. Und mein Herz wird unruhig und stolpert. Ich klopfe an Opa Leos Zimmertür, aber ich höre keinen Laut dahinter. Als ich vorsichtig die Tür öffne, drängt sich Merlin an mir vorbei und will Opa Leo besuchen. Der liegt lang ausgestreckt auf dem Bett und schaut an die Decke.

«Opa Leo?», frage ich. Das Wolkengefühl braut sich zu einem dunkelschweren Wolkengebirge zusammen.

Opa Leo schweigt. Ich stelle mich vor sein Bett, aber er sieht mich nicht. Er sieht einfach an die Decke. Über seinem Gesicht liegen wieder diese grauen Spinnweben, und er sieht doppelt so alt aus wie Elvis. Aber er atmet. Himmel und Erde, Engel und lieber Gott, Halleluja und danke, dass er atmet!

Da springt Merlin aufs Bett und rollt sich am Fußende zusammen. Er blickt unentwegt in Opa Leos Gesicht, aufmerksam und wach. Mir ist das geradezu unheimlich. Er scheint dort etwas zu sehen, was ich nicht erkennen kann. Ab und zu hebt er seinen Kopf und schaut um Opa Leo herum und durchs Zimmer jemandem hinterher. Fang jetzt bloß nicht an zu spinnen, sage ich zu mir selber und atme tief durch. Was soll ich tun? Was soll ich jetzt bloß tun? Papa anrufen? Aber der ist unterwegs, der muss einiges regeln. Mama ist zur Arbeit. Frau Kirchner?

Als ich gerade losrennen will, legt Opa Leo seine Hand auf meine, und ich erschrecke zu Tode, so schrecklich und schön ist das. Beides gleichzeitig. Ich beuge mich zu ihm runter.

Er deutet mit einer winzigen Kopfbewegung auf das Regal, da liegen seine Tabletten. Ich bin so flink wie ein Windhund, ich denke gar nicht nach, alle meine Engel fliegen blitzschnell in meinen Kopf und übernehmen das Kommando: *Tablette aus der Verpackung drücken, dann ins Bad, das Glas mit Wasser füllen, zurück zum Bett. Opa Leo aufrichten, ihm die Tablette in den Mund stecken und das Glas Wasser an seine Lippen halten. Darauf achten, dass er schluckt und dass er sich nicht verschluckt, den Mund abwischen, das Glas wegstellen, ihn zurücklehnen. Durchatmen. Sein Gesicht beobachten. Seine Hand halten. Oma Lucie um Hilfe bitten.*

Meine Engel sind alle auf Trab, sie haben verstanden. In Notfällen sind Engel blitzschnell.

Ich kann jetzt nur abwarten und seinen Namen sagen. Immer wieder seinen Namen sagen: «Opa Leo Opa Leo Opa Leo...» Und ihn einfach festhalten mit meinen Worten. Mit meinem weit offenen Herzen. Und mit der Liebe. Mit meiner ganzen Liebe.

Ich höre Merlin atmen. Er hat die Augen weit auf und ist hellwach. Ich schaue von ihm zu Opa Leo und wieder zurück. Ich tue das alles, ohne nachzudenken. Ich bin unruhig und ganz ruhig, ich bin ganz klar und ganz trüb. Ich verstehe, und ich verstehe gleichzeitig nicht. Ich bin hier und an einem anderen, mir unbekannten, aber vertrauten Ort.

Da richtet sich Opa Leo auf und will etwas sagen. Aber kein Wort kommt aus seinem Mund.

Er schüttelt den Kopf, legt sich wieder zurück und schaut mich an. Seine Augen sind tiefe, klare Seen. Sie haben ein Licht mittendrin, das leuchtet dort bis zum Grund und bis hinauf zur Oberfläche, die seltsam unruhig zittert, als würde ein kleiner Wind unentwegt darüberstreichen. Ich halte seine knochige Hand, die ist bleich und kalt. Meine wird ganz schwitzig vor Angst und fängt an zu zittern.

Opa Leos Hand drückt leicht meine Finger, er gibt sich alle Mühe, mich zu beruhigen, das soll er nicht, nein, das soll er nicht, er soll sich alle Mühe lieber für sich selber aufheben, ich sage ihm das. Er versucht ein kleines Grinsen, das tut so weh, als hätte ich mir das ganze Herz auf einem Schotterweg aufgeschrammt.

Ich streiche über seine Haarflusen, die sind ganz feucht, ich decke ihn zu, ich hebe dabei Merlin hoch und lege ihn vorsichtig wieder zurück ans Fußende. Ich rücke meinen Stuhl an das Bett, ich möchte lieber auf dem Bett sitzen, aber vielleicht ist das zu eng für Opa Leo.

Ich nehme seine Hand. Er hat jetzt die Augen geschlossen. Ich achte angestrengt darauf, ob er atmet. Was mache ich, wenn er es nicht mehr tut? Eine eiskalte Gänsehaut wächst jetzt über mich drüber, und mein Herz stolpert wie verrückt, und meine Brust wird ganz schwer davon.

Ich schaue in Merlins Augen, die sind ganz ruhig und weit geöffnet. Er schaut eindringlich in meine. Sie geben mir ein Zeichen. Ich verstehe. Ich fange an zu beten, ich bete und bete und bete.

Opa Leo hat mir beigebracht, dass wir mit Gott sprechen können, als wäre das unser bester Freund *oder unsere beste Freundin*, sagte Oma Lucie. Ja, ja, Gott ist beides, so viel steht fest. Beides und noch viel mehr, eigentlich alles! Und deshalb sind wir ein Teil von ihm.

Seltsamerweise weiß ich, dass Merlin daran nicht eine Sekunde zweifelt. An Gott und dass wir eins sind. Auch er und ich und Opa Leo und Gott und Oma Lucie und überhaupt, alles.

«Also gut», sage ich und schaue kurz in Merlins grüne Augen.

Also gut, Gott, bester Freund, hier spricht Pille. Ich weiß nicht, wo du gerade bist, aber Opa Leo sagt, dass du immer bei uns bist, sozusagen um uns herum, sogar in uns drin. Oder wir in dir, wie Oma Lucie immer sagte. Gott, jetzt hör mal gut zu. Es ist dringend! Ich weiß nicht, was los ist mit Opa Leo. Aber es sieht nicht gut aus. Was soll ich tun? Du weißt ja, dass er dein allerbester Freund ist und große Stücke von dir hält, also hilf ihm. Bitte, bitte, bitte.

Lass alles gut werden. Ich danke dir! Dein Jonas. Und bitte beeil dich!

Da fällt mir noch was ein, was ganz Wichtiges.

Moment, Moment, warte noch, Gott! Da ist noch was.

Rufe bitte Oma Lucie. Er braucht sie jetzt. Jetzt! Und mach schnell, mach schon! Nochmals danke. Dein Pille. Amen.

Dann sitze ich einfach da und warte. Ich weiß gar nicht so recht, auf was, aber ich warte. Meine Augen sind geschlossen, dahinter ist es erst lange rot, dann tiefblau und dann ganz dunkel mit einem leuchtenden, kleinen Kern.

Mein Herz wird ruhiger, meine Hand zittert nicht mehr, ich höre Merlins kleine Atemzüge und Opa Leos schweres Atmen, ich höre die Geräusche des Hauses, die werden immer leiser, ich höre die Geräusche in meinem Körper, der arbeitet ganz schön, ich höre irgendwann, dass ich nichts mehr höre, und da, genau da, sehe ich Oma Lucie.

Oma Lucie steht am Bett und beugt sich über Opa Leo. Sie streicht ihm die Flusen aus der Stirn, sie nimmt seine Hand, die liegt noch in meiner, sie hat unsere beiden Hände in ihrer kleinen, weichen Hand. Ich spüre, wie warm die ist, ich spüre unsere drei Hände plötzlich in einer großen, schützenden Hand liegen, ich fühle Licht um mich herum, das wächst und wächst bis zum Horizont und darüber hinaus. Es verströmt sich in die Wolken und in die Zwischenräume der Sterne, und ich ströme hinterher ...

Irgendwann entdecke ich, dass es mich noch gibt. Ich sitze in Opa Leos Zimmer, ich halte seine Hand, die gerade etwas warm wird, meine ist ganz heiß. Ich atme tiefe Atemzüge, die Luft aus Verstecken holen, von denen ich gar nicht wusste, dass ich sie in mir herumtrage.

Ich sehe, dass draußen ein mattes Sonnenlicht durch die Wolken lugt und Opa Leos Gesicht gerade dabei ist, etwas Farbe zu bekommen. Das Grau ist nicht mehr ganz so grau. Als ich ihn ansehe, schlägt er die Augen auf.

Sein Mund zittert, aber er flüstert: «Sie war hier. Sie wartet ... Und Jonas ... ich danke dir ... Ich bin müde ... Ich werde ... schlafen.»

Er macht die Augen zu. Ich bleibe sitzen und schaue ihm noch lange beim Schlafen zu. Merlin hat sich zusammengerollt. Seine Augen sind geschlossen, seine Schnurrhaare zittern. Aber erst, als ich ganz sicher bin, dass Opa Leo wirklich schläft und wirklich atmet, schleiche ich mich hinaus. Merlin kommt nicht mit. Er bleibt bei Opa Leo.

Ich weiß nicht, was gerade in diesem Zimmer geschehen ist, aber ich weiß, dass Opa Leo dabei ist, sich zu verabschieden. Und dass Oma Lucie dabei ist, sich um alles zu kümmern.

Und dass ich gerade dabei bin, ihnen zu helfen.

Ich weiß, dass ich dabei ebenfalls sterben werde. Jedenfalls ein Teil von mir, denn irgendetwas in mir ist bereit, mit ihm auf den Weg zu gehen. Ihn zu begleiten.

Zack. Schon beginnt der Kummer mit seinen scharfen Krallen in mir zu wüten. Ich habe eine abgrundtiefe, schwere, düstere Angst in mir. Als würde ich eine verlassene, unheimliche Ruine an einem mir unbekannten Ort in einer mondlosen Nacht betreten. Aber da ist seit eben auch ein helles, leichtes, atemloses Vertrauen. Und tief in meinem tiefsten Innern weiß ich seit eben, dass wir ewig sind. Dass der Tod uns nichts wegnimmt, sondern uns nur verändert.

Danke, Oma Lucie. Danke, Merlin. Danke, lieber Gott.

Ich spreche mit Frau Kirchner. Sie ist erschrocken, aber sie sagt, sie kümmert sich. Sie wird rund um die Uhr auf Opa Leo achten. Sie rennt sofort los. Ich radle nach Hause. Papa fährt auf der Stelle in die Villa. Mama telefoniert noch lange mit Frau Kirchner, aber sie sagt, Opa Leo schläft. Sie wollen ihn schlafen lassen. Und sie und Merlin sind bei ihm. Wenn Papa kommt, kann er aufpassen.

Später im Bett halte ich Opa Leos kleine Holzfigur in der Hand. Ich weiß nicht, wo ich das eine Paar Flügel hinstecken soll. Aber dann tue ich es so, wie Opa Leo es sich voller Spaß ausgedacht hat, einen Flügel stecke ich weit nach unten, einen nach oben. Für die verrückten Kreise. Für die gemeinsamen tollkühnen Flüge.

In der Nacht träume ich von seltsamen Landschaften. Sie haben weite, weite Täler und üppige Wiesen, sie haben hohe, zerklüftete Berge, wilde Flüsse und einen wilden Himmel. Und über allem leuchtet ein sonderbares, sanftes Licht. Und ich kenne alles und kenne es nicht.

Aber auf der anderen Flussseite stehen Opa Leo und Oma Lucie. Sie lachen und halten sich an der Hand und winken und winken. Und plötzlich verwandelt sich Opa Leo in einen hohen Leuchtturm. Er stößt geradewegs an die Wolken und wirft immerzu sein Licht in den Himmel und auf die Erde. Und unten tost das wilde Wasser. Da wird Oma Lucie eine dicke, weiße Möwe, die spielt voller Freude mit dem Wind. Sie stößt dabei übermütige Schreie aus und gleitet auf seinen luftigen Wellen um den Leuchtturm.

Rum und rum und rum. Wieder und immer wieder. Auf und ab! Auf und ab! Und auf!

ENDE

NACHWORT

Ich habe mir immer so einen Großvater wie Opa Leo gewünscht. Aber so einen Großvater hatte ich nicht. Den einen kannte ich kaum, und der andere starb, als ich noch nicht geboren war. Aber von diesem gibt es einige Fotos, die mir sehr, sehr gut gefallen. Und es heißt, dass er ein ganz besonderer Mensch gewesen ist, vielleicht sogar so besonders wie Opa Leo. Und deshalb möchte ich die Erzählung diesem Großvater widmen, meinem Großvater Robert aus Ostpreußen, den ich nie kennenlernen durfte. Aber einige Geschichten über ihn haben schon immer mein Herz erfreut, besonders die von seinem Tod. Weil sie so schön war.

Man fand ihn am Kanal unter einem Baum mit einem Buch in der Hand ... Sein Rad lag im Gras. So will ich auch einmal sterben, das stand schon als Kind für mich fest.

Jahre später traf ich dann auf Jan Bernasiewicz (siehe das Foto gegenüber).

Ich entdeckte ihn kurz nach dem Fall der Mauer in einem Bildband in Ostberlin. Ein junger, polnischer Fotograf hatte seine Studienarbeit über ihn, seine Holzbildkunst und über sein schlichtes Leben in einem polnischen Dorf gemacht. Und auf den Fotos von Krzysztof Wójcik fand ich in Jan Bernasiewicz meinen Großvater wieder. Dieses spitzbübische, weise Gesicht mit der ganzen Ehrfurcht und Liebe zum Leben hat mich sofort verzaubert und sehnsüchtig gemacht.

Und seine kindlichen und weisen Ansichten über Gott und die Welt trafen mein Herz. Seine unbekümmerten Holzfiguren sowieso.

Und so hing ein Foto von Jan Bernasiewicz einige Jahre an der Pinnwand an meinem Schreibtisch. Schaute ich in sein vergnügtes Lachen, so wurde jedes Problem zu einer Sache, die mit einem Schmunzeln betrachtet werden wollte. Bis eines Nachts (ja, meistens geschieht so etwas nachts, wenn ich nicht schlafen kann) Jan Bernasiewicz zu Opa Leo wurde, zu der Hauptperson meines Buches, das gerade als klitzekleines Samenkorn in meinen Kopf gefallen war. Natürlich ist alles in diesem Buch reine Erfindung. Und natürlich gibt es diesen Kanal und diese wunderbaren Menschen. (Die Fantasie ist ja bekanntlich die reinste Wahrheit!)

Und noch was: Opa Leo ist groß und dünn! Eine Bohnenstange, ein langer Lulatsch. Mein Großvater Robert und auch Meister Jan waren recht klein und stramm. (Und auch einen Enkel hatte mein Großvater in seinem Leben nicht.) Aber ihre Seele und meine haben sich für diese Geschichte zusammengetan, um etwas zu erzählen über die Liebe. Über das Leben und über den Tod.

Und über die kleinen und großen Wunder in jedem einzelnen Tag.